全國高等院校古籍整理研究工作委員會規劃重點項目
二〇一一——二〇二〇年國家古籍整理出版規劃項目
國家古籍整理出版專項經費資助項目

俞樾全集

汪少華　王華寶｜主編

春在堂日記　曲園日記

（清）俞樾｜著
孫煒｜整理

鳳凰出版社

圖書在版編目（CIP）數據

春在堂日記 ； 曲園日記 / （清） 俞樾著 ； 孫煒整理
. -- 南京 ： 鳳凰出版社， 2021.12（2023.5重印）
（俞樾全集 / 汪少華， 王華寶主編）
ISBN 978-7-5506-3547-0

Ⅰ. ①春… Ⅱ. ①俞… ②孫… Ⅲ. ①日記－作品集
－中國－清代 Ⅳ. ①I264.9

中國版本圖書館CIP數據核字(2021)第255381號

書　　名	春在堂日記　曲園日記
著　　者	(清)俞　樾 著　孫　煒 整理
責任編輯	李相東
裝幀設計	姜　嵩
出版發行	鳳凰出版社(原江蘇古籍出版社) 發行部電話025-83223462
出版社地址	江蘇省南京市中央路165號,郵編:210009
照　　排	南京凱建文化發展有限公司
印　　刷	蘇州市越洋印刷有限公司 江蘇省蘇州市吴中區南官渡路20號,郵編:215104
開　　本	880毫米×1230毫米　1/32
印　　張	15.25
字　　數	266千字
版　　次	2021年12月第1版
印　　次	2023年5月第2次印刷
標準書號	ISBN 978-7-5506-3547-0
定　　價	110.00圓

《俞樾全集》編委會

主編

汪少華　王華寶

編委（按音序排列）

白朝暉　傅　傑　顧莉丹　胡文波　黄曙輝

劉珈珈　羅雄飛　倪永明　喬秋穎　喬玉鈺

孫　煒　滕振國　田松青　王其和　王倩倩

魏慶彬　謝超凡　顔春峰　張曉青　張燕嬰

目録

前言

俞樾的日記，《春在堂全書》中僅有《閔行日記》一卷（《曲園雜纂》卷四十）。不見於《春在堂全書》的有兩種，一種是《俞曲園先生日記殘稿》。江蘇省立蘇州圖書館列入《吴中文獻小叢書》之十六，於民國二十九年（一九四〇）六月校印，據説印數極少〔一〕。由於鳳凰出版社二〇一〇年版《春在堂全書》附録的收入，尤其是《吴中文獻小叢書》電子本的傳播，《俞曲園先生日記殘稿》較易獲取。對於這一書名，俞樾曾孫俞平伯表示「非殘稿，乃光緒壬辰年單行本也」，强調「這是一石印的單行本，并非殘稿。老人不經常做日記，無所謂殘與不殘」，建議鄧雲鄉所作《讀〈曲園日記殘稿〉》一文將「《曲園日記殘稿》」改爲「《曲園日記》」〔二〕。俞平伯摯友王伯祥之

〔一〕黄惲《追尋中聽禪》説「據説共有三十二册」，《古香異色》，海豚出版社二〇一二年版，第三九頁。

〔二〕孫玉蓉編《俞平伯書信集》，河南教育出版社一九九一年版，第五一、五二頁。

子王湜華《讀〈曲園日記〉所想到的》也説「此『殘稿』之名不確，因爲它并不殘，只是曾單行過而已」「平伯先生在《略談杭州北京的飲食》一文中曾引《曲園日記》數則，也都出自這一部日記單行本」[一]。

俞平伯「光緒壬辰年石印單行本」説，在俞樾書信中得到了證實。俞樾光緒壬辰年（一八九二）六月十八日致金文潮：「鄙人今歲在杭，有日記一册，杭友取付石印，謹以四本呈閲，此不足言著述也。」[二]可見不僅是「日記」，而且確是「石印」的實物。慚愧的是整理者至今未能見到這一石印本甚至其被收藏的信息。但從上海掃葉山房一九一五年發行《文藝雜志》第八至第十期連載的《俞曲園日記》及其編者按「曲園集外遺著，青浦金君藏」，可以確定「青浦金君藏」即俞樾所贈石印本。受贈日記石印本的這位金文潮，去世於光緒乙未年（一八九五）臘月，俞樾曾致輓聯，説「友筠名文潮，青浦人」「其子名詠榴，頗有聲庠序間」[三]。《文藝雜志》由雷君曜（名瑨）主編，「以商榷文

[一]《中國烹飪》一九八六年第六期。
[二]（清）俞樾著，張燕嬰整理《春在堂尺牘》，鳳凰出版社二〇二〇年版，第六九五、二九七頁。
[三]（清）俞樾著，劉珈珈整理《楹聯録存》四《金友筠處士輓聯》，鳳凰出版社二〇二一年版，第一八七頁。

藝、網羅典籍、保存國粹爲宗旨」，第十期起連載《俞曲園尺牘》即「青浦金氏藏」俞樾致金文潮尺牘，俞樾所説「鄙人今歲在杭，有日記一册，杭友取付石印，謹以四本呈閲」也在其中。據編者按，「青浦金氏藏」俞樾尺牘也是金友鈞之子金詠留（榴）提供的，金詠留與雷君曜曾同任「滬上《申報》館編輯之職者十有餘年，善相勸，過相規」，被雷稱爲「益友」「畏友」。

聽禪《〈俞曲園先生日記殘稿〉讀後記》披露《吴中文獻小叢書》本所據爲俞樾手稿：「曩歲吴中開文獻展覽會，爲徐館長所得，陳列秘室，紅格紙本，密字細書，皆先生親筆。」[一] 然而誠如王湜華《讀〈曲園日記〉所想到的》所言：「此排印本可惜校對欠精，魯魚亥豕不少。」[二] 本次整理發現許多錯訛，例如：「尚堪大嚼貓頭筍，無可如何雉尾蓴」，蓴菜「蓴」訛作酒器「尊」；「自惟衰老，再見無期，爲此文贈之，以爲壽，即以爲别」，「以爲壽」訛作「以的壽」；「言於水星閣火藥局四面開濠築垣，以備火患，往往於土中得古瓶古盎」，「水星閣」訛作「水仙閣」，「土中」訛作「火中」；「自言留館後跬步不出京城十八年，而後開坊」，「自言」訛作「自信」、「跬步」訛作「蛙

[一]《古今半月刊》第四十六期，一九四四年。
[二]《中國烹飪》一九八六年第六期。

步」。又如「過橋泊岸先塋見」之「塋」訛作「瑩」，「西門城外路夷猶」之「門」訛作「們」，「《北固山彭楊兩公祠碑記》」之「祠」訛作「詞」，「附去課題」之「題」訛作「顧」，「吳清卿河帥」之「帥」訛作「師」，「西爪東鱗迴不同」之「迴」訛作「廻」，「俞樓圖一小幅」之「幅」訛作「輻」。依據俞樾手稿排印而出現如此訛誤，是奇怪的。對比《文藝雜志》連載與《吳中文獻小叢書》本，後者缺了三十二字與五十六字的兩段記録。此日記據聽禪統計「都萬二千餘言」，兩段缺漏字數雖不算多，但也造成了明顯的缺頁。「殘稿」指不完全的文稿，是否因爲蘇州圖書館徐澂館長所得俞樾手稿有殘缺，就在書名裏加上「殘稿」二字？王湜華《讀〈曲園日記〉所想到的》説他所存《吳中文獻小叢書》本「還幸得曲園老人曾孫俞平伯先生爲之手校一過，改正了所有的舛誤，所以它與石印單行本不僅可以媲美，甚至還更勝於石印本了」〔一〕。没有提及此本的兩段殘缺，可能未見過石印本。因爲缺了這兩段，無法「更勝於石印本」。《吳中文獻小叢書》本出版前一年的一九三九年，僞北京大學文學院成立，國文系主任沈啓無曾與俞平伯同爲周作人門下「四大弟子」，將《俞曲園先生日記殘稿》全部内容選入《大學國文》教材，標題作「曲園日記」，所據是「春

〔一〕《中國烹飪》一九八六年第六期。

在堂鈔本，未經刊行」[一]。其中不缺這兩段，與《文藝雜志》連載者相同，但改正《文藝雜志》連載與《吴中文獻小叢書》本的共同訛誤（如「山烏」改爲「烏山」、「坐輪」改爲「坐轎」、「醬瓴」改爲「醬瓿」），這可能是俞樾手稿的原始錯誤；所據「春在堂鈔本」，不知是否來自俞平伯。

此日記的内容，如鄧雲鄉《讀〈曲園日記殘稿〉》所歸納：「乃曲園老人於光緒壬辰（一八九二）春所記，送其孫俞陛雲先生由蘇州到上海，乘海輪北上會試者，是行老人由蘇抵滬，又由滬至浙江德清原籍掃墓後赴杭，於杭小住月餘之後返蘇。《日記》起於陰曆二月初十日，終於四月初三日，其年二月小，三月大，共記録了五十三天的起居情況。」[二]《吴中文獻小叢書》本《序》評價道：「記中所載如云『十餘年來不赴嘉招，不受盛饌』，於此可見先生之儉；又載雖年老力衰，而於先人松楸必躬自瞻拜，於此可知先生之孝；寓湖樓時，於流連湖山、延接賓朋外，更爲詁經、龍湖行朔望課，爲時彦著述作序跋，於此可見先生之於後進啓迪獎掖，至老不倦。則此一鱗一爪亦屬吉光片羽，彌足珍貴。」聽禪《〈俞曲園先生日記殘稿〉讀後記》則認爲「曲園先生日記佳處，亦在開卷即有一種煦煦穌穌、春風化人之美感，撲人眉宇，匪僅儉、孝諸德所可概，

[一] 沈啓無編《大學國文》，新民印書館一九四二年版。
[二] 《學林漫録》五集，中華書局一九八二年版，第六二頁。

此即文章真價值也」。鄧雲鄉《讀〈曲園日記殘稿〉》也説「讀了曲園老人這五十三天的《日記》，真象跟在老人身邊，由蘇抵滬、又由滬抵杭，象回到九十年前跟老人一起生活了五十三天一樣，這是十分有趣味的」〔二〕。

另一種是《春在堂日記》。據俞平伯一九二九年發表《家藏〈春在堂日記〉記概》介紹：「曲園先生日記兩册，手寫本，起自清同治六年丁卯，迄光緒二年丙子，首尾完整。字跡在楷隸之間，雖隨意揮翰，而精謹端嚴，規範自在。此書久庋家中，未收入『所著書』内，故自來不見著録。」〔三〕這兩册「久庋家中」的日記手稿，一九九九年十一月由俞平伯長女俞成專程從北京飛抵杭州，無償捐贈給了俞曲園紀念館〔三〕。據洪尚之《讀俞曲園〈春在堂日記〉手稿隨記》描述，《春在堂日記》手稿原稿，寫在近似老式賬册的竹紙綫裝本子上，左右長二十一點五釐米，上下高十五點三釐米。日記原稿經過裝裱後的兩厚册，外觀整體呈長方形，原稿筒子頁每頁下均加

〔一〕《學林漫録》五集，第六三頁。
〔二〕《北平北海圖書館月刊》第二卷第五號。收入一九三三年上海開明書店出版的《雜拌兒之二》時，標題删去「家藏」，文字略有改動。引自《俞平伯全集》第二卷第三一三、三一四頁，花山文藝出版社一九九七年。
〔三〕《俞樾後裔無償捐獻〈春在堂日記〉手稿入藏俞樓》，《浙江日報》一九九九年十二月七日。

上近於正方形的襯紙（也是竹紙），因而上露天頭，下連地脚，整册左右長二十三點六釐米，上下高二十三點二釐米。兩本手稿均加上黄皮紙的封面和封底，以絲綫串訂成册。手稿第一册封面左側有俞陛雲光緒二年工楷題署「先王父日記」。封面内面右上角粘貼俞樾所書「春在堂日記」字樣的宣紙簽條；第二册封面有俞樾門生章鈺工楷題署「曲園先生日記」〔一〕。這部日記，起於同治六年正月初一（丙辰），終於光緒二年十二月三十日（丙辰），整整十年（即一八六七年二月五日——一八七七年二月十二日）。其間幾乎每天大大小小的人事與活動，包括寄出和收到的信，前往拜訪和登門來訪的人，上門診病醫生的姓名，第三代出生與親朋好友去世的時辰，杭州詁經精舍以及清溪書院、五湖書院、龍湖書院、上海求志書院的考題以及成績前二十名學生的姓名……都一一記載，確是俞樾研究的第一手資料。《曲園雜纂》中《閔行日記》一卷，所記同治十一年正月壬子至三月壬子（合計六十一天）俞樾從杭州到福寧看望老母、兄長的往返内容，與《春在堂日記》相應日期所記内容幾乎相同。而《閔行日記》中的錯訛，可據《春在堂日記》校正。例如正月癸丑從江干出發，溯錢塘江而上，當日停泊的地點是富陽四大古埠

〔一〕 張建庭主編《西湖學論叢》第四輯，杭州出版社二〇一二年版，第七九頁。

之一的「湯家步（埠）」，《閔行日記》訛作「楊家步」。

對這部日記的内容，俞平伯《家藏〈春在堂日記〉記概》評價道：「此記體裁與世傳諸家日記頗異，不矜才，不使氣，亦不臧否同時人物，蓋純以治學之精神行之。」「此區區短書亦正有其一貫之精神在焉，謂可與其五百卷之《全書》相發明。」「竊觀所記不外倫常日用之間，而學養性情往往流露，實抵得一部長篇的傳記。蓋情真則語亦真，語真則雖簡易而動中肯要，中肯要則讀其書想見其爲人，不爲難矣。」〔一〕洪尚之《讀俞曲園〈春在堂日記〉手稿隨記》概括得也較恰切：「廣而言之，上至晚清時期政界、學界人物的活動，下到俞氏個人交游、家庭生活，乃至他所到之處一時的社會習尚、地方風物尤其是西湖山水名勝的變遷、西湖龍井茶鄉的風情，『日記』手稿均有獨家記録，其文獻史料價值和閱讀意趣都是不言而喻的。」〔二〕

本次整理，沿用俞平伯主張的「春在堂日記」與「曲園日記」之名。《春在堂日記》以俞樾後人捐贈給杭州俞曲園紀念館手稿的複印件與照片爲底本，參考洪尚之先生論文以及網上相關

〔一〕引自《俞平伯全集》第二卷第三一三、三一四頁。
〔二〕張建庭主編《西湖學論叢》第四輯，杭州出版社二〇一二年版，第八二頁。

資料；《曲園日記》以《文藝雜志》連載《俞曲園日記》爲底本，校以《吴中文獻小叢書》本（保留其序）、沈啓無《大學國文》本。異體字、古字、俗字不改；漫漶殘缺與無法辨認字用□代替；因避諱而改字或缺筆的「寧」「玄」「弘」等回改，不出校。

整理中承蒙汪少華、林日波先生指教，王倩倩博士曾參與《曲園日記》整理，謹此致謝。

本次重印，有所修訂。

孫煒　於杭州師範大學

春在堂日記

題識

吾祖日記，始於同治六年丁卯，今甲子一周矣。前丁卯歲，吾祖主蘇州紫陽書院講席。是時大亂初平，山川清晏，人物豐昌。吾祖年四十有七，著《群經平議》，剞劂告成，寄孥於吳郡胥門内梵門橋弄。次歲戊辰，余誕生於是宅。此六十年中，人事萬變。自同治丁卯迄光緒丙午，吾祖著書五百卷，晚歲重宴鹿鳴，復翰林原職，海内尊爲耆儒。余仰承祖訓，戊戌登第，壬寅典蜀試，癸卯膺特科，洵舊德之深也。丙午後重闈棄養，至辛亥而國體變更，孤露餘生，絶意仕進。以《清史》開局，衡兒入大學，遂攜眷至京師，買宅於朝陽門内老君堂胡同，又十有三年矣。群雄割據，海宇沸騰，持較六十年前，曠邈若羲軒之世，不知更後周甲世界作何狀，吾家作麽生。念來軫之方遒，憬保家之不易，爰紀其概略於日記之後，并繫以詩。吾族自元代希賢公以後，世居德清南埭村，耕讀相承，歷七百年而書香勿替，吾子孫能以文學繩武，於後之丁卯歲更加題識，綿世澤於無窮，余所欣願也。

流水游龍閲世忙，再更花甲事難量。
兒孫能守先人業，重押芝泥著録章。

丁卯嘉平月二十六日，樂静老人俞陛雲識，年六十。

寬每聞先生言：曾文正公在軍中，日必有記，名《過隙影》。積旬日，輒命録寄子弟，以當家書。先生自咸豐己未至光緒己丑，亦每日必寫日記，歷數十年不輟。今復敬觀斯卌年之閒，一筆不苟，其精整尤非尋常人所能及，益信名臣大賢無有不克勤小物者，即細節以觀其全，乃知其所成就非倖致也。戊申十有二月，陽湖趙寬拜觀敬識。

自昔名儒碩彦多有日記，以驗進德脩業。戊申歲暮，文蔚歸自秣陵。階青太史手祖庭日記二册見眎，自同治丁卯迄光緒丙子，細書密字，始終無一懈筆。《詩》曰：「温恭朝夕，執事有恪。」乃歎古今盛德大業，無不基於有恒。先師箸書盈架，海内推爲精博，始知平時所積非偶然也。文蔚以先世雅故，弱冠獲奉几杖。中閒飢走四方，違離十載。乙巳重來吴下，昔歘今情，眷愛愈篤，親承謦欬者兩年。丙午之冬，遽撤琴瑟，梁木之痛無時已已。今捧遺墨，先世名氏猶存記中。自維瓠落，不能仰酬萬一。階青太史永懷祖硯，什襲弆藏。而雅材宏達，能傳家學，尤不可及。開卷温尋，益增高山景行之慕也。門下士宋文蔚拜讀敬誌。

宣統三年，歲次辛亥，元旦日，門下再晚學生鄭言拜觀。

宣統三年正月，過吴門，訪曲園，獲觀《春在堂日記》，始丁卯訖丙子，精雅詳謹，十年如一日，妙睹墨寶，歡喜贊歎。年孫奭良敬識。

戊辰元旦，謁外舅賀歲，拜曲園公影堂，獲觀此日記二册，距今適甲子一周矣。國家盛衰之故，曷可僂指？惟世德相承、書香勿替者，可永保於無窮，不隨時代治亂而變也。門下婿許寶蘅謹題。

曲園先生日記二册，爲平伯兄歷世珍藏，計自同治丁卯（一八六七）迄光緒丙子（一八七六），迄今已及百年。兹同人集會於聖陶廣所，平伯攜示，同聲贊歎。因各署名，并志年歲，以志紀念。王伯祥時年八十五、章元善時年八十三、顧頡剛時年八十二、葉聖陶時年八十一。一九七五年四月十九日，頡剛執筆。

後丁卯十二月二日，平伯俞銘衡敬記，年八十有九。

同治六年

歲陽在强圉，歲陰在單閼。「强圉」亦作「彊梧」，「單閼」亦作「蟬焉」。

正月小盡　終陬「陬」亦作「聚」

二月大盡　極如

三月小盡　畢寎「寎」亦作「窉」

四月小盡　橘余「橘」亦作「皭」

五月大盡　修皋「皋」亦作「高」

六月小盡　圉且

七月小盡　厲相

八月大盡　則壯

九月小盡　窒玄

十月大盡　塞陽

十一月大盡　終辜

十二月大盡　極涂「涂」亦作「荼」

正月

丙辰，晴。高雲山清巖來。凡客來不見則不書。是日，始艸《墨子平議》。

丁巳，雨。

戊午，晴。

己未，不書晴雨，與上日同也。凡晴雨與上日同不書。是日出拜客，見汪柳門庶常暨姚松泉舅氏。其餘不見，不見則不書。

庚申，雨，旋霽，終日陰。蒯蔗農觀察來。是夜雨。

辛酉，微雨，旋霽，終日陰。是日，于先高祖以下畫像前設祭行禮。禮畢，敬撤。吾家故事于除夕縣先世畫像，至正月十有八日而撤之。余以流寓四方，不能如故事，故縣六日而撤，示不備禮也。是日，《墨子平議》弟一卷成。

壬戌，陰，已而大雪。姚松泉舅氏來。曹平之均、李子明元楨來，兩生皆肄業書院者也。

應敏齋觀察來。

癸亥，雪霽。出拜客，見蒯蔗農、潘玉泉兩觀察。

甲子，晴。潘濟之祖謙、和甫祖均來。得汪儀卿鴻逵十二月九日書，又得王康侯女壻十二月廿九日書。是夜雨。

乙丑，雨。與王補帆暨康侯書。

丙寅，雨霽，夜復雨。是日，《墨子平議》弟二卷成。

丁卯，雨霽，已而復雨。得馬穀山撫部書、杜小舫觀察書，不書月日，書無月日也。得王補帆正月八日書。沈韵初樹鏞餽酒食。

戊辰，陰。潘玉泉觀察來。

己巳，陰，日閒見。得康侯正月十日書。觀傀儡戲。松泉舅氏來。

庚午，陰。曾君表之撰饋酒肉。是日，《墨子平議》弟三卷成。

辛未，晴。惲仲清頌孫、叔來侯孫來，皆惲次山同年之子也。出拜客，見吴平齋觀察、陳小舫太守、楊敏齋刺史。許星卡鴻臚來，未見；往拜，亦未見。未見而書，以自遠來也。凡四方君子自遠而來，雖未見，書焉。是日，得壬甫兄十二月十四日書。

壬申，晴。許星叔來，汪柳門來，曾君表來。得楊石泉方伯書，得應敏齋觀察十五日書。

癸酉，閔小圃寶樑來。與應敏齋書，與周慕陶及少雲書，與姚魯卿書。

甲戌，閔小坡以戴士衡暘谷及其子翊清列卿來。吴承潞廣盦來，王曉蓮方伯來，李薇生太守來。得戴子高正月七日書。

乙亥，出拜客，見勒少仲廉訪。得李肅毅伯正月十一日書。勒少仲來。

丙子，微雨。登舟赴上海。命家人送姚祖詒入塾讀書。祖詒乃吾舅氏平泉公之孫，外弟幼泉之子，而于内子則姪也。亂後母子二人寄食村閒，無以爲生。余曰：吾舅氏無它孫，止此一脈矣；吾外王父蘭皋公無它曾孫，亦止此一脈矣。乃于五年正月使人取其母子來，而今歲命入塾焉，蓋已七齡矣。祖詒，余所命名也。其冠也，即字之曰穀孫，《詩》不云乎：「君子有穀詒孫子。」以吾平泉公之盛德，其患無後乎？斯名斯字，所以識也。是日，泊漁亭，舟中始草《列子平議》。

丁丑，雨且風，不可行。既飯而後行，泊昆山，更鼓再嚴矣。是日余有疾，不夕食。

戊寅，晴。泊黄渡。

己卯，雨。至上海。拜敏齋觀察，見。遂如南園，見賈雲階履上、李小雲曾祜、艾静洲德堃、王子言恩溥、姚潤生元滋、賈跂雲襄。余遂宿于南園之湛華堂。得兒子紹萊正月二十三日書，内有戴子高十四日書、蔡厚齋舅十四日書。

庚辰，應敏齋觀察來。王竹矦廉訪來，沈雒宜大令來，王蓮塘大令來，胡治卿廣文來，張欣木王熙來，費若農培鎮、毛對山祥麟、鄭蓮君德鍾、劉子宣燦俱來。是夜，會飲于來〔一〕與我同有事于修志局也。是夕，會飲于湛華堂。作家書。

辛巳，晴。王蓮塘大令來。郁正卿熙繩、江馨山承桂、趙建矦豫升、莫爾嘉肇辰俱見。出拜客，見應敏齋、蒯蔗農兩觀察暨王大令。

壬午，鍾子勤文烝來。戴笑鴻儒來。上太恭人書，與壬甫兄書，并寄去茶葉二瓶。

坿記：寄福建書，託上海小東門外潮州會館對門豐興棧李自西瑞岐轉寄。時李君回閩，交付其友也。又或交永裕厚會票局，寄福州本局毋璧如轉交亦可。閩寓在渡雞裹淳仁坊。

癸未，姚静巖壽基來，侯徠山廷松來，程黻卿咸焯來，沈又亭兆元來，郭日長德炎來。出拜

〔一〕此處疑有訛脱。

客，見蔣心香德馨、鍾子勤文烝。是夕，敏齋觀察招飲于絜園。

甲申，徐子喈鳳鳴、趙二川晉榮見。出拜客，見徐伯蕃司馬。得兒子紹萊正月二十七日書，知次女繡孫自京師歸至于蘇州，喜之，故書。

二月

乙酉，郭學汾儒棟見。至王仁伯家，見日本國人倉敦，敦字松窗，與之語，以筆墨代喉舌焉。得紹萊書，内有許子原女壻書。作家書，并與王補帆親家書。

丙戌，至文廟大成殿，觀祭器樂器。明日上丁，有事于文廟，故先陳焉，遂登尊經閣。閣之下，祀字祖經師。余嘗言于應敏齋觀察，周太史籀爲大篆之祖，秦太史令胡毋敬、御史程邈爲小篆之祖，今竝增入矣。又至豫園，園故明潘恭定公所葺也。公名恩，字允端，《明史》有傳。其經營此園垂三十年，亭榭水石之勝甲于一郡。今爲城隍廟之西園，賈人賃居而列肆焉。又嘗爲西兵所據，嘉木拔，怪石仆，流泉淤，勝地不常，是可感矣。作家書，并與許子原女壻書。

丁亥，雨。倪述亭學稱、徐汀舟恩灝見。

戊子，陰。虞映溪慶瀾來，吾浙東陽令也，以補帆書來。

己丑，晴。尹子銘鋆𢜫來，侯徠山來。

庚寅，至龍門書院，見張欣木、尹仌赤。黄協卿師虞來，應敏翁來，嚴伯雅司馬錫康來。得紹萊二月四日書。

辛卯，金潄芷鳳清來，陳子莊其元來，蔣心香德馨來。出拜客，見潄芷及馮介安觀察。是日，海運局交來《群經平議》，喜之，故書。應敏翁以日本人安井仲平衡《管子纂詁》贈。

壬辰，馮少渠渭來，徐伯蕃元錫來。作家書。

癸巳，金潄芷來，馮介安觀察禮藩來。出拜客，見敏齋觀察。是日，徐伯蕃司馬招飲。

甲午，陳作梅元燮來。得張少渠豫立書。

乙未，登舟還蘇州，艤舟于新閘。侯潮至而夜行，不知其行幾里，泊何地也。或曰距黄渡蓋九里。是日，復艸《列子平議》。

丙申，泊崑山。是日，《列子平議》成。

丁酉，還蘇州。

戊申，出拜客，見郭遠堂中丞、王曉蓮方伯、勒少仲廉訪、李薇生太守。與應敏齋書、子原書。

己亥，王曉蓮方伯、潘季玉觀察來，潘濟之、和甫來。得崇地山侍郎書。

庚子，郭遠堂中丞來，曾君表之撰來。朱采蓀冕群以沈吉齋夢巖書來。吉齋著《題榴盦詩集》，二十五年前曾爲作序，久不通問矣。今得其書，乃知其譔述甚富，有《廿二史雜説》《尚書彙解》《肉譜》《匹夫小史》《古韻通叶》《庚癸一家言》等書。其《肉譜》體例與王、李《蒙求》相類，《匹夫小史》記常言俗事，《庚癸一家言》則專記粵賊之難也。余閔其窮老，著書不克自見于世，故存其大略于此。戴列卿翊清來。

辛丑，馮聽濤松生來。郭遠堂中丞招歙。是日，出拜客，見吳平齋觀察，遇雨而歸。其夜雨甚。

壬寅，晴。吳平齋來。得徐孝廉士駢書。得姚魯卿書并餽兒子祖仁藥，即作復書，并與譜笙書。是日，紹萊赴杭州，齎去致許信臣中丞書、子原女壻書。

癸卯，胡綬若有陟來，俞勁叔剛來，高雲山來，陶升甫來。

甲辰，郭遠堂中丞、王曉蓮方伯、勒少仲廉訪咸至書院，具柬請開課。遂至講堂，與行交拜禮，并受諸生拜見如儀。中丞饋酒食。與李肅毅伯書。趙小霞際清來，小霞舊曾受業于門者也。師竹庵觀察榮光來。是夜雨。

坿記二月望課詩文題：「君子一言以爲知」三句；賦得「春入長洲草又生」得「洲」字。

乙巳，雨，旋霽，終日陰。張丈應昌來，惕齋同年之季父也。所著有《春秋屬辭辯例》六十餘卷，舊曾刊版，今燬于兵火。擬寫本進之朝，未知果否。又著《南北史識小録補正》，吴仲宣制府刻之于杭州。又著《國朝正氣集》，未刻也。其年已七十餘，嘉慶庚午舉人，亦吾鄉之魯靈光矣。徐賓子觀昭、殷培厚〔一〕李垚、陶縵雲嘉棟均來見，皆肄業于書院者也。得周慕陶二月十三日書。與王補帆親家、康矦女壻書、許子原女壻書。

丙午，晴。江華卿來。出拜客，見張仲甫丈應昌，以所著《彝壽軒詩鈔》《寄庵雜著》《煙波漁唱》見贈。又見葉涵溪。

丁未，陸連鍾山逵〔二〕來，閔小圃賓樑來。得王康矦女壻十八日書。

戊申，嚴緇生辰來。得許子原女壻書，得紹萊書。歸王氏長女錦孫至自杭州，得親家王補帆廉訪書。

己酉，與補帆書。吴曉帆觀察煦來。

〔一〕培厚，當爲「厚培」，殷李垚號厚培，字寅生。

〔二〕陸連鍾山逵，原作「陸鍾山連逵」，「陸連」，複姓，據《右台仙館筆記》卷十一改。下同。

庚戌，鄒蓉閣在衡來。得兒子黼堂正月廿二日書，得談仲修獻二月廿三日書。與崇地山侍郎書、應敏齋觀察書、汪儀卿工部、朱伯華刑部書。是日，閱定望課卷，發監院校官榜示于門。

坿記二月望課超等前二十名：張潤福、曹應震、朱冕群、李士瓚、鄭昌棪、胡元濬、陶嘉棟、曹均、殷詒穀、周齡、趙鈞、蕭應鷺、沈規、徐觀昭、吴斯畬、殷李垚、馮芳植、曹毓俊、林袓雋、吴文桂。

辛亥，陰。柳質卿商賢來。得康侯廿四日書。

壬子，晴。是夜雨，大雷電。

癸丑，雨。得戴子高望二月二十日書。姚魯卿餽兒子祖仁藥。

甲寅，晴。得應敏齋同年二十一日書。

三月

乙卯，雨。是日清明。余久客四方，不克上先人冢，即于廡齋設祭行禮焉。與王補帆書，坿去《群經平議》刻本應改正者二百廿五葉。又與周慕陶書、談仲修書、兒子紹萊書。又與蔡駿甫書。

丙辰，晴。與馬穀山中丞書、杜小舫觀察書、戴子高書、蔡厚齋舅氏書，均託王曉蓮方伯。又與沈吉齋書，坿去《賓萌外集》一部，託朱采蓀。

附記：子高寓金陵南門外掃帚巷江南製造礮局劉公□。

丁巳，始草《淮南子平議》。

戊午，張心泉潤福、李玉舟士瓚、鮑竹孫晟來。

己未，以石刻姜白石道人像搨本贈勒少仲同年。

庚申，出拜客，見郭遠堂中丞、王曉蓮方伯。

辛酉，《淮南子平議》弟一卷成。

壬戌

癸亥，得王補帆親家書，内有與倪載軒觀察寶璜書，即送其寓。又得康矦女壻書。得壬甫大兄二月廿二日〔一〕。

甲子，紹萊至自杭州。得許信臣前輩書。勒少仲廉訪來。

〔一〕「日」下疑脱「書」字。

乙丑，出拜客，見唐鷁安明府，刻《奏定文廟祀典記》成。得杜小舫觀察書。徐誠菴送來惲莘農礼部彦琦書、朱伯華刑部書。

丙寅，與王補帆親家、康矦女壻書。得馬穀山撫部書。鮑竹孫來。是日，《淮南子平議》弟二卷成。

丁卯，雨。

戊辰，晴。惲次山撫部來，方廣文其洪、包廣文桂生來，唐鷁安大令翰題來，丁雨生方伯來，潘濟之、和甫來。得康矦書。

己巳，徐誠菴本立來，戴列卿來。與應敏齋同年書、王康矦女壻書。

庚午，出拜客，見丁雨生方伯、勒少仲廉訪、惲次山撫部、王曉蓮觀察。是日，先游惲撫部小園，有池一泓，精廬數椽，頗有疏爽之致，久坐忘返。及至王曉蓮處，其所寓即拙政園也。清流怪石，古樹扶疏，雖屋久不葺，其勝故在。與曉蓮流連其閒，不知日之西睨也。此園官已出泉三千貫得之，若即以作紫陽書院，鄙人得暫爲名園作主人，何幸如之！行當與郭中丞、丁方伯謀此，不知其成否也。是夜雨。

辛未，雨。王曉蓮觀察來，彭孝廉福保來。得李肅毅伯三月六日周家口行營書，得許子原女壻書。

壬申，晴。楊鹿岑廣文壽孫來，楊芝與廣文諤臣來。是日，課諸生于院。《淮南子平議》弟三卷成。馮景庭前輩來。

坿記三月望課題：「子曰文莫吾猶人也」一節；賦得「天香夜染衣」得「衣」字。

癸酉，閔小圃來。趙惠甫烈文來。程韵泉寶璐來，韵泉能醫，請爲長女治疾也。與徐蕖生孝廉士駢書。與郭中丞書。是日，鬄頭。自此以前皆失記，記鬄頭始此。

甲戌，徐賦秋誦芬來。汪子和曰誠來。孫潤之澤清來。得王補帆親家、許子原女壻書。即作覆書寄之。

乙亥，戴子高望自金陵來。出拜客，見趙惠甫。

丙子，汪小樵來。得汪蓮府書。

丁丑

戊寅，柳質卿來，王璞臣丙來。

己卯，閱定望課卷，發監院校官榜示于門。

附記三月望課超等前二十名：錢國祥、顧鵬、貝遵義、潘壽祺、劉傳福、吳慶咸、胡元濬二、朱冕群二、俞剛、惲侯孫、司馬淦、柳商賢、鮑晟、徐有珂、劉傳霖、王啓甲、陶嘉棟二、尤家炳、戴元章、徐觀昭二。又有張憲章主注疑説，文不甚佳，要是服占之士，列超等末。坿記于此。

庚辰，楊敏齋錫麒來，朱璞山守和來。

辛巳，張芑湄來。得姚訪槑女枏書，得周少雲書。鬀頭。

壬午，遣二女歸杭州。蔡厚齋舅氏來，沈韵初來。

癸未，得王補帆書。朱佐君元輔來。出拜客，見徐誠菴。

四月

甲申，與王補帆書、孫琴西書。

乙酉，朱守和璞山、師長樂仲覺來。戴子高去，如金陵。

丙戌

丁亥，微雨。是日，《淮南子平議》弟四卷成。

戊子，晴。得應敏齋觀察書、蔡駿甫書。鬀頭。

己丑，張碩甫廷彦來，侯崍山來。與蔡駿甫書。出拜客，見吴曉帆觀察。得兄子黼堂二月十五日書、王康侯初三日書。

庚寅，上太恭人書。與壬甫兄書，與兄子黼堂書，與應敏齋書，上曾滌生師相書。吴曉帆來。得崇地山侍郎書。張福至自杭州。得王補帆親家、許子原女壻書。

辛卯，先府君忌日，設祭行禮。潘玉翁來，陳子莊其元來。與戴子高書、王補帆親家書、王康侯、許子原兩女壻書。

壬辰，雨。鄒蓉閣在衡來。

癸巳，晴。高雲山來。

甲午，上太恭人書，并附呈茶葉二瓶、豚肩一具，因王友梅之便也。勒少仲廉訪來，孫潤之來。與張子青前輩書。

乙未，孫潤之以醫韓生來，治兒子祖仁疾。勒少仲廉訪以書院朔課卷屬爲校定。

丙申，校定朔課卷，歸之廉訪。得康侯女壻及女錦孫書。鬀頭。陶升甫來。

丁酉，與王補帆親家、康侯女壻書。孫潤之以醫韓生來，陸連鍾山逵來。是夜雨。

戊戌，得王補帆書并刊正《群經平議》二百廿五葉，即作覆書。孫潤之來。是日，作《吴縣武帝廟碑文》一篇。

己亥，侯崍山來，郭中丞送邸報來。

庚子，雨。吴文江鑑明來，爲内子治耳疾。

辛丑，晴。課諸生于院。

坿記四月望課題：「不踐迹」二句；賦得「緑油翦葉蒲新長」得「蒲」字。

壬寅，得子原女壻、繡孫次女書。得戴子高書。

癸卯，雨。吴文江來，侯崍山來。

甲辰，晴。上曾滌生師相書。與應敏齋同年書、陳子莊其元書、許子原女壻書并與次女藥。得陳子莊書。

乙巳，許緣仲太夫人之喪，自揚州來。往弔，遂拜客，見馮景庭前輩、陳小舫慶瀛、朱璞山守和、鄒蓉閣在衡。許星尗鴻臚來。

丙午，汪少安孝廉蔭穀來。鬄頭。

丁未，雨。得俞勁叔書。

戊申，晴。與應敏翁書。

己酉，得王康侯書、應敏齋書、賈雲階書。葛瑞卿大令來，吴平齋觀察來。是日，閱定望課卷，發監院校官榜示于門。

坿記四月望課超等前二十名：吴恩熙、府晉蕃、胡元濬三、沈規二、朱冕群三、胡有陟、王有贊、陸潤庠、徐有珂二、戴兆春、潘錫爵、龐鐘瑚、貝遵義二、殷福麟、汪朝模、蕭應鷺二、張敬熙、林雍、劉傳福二、戴翊清。

庚戌，得子高四月十九日書。出拜客，見郭遠堂中丞、丁雨生方伯。是日，李薇生太守來。

辛亥，雨。

壬子，晴。與李少荃前輩書，託丁方伯寄。戴列卿來。

五月

癸丑，是夜雨。

甲寅，晴。得王君慶勳書，又得吴和甫同年前輩書，又得談仲修書，又得黄元同式三書并所著《經禮通詁》及其先德薇香先生《論語後案》。元同，定海佳士。和甫學使書來，曾及之。其所著有《十翼後録》《儆季雜著》諸書。得朱伯華比部四月九日書。

乙卯，雨。貝柳孫遵義來。

丙辰，晴。潘玉翁來，戴列卿來。得王康侯、許子原書。

丁巳，晴。馮少渠渭及其子聽濤松生來，姚珊洲經烈來。得姚補笙書并以枇杷饋。

戊午，勒少仲廉訪來。

己未，余登舟如上海，泊進義，其地距崑山二十里。

庚申，泊趙屯港，距黄渡三十里。是日，編定《賓萌集》六卷，曰論篇一，曰説篇二，曰釋篇三，曰議篇四，曰雜篇五，曰圖篇六。

辛酉，陰，日加申遂雨，泊曹家渡。

壬戌，大雨。至上海。拜應敏齋觀察，見，遂如南園，宿于湛華堂。曹海林樹珊、鄭蓮君德鍾見。

癸亥，晴。出拜客，見蒯蔗農、馮介安兩觀察、王竹矦廉訪、陳子莊刺史、嚴伯雅司馬、王蓮塘大令、鍾子勤山長。上太恭人書。與大兄書、兄子黼堂書，并寄書一部，託李君自西寄。又與兒子紹萊書。鬍頭。

甲子，陰，日加酉遂雨。王竹矦來，嚴伯雅來，蒯蔗農來，張欣木來，胡治卿來。郁正卿見。

乙丑，雨。陳子莊來。得兒子紹萊書、朱元輔佐君書、張豫立少渠書。

附記：朱佐君住嘉定城内席家栅北口。

丙寅，鍾子勤來，馮介安來，徐伯蕃來。是日晴。

丁卯，陳元燮竹湄來，俞勁尗來。寄家書。

戊辰，陰，有小雨。張欣木來，姚静巖來。

己巳，應敏齋同年來，王蓮塘大令來。

庚午，王竹疾同年來。與兒子紹萊書，寄去馮了性藥酒。出拜客，見蒯蔗農、王蔭齋兩觀察，王名曾樾。

辛未，蒯蔗農、王蔭齋兩觀察來。陳子莊來，蔣心香來。

壬申，出拜客，見楊子芳徽猷。遂登威林密火輪船如金陵，同行者王蔭齋曾樾觀察、嚴伯雅錫康司馬。是船乃鳌捐局中船，管帶者李樹勳振名總戎，具饌甚豐。是日登舟，大雨。

癸酉

甲戌

乙亥，至金陵下關，易小船而至水西門。又乘肩輿至評事街之三升棧，遂至節署，謁曾滌生師相，并見趙惠甫烈文、錢子密應溥。師相留宿節署。

丙子，拜節署諸客，見無錫薛叔耘福成、衡州王子雲香倬、寧國屠晉卿楷、宜興任棣香伊、海寧陳小浦方坦、祥符孫宇農育均。吾師莫府聚天下英才，故詳誌之，俾勿諼焉。又有袁子賡、徐翰臣薇垣，皆年家子也。又見曾栗諴紀鴻，吾師次子也。其長君名紀澤，字劼剛，時未見也。是日，出拜客，見李雨亭方伯宗羲、龐省三觀察際雲、涂朗齋太守宗瀛、杜小舫觀察文瀾、周縵雲、李小湖兩前輩，莫子偲友芝。已而倪豹岑文郁來。

丁丑，李方伯、龐觀察、杜觀察、王蔭齋觀察、涂太守來。鄭楚生司馬興熿來，夢白中丞之孫也。潘伊卿觀察鴻燾來。是日，曾師招飲，與會者周縵雲前輩、倪豹岑比部、莫子偲友芝、唐端甫仁壽、李壬叔善蘭、張嘯山文虎、劉伯山毓崧、劉叔俛恭冕、劉開生翰清、汪梅村士鐸、趙惠甫烈文、錢子密應溥，皆東南名下士也。是日大雨，有寒意。

戊寅，與紹萊書。王曉蓮觀察來。

己卯，出拜客，至飛霞閣書局，見李壬叔、張嘯山，遂同至文廟大成殿一觀，甚壯麗。適遇微雨，未克久留。又至勸農局，見陳卓人前輩立。又至礮局，見劉治卿太守佐禹。是日，李方伯，王、龐、杜三觀察招飲。

庚辰，李壬叔、劉伯山、劉叔俛、劉開生、汪梅村來，戴子高來，李小湖、陳卓人兩前輩來，劉治卿來。

辛巳，奉陪湘鄉師游妙相庵，李方伯，王、龐二觀察爲主人。庵有泉石之勝，樹木陰翳，池蓮方開，且有高閣，可以眺遠。湘鄉師樂甚，酒後復登鼓樓，所見更空闊矣。是日，晴雨相半。歸途復至後路糧臺，見陳作梅前輩鼒。

壬午，陳作梅來，錢怡甫華榮、新甫詒元來。是日大雨。

六月

癸未，大雨。凌筱南觀察煥來，劉開生、戴子高來，潘辛芝觀保來。

甲申，晴。

乙酉，陳卓人來，劉叔俛來。彭麗崧申甫來，乃陶文毅之壻也。文毅督兩江，曾在其署，至今將三十年矣。是日，劉治卿太守招飲。

丙戌，李薇生太守來。

丁亥，出拜客，遇雨。見王曉蓮觀察、周縵雲前輩。曉蓮來。

戊子，出拜客，遇雨。見王曉蓮、周縵雲。曉蓮來，戴子高來。

己丑

庚寅，龐省三觀察來，汪柳門庶常來。

辛卯，周縵雲前輩來。與紹萊書。是日，威林密輪船至自湖北。

壬辰，倪豹岑來，與子密偕至淩筱南處見。

癸巳，奉陪湘鄉師相暨莫府諸君及彭麗崧同登太平門樓，觀沅浦中丞由地道攻克金陵故迹。其缺口已修補，而湘鄉公紀事碑亦甚簡略，末有銘曰：「窮天下力，復此金湯。苦哉將士，來者無忘。」可見當時力戰之難。同遊者有趙惠甫，曾躬在行閒，于雨花臺望見之，云是日爲同治三年六月十六日，黎明微雨，旋霽，日中又雨，大聲忽發，磚石齊飛，倏忽之閒而煙氣迷漫，不見天日。及煙散，則見城中龍廣山上萬蟻蠕蠕，蓋皆人也。時我大兵已由缺口入城矣。俄而旌旗盡開，四面俱下，而賊所据僞府同時火起矣。又言我兵未入城時，其上有黑雲，大數畝許，歷久不變。及我兵長驅入，而黑雲亦與之俱，是殆有神助乎？觀畢，復出城，至玄武湖。湖方十餘里，偏種荷花，各乘小舟，穿花中而過，清香襲人，紅衣翠蓋，亭亭可愛。已而入神策門，飯于妙相庵。遂辭湘鄉師，偕麗崧同出儀鳳門，登威林密輪船。同行者尚有錢元之塘，子密從兄子衡之同年、梠之弟也。是日，晴雨各半。

甲午，雨。

乙未，至上海，日已莫矣，因雨未登岸。

丙申，登岸。拜應敏齋、蒯蔗農兩觀察，見。遂如南園，復出拜客，見王竹侯同年、嚴伯雅司馬、李樹勳總戎。得紹萊五月廿六日、六月朔日書。是夜，大雨。

丁酉，應敏翁來，劉庸齋前輩熙載來，王竹侯來，王子言來，廖養泉綸來。與紹萊書。李樹勛總戎饋末利花兩盆、木養和一具。是日，雨益甚，甘霖變爲苦雨矣。

戊戌，晴。江海門潮來，招同彭麗翁、葛蕃甫繩孝小飲于市樓。遂偕衛肎堂同觀泰西人新造屋一所，并觀魯麟洋行屋，周歷其内，并登其巔，主人飲以酒。是日，拜客，見李自西、姚静巖、沈雒宜、錢元之。其夜，應敏齋招飲。上太恭人書。與壬甫兄書。

己亥，葉顧之大令廷眷來。黄松舲安壽來，其兩昆皆丁酉同年也。郭日長來，蒯蔗農觀察來。

庚子，蔡乂臣觀察世俊來，憶歲在壬寅，見于武林，其時止十歲也。沈雒宜來，王竹侯來。王蔭齋觀察招飲，值其得暴疾，其子出應客。同席者蔡乂臣、何叔瑞元。遂拜客，見黄松舲、應觀察。錢元之來。上湘鄉相侯書。與李雨亭方伯，王曉蓮、龐省三、杜小舫三觀察、劉治卿太守書、錢子密書、趙惠甫書、徐薇垣書。

辛丑，應敏翁來。出拜客，見鍾子勤、蔣心香。遂至新聞登舟，待潮而行，三鼓始發，彭麗崧仍同行。

壬寅，晨起，已過黄渡矣，泊三江口，距崑山尚二十里。是日，与彭君舟相失。

癸卯，還蘇州。

甲辰，彭麗崧來，潘濟之、和甫來。

乙巳，高雲山來。

丙午，侯峽山來。

丁未，閱定五月望課卷，發監院校官榜示于門。

附記五月望課題：「子謂子貢曰女與回也孰愈」一章；賦得「菡萏敷披」得「光」字。

超等前二十名：潘欲仁、蔣士驥、胡元濬四、王楨、張潤福二、顧榮達、潘玉鳴、曹應震二、趙鈞二、何憲祖、吴鼐生、王宗龢、周清鑒、潘成霖、貝遵義三、張兆奎、錢禄泰、朱冕群四、劉傳祁、唐復。

戊申，得姚魯卿書，以入學告。與蔡駿甫書。

己酉，得子原書，以入學告。得周慕陶同年書、少雲書。

庚戌

辛亥，閱定六月望課卷，發監院校官榜示于門。是兩課，余不在院。五月課，留題院中。六月課，自金陵寄題試之。是夕，得孫琴西書。

坿記六月望課題：「子曰齊一變」兩章；賦得「高林翠阜相回環」得「亭」字。

超等前二十名：管純煛、胡元濬五、周希旦、潘欲仁、黄賡唐、張敬熙二、惲侯孫二、管禮耕、錢禄泰二、凌曾梅、王有贊二、石方涑、殷樹森二、府晉蕃二、馮芳植二、沈規三、顧治甲、錢昌穆、吴文謙、汪銘清。

七月

壬子，得杜小舫書。

癸丑，出拜客，見勒少仲廉訪、李薇生太守、潘季玉、吴平齋觀察。得應敏翁書。與王補帆親家、許子原女壻、孫琴西、應敏齋、蒯蔗農三同年書、朱佐君元輔書。

甲寅，雨。

乙卯，晴。汪槐堂彦增來，汪子和來。勒少仲廉訪來，秉燭夜談，及去，更鼓再嚴矣。

丙辰，得趙惠甫書。與姚魯卿書，并寄贈扇一柄、墨二笏。

丁巳，惲次山前輩來。上曾矦書。與錢子密、趙惠甫書。

戊午，馮少渠來，錢元之來。得兄子黼堂六月十七日書、徐薇垣翰臣書，與劉融齋前輩書、鍾子勤文烝書，坿去《群經平議》各一部。又與王蔭齋觀察書，坿去《賓萌外集》一部。

坿記：閩信從正大信局來，回信仍送南濠灣頭通裕局内正大信局。

己未，出拜客，見錢元之。鄒蓉閣在衡來，吴平翁來，女壻王康矦來。得補帆親家書并《群經平議》版。得錢子密應溥書。

坿記：《群經平議》版，凡木箱四，共版五百九十七片：群字號版一百五十五片、經字號版一百五十五片、平字號版一百七十四片、議字號版一百一十三片。内有數卷尾葉坿刻他卷之末，刷時須檢點。

庚申，錢元之來。得應敏齋書、戴子高書。與王補帆親家書、長女錦孫書、許子原女壻書。又與子高書，附去《群經平議》四部，託潘玉翁。

辛酉，潘濟之、和甫來。得許子原女壻七月初三日書，并茶葉、山查糕；又得其七月五日書。得周少雲七月七日書。

壬戌，陳子莊其元來，俞勁叔來。是日，始纂《上海縣志》。

坿記：寄陳子莊信由信局寄周浦轉寄南匯。

癸亥，彭麗崧來。其莫，丁雨生方伯招至署，與麗翁同飯，遂登其後圃中臺納凉，并聽其友秦君彈琴。

甲子，復至方伯署，與麗翁同飯，并觀其所藏書。得劉治卿太守書。

乙丑，招彭麗崧、錢元之、汪柳門至廌小飲。得沈夢巖吉齋書，并其子一鳴書。得康矦十一日書，自常州來。

丙寅，是日，所謂中元也，于廌中設家祭行禮。其莫，勒少仲廉訪餽洞庭碧羅茶、惠山泉水。

丁卯，得蒯蔗農觀察書。

戊辰，彭麗崧來。

己巳

庚午，徐誠庵來。得李少荃前輩七月初六日濟寧州來書，知賊蹤尚在即墨，官軍布守運河西堤，進扼膠萊河，爲蹙賊海隅之計。與應敏齋同年書。

辛未，得龐省三觀察書。

壬申

癸酉，得朱伯申書。

甲戌，陳小舫來，唐鷦安來，沈韵初來。與子原書。得姚少泉書、姚魯卿書。

乙亥

丙子，雨。嚴伯雅來。得子原與紹萊書。

丁丑

戊寅，雨。出拜客，見唐鷦安、徐誠庵、錢元之、沈書森、陳小舫、沈韵初。是夕，勒少仲同年招飲。

己卯，晴。得康侯廿一日書。沈書森太守來，郭遠堂撫部來。與錢子密書、戴子高書。

庚辰，上太恭人書，與壬甫兄書。是夜雨。

八月

辛巳，雨。

壬午，晴。

癸未，雨。《上海縣志·田賦》三卷成。與應敏齋書，附去志書三卷。得敏齋書并《減賦新案》一函。

甲申，晴。與宋雪帆前輩、李蘭生、謝夢漁同年書，各寄《群經平議》一部。與閻夢巖汝弼書、《平議》二部，其一託致祁少君也。與朱伯華書、《平議》一部、《賓萌外集》一部。與汪儀卿書、《外集》六部，均託汪柳門。

乙酉，汪柳門來。與王補帆書，内附潘少梅書、周慕陶書。

丙戌，與應敏齋書。得趙惠甫書、周少雲書并綿一斤。得子原初四日書。

丁亥，與王補帆、周慕陶書。

戊子，得彭麗崧書。

己丑，丁雨生方伯送來《王船山先生全書》，湘鄉公所贈也。書共八函一百六十本。

庚寅

辛卯

壬辰，《上海縣志·疆域》一卷成。與應敏齋書并志稿一本。朱璞山來。

癸巳，上湘鄉公書。與應敏齋書。得王補帆書、曾樞元書，四月十二日貴州來。

甲午，與王補帆書。汪柳門來，孫潤之來。

乙未

丙申，程韵泉寶璐來，爲大兒婦治齒疾。得應敏齋書并志稿，始知王補帆升粵藩矣。與敏齋書、補帆書、子原書。

丁酉，出拜客，見郭遠堂中丞、勒少仲廉訪、吴平齋觀察、汪小樵封翁。平齋以新刻《鄧頑伯篆書弟子職》贈。錢元之來。得潘少棋書。坿記：潘住馬市街方谷園巷口南首裁縫店對門。

戊戌，朱璞山來。孫駕航觀察楫來，孫符卿師之孫也，新任廣東高廉道，由天津航海來，極危險。吴文江鑑明來，爲大兒婦治喉癰。

己亥，得長女錦孫書。吴文江來，勒少仲廉訪來。

庚子，雨。得子原書。

辛丑，陰。與子原書、潘少梅書。得周少雲十八日書。出拜客，見楊敏齋。坿記：寄少雲書由新市西河口廣福橋塊下敬和堂沈竹村兄轉寄。得兄子黼堂八月十二日書，得徐薇垣書。

壬寅，寄潘少梅書、劉治卿書、戴子高書、周少雲書。得蔡厚齋舅氏書，旋作覆書。

癸卯

甲辰，得王補帆書。

乙巳，潘濟之、和甫來。與補帆書。

丙午，潘玉翁來，丁雨翁來。

丁未，與王補帆親家書，并與長女錦孫書。

戊申，雨。

己酉，晴。與應敏齋書。王康侯女壻來。

庚戌，出拜客，見丁雨生方伯、潘玉翁、王遜之親家。招遜之暨康侯至厲小飲。其莫，康侯辭，還杭州。與補帆書。

九月

辛亥

壬子，汪小樵來，王璞臣炳來。得補帆廿九日書。與徐薇垣書。

癸丑，徐誠庵來。與馮聽濤書。

甲寅，雨。

乙卯，得子原女壻書、次女繡孫書。得周少雲書。

丙辰，俞勁叔來。

丁巳，晴。胡春波元濬來。其暮又雨。

戊午，晴。得蔡厚齋舅氏書、戴子高書并書一箱。陸連逵鍾山來，勒少仲廉訪來。

己未，馮少渠來。

庚申，吴潤生澤來。得應敏齋書、康侯壻書。又得劉壽曾書，知其尊甫伯山明經没于金陵。

辛酉，吴介山同年台壽來。是莫，丁禹生方伯招至署中，與介山及潘玉翁同飯，并以千里鏡看月。

壬戌，與補帆親家書、子原書。出拜客，見勒少仲廉訪、唐鶚安司馬、陸鍾山大令。是日，在鶚安處見劉之美摹刻《嶧山碑》，殊勝鄭文寶本。

癸亥，吴平齋來。與杜小舫書。是莫雨。

甲子，馮林一前輩來。

乙丑，潘玉翁招飲，同會者姚蘅塘光發、馮林一桂芬兩前輩，吴介山同年、李薇生太守、吴平齋觀察。是日，拜客，見丁禹生方伯、汪小樵封翁、莫子偲友芝。

丙寅

丁卯，吴平翁招飲，同會者吴介山、莫子偲、馮景庭、潘季玉。拜客，見徐誠庵。得王補帆書。

戊辰，雨。晏彤甫前輩來。丁禹生方伯招飲，同會者晏彤翁、吴介山、莫子偲、潘季玉。得劉治卿書。

己巳，與王補帆書、許子原書、馬穀山中丞書、楊石泉方伯書。

庚午，得潘少梅、周慕陶書、許子原十六日書、繡女書。

附記：寄周信從新市西河口廣福橋塊敬和堂沈竹邨轉寄亭子。

辛未

壬申，田幼齋大令祚來。得王補帆書。

癸酉，潘玉翁招飲，得談仲脩書，即寄覆。仲脩爲詁經精舍監院，監院二人，其一爲鍾仲和鸞藻，時予已就詁經講席，故仲脩書來，致聘幣焉。是日，閱定九月望課卷，發監院校官榜示于門。與康侯書。

附記課題：「吾聞觀近臣以其所爲主、觀遠臣以其所主」；賦得「但將酩酊酬佳節」得「佳」字。

超等前二十名：胡元濬、程元璘、吴賡昇、吴鼒生、祁世璜、胡有陟、徐誦芬、徐溎、沈寶謙、潘念慈、張敬熙、潘欲仁、林雍、顧紹申、張履豫、承頡雲、張潤福、周道恒、徐家疇、張履恒。

甲戌，上太恭人書。與壬甫兄書，與劉治卿書。

乙亥，王曼生楨、丁吟雪有庚兩孝廉來。

丙子

丁丑，得徐薇垣書。吴謹齋清標孝廉來。

戊寅，與子原書。陸鍾山來，董也魯來。孫藻如孝廉之鑒來。

己卯，集鈔胥寫《上海縣志》。

十月

庚辰，祀先。與曾樞元同年書、補帆書、馮少渠書。得康侯、子原兩女壻書、金潡芷書。

辛巳，出拜客，見丁禹生方伯、勒少仲廉訪、王曼生、蔡瑜卿。

壬午，得康侯二十九日書。葛瑞卿大令來，高雲山來。

癸未，董大令廷策來，張少渠來。松田老人餽菊。

甲申，雨。得馮聽濤書。

乙酉，與敏齋、蔗農兩同年書。莫子偲友芝來。

丙戌，得馮少渠書。

丁亥，與康侯、子原兩女壻書。得壬甫兄九月廿四日書。附記：閩寓在擇日街。

戊子，上太恭人書，與壬甫兄書，均託李自西。出拜客，見平齋、誠庵。

己丑，顧雲摶鵬孝廉來。與馮少渠書、聽濤書、張少渠書。與應敏齋書，并附去《群經平議》二部。得康矦初七日書、周少雲初三日書。

庚寅，得王補帆書、康矦書，知錦女于初九日辰時舉一女。又得子原書。與馮景翁書。得壬甫兄七月十三日書。

辛卯，與補帆書、康矦書、沈書森太守書。

壬辰，戴列卿來。

癸巳，潘玉翁來，勒少仲同年來，楊敏齋來，錢慎庵太守來。

甲午，得應敏齋書。與補帆親家書、康矦女壻書。

乙未，得汪瘦梅書。

丙申，胡鳴盛來。倪元卿以子高書來。與應敏齋書、郭日長書、楊子芳徽猷書。

丁酉，張香濤太史之洞來。沈書森之子來。是日，課肄業諸生于院。

附記《四書》題：「子曰攻乎異端」一節；詩題：「風林脱葉山容瘦」得「林」字。

戊戌，沈世兄以書森太守書來，即日覆之。出拜客，未見一人。徐誠庵來。勒少仲同年餽菊及蟹。

己亥，徐小豁孝廉有珂來。得錢子密書。得王補帆書、楊石泉方伯書、孫琴西同年書。

庚子，丁雨生方伯來。

辛丑，俟崍山來，以《四書文》交其栞刻。

壬寅，與子原書，附去朝珠，託潘玉翁。得謝夢漁同年書。

癸卯，出拜客，見丁雨生方伯、蔡乂臣觀察、徐誠庵大令。

甲辰，與王補帆書、康侯書、談仲修書、錢子密書。得子原伉儷書。錢元之來。是日，閱定望課卷，發監院校官榜示于門。

附記超等前二十名：胡元濬、王賡平、祝壽舜、殷詒縠、戴兆春、金振玉、顧直泰、管礼耕、馮芳植、曾之撰、孫爾成、許誦年、劉祖延、戴翊清、凌曾梅、王有贊、方熊祥、秦綬章、柳商賢、胡國粲。

乙巳，得補帆廿二日書，即作覆函。又與子高書。

丙午

丁未，徐誠庵來，徐蕖生來，汪小樵來。得郭日長書、楊子芳書。

戊申，得康侯書。姚子白檩來。

己酉，莫子偲來。

十一月

庚戌，吕庭芷同年來，陳藺田來。得應敏齋書、胡鳴盛書、壬甫兄十月五日書。

辛亥，與應敏齋書、郭日長書、楊子芳書。

壬子，陳藍田來。得子原書、潘少梅書。與康矦書。

癸丑，出拜客，見丁方伯、勒廉訪、莫子偲。與子原書。

甲寅，得壬甫兄十月廿二日書。

乙卯

丙辰，與應敏翁書、潘少梅書。

丁巳，得康矦書。是日，預行本月望課。

附記課題：「凡有血氣者莫不尊親」；詩題：「湯盤孔鼎有述作」得「碑」字。

戊午，與補帆書、康矦書。莫子偲來。

己未，得劉庯齋前輩書。周鶴亭來。得慕陶書。

庚申，得沈燦書、張少渠書、蔡厚齋舅氏書。

辛酉，得吴江大令沈問梅錫華書、康侯書。徐石史大有來。

壬戌，得應敏翁書、尹夨叔書。與蔡厚翁書、周少雲書。

癸亥，潘玉泉觀察來。得錢子密書，由倪載軒觀察來，即作覆書。是日，閱定望課卷，發監院校官榜示于門。得徐薇垣書，由撫署戴金孫來。

附記超等前二十名：潘欲仁、張潤庠、張敬熙、彭福保、程爲烜、周道恒、龐慶麟、張佩綸、曾之撰、胡元濬、徐有珂、汪蔭穀、傅遇昌、戴翊清、華鴻模、王叔炳、顧鵬、王有贊、殷福麟、錢國祥。

甲子，潘濟之、和甫來，朱采蓀冕群來。得沈吉齋夢巖書并《尚書彙解》二本。附記：寄沈書由新市趙玉華醬園。

乙丑，與子原書。得劉治卿太守書。

丙寅，得壬甫兄十月初一日書、補帆十三日書、子原及繡孫十二日書、譚仲修十五日書。出拜客，見郭中丞、吴平翁、朱璞山司馬守和。戴列卿來。是日鬅頭，記鬅頭稀矣。

丁卯，得補帆十六日書，即作覆書與之。吴廣庵來。

戊辰，與錢子密書、朱伯華書。得周鶴亭書。與沈問梅書。

己巳，朱璞山來。與朱伯華書。得蔡厚齋舅氏書。

庚午，出拜客，見丁禹生方伯、勒少仲廉訪、莫子偲、朱璞山、潘濟之。與錢子密書、王補帆書、應敏齋書。上太恭人書。與壬甫兄書。

辛未，與內子登舟回德清，泊八尺。

壬申，泊南潯。

癸酉，泊一小村落，不知名。

甲戌，至新市，登岸。至西栅興和醬園，見蔡月嶠，即乘小船至梅林西村，見蔡厚齋舅氏。薄暮，歸舟。

乙亥，至德清，泊南埭，見晚林三兄及族中諸兄諸子。厚齋舅氏自梅林繼至。

丙子，進城，見嵇又任、蔡駿甫。遂出南門，至金鵞山先塋相度。晚仍泊南埭。招泥水匠李繼順，議定築墳。

丁丑

戊寅，金鵞山先塋破土興工。

己卯，乘小舟入城。至蔡駿甫處，見蔡孝廉賡年、江静軒孝廉珍楹。適戴子高至自金陵。得兒子紹萊書，内有補帆二十二日書、劉叔俛書、沈問梅書。遂至金鷲山省視而歸。是日，上太恭人書，與壬甫兄書。與楊石泉方伯書。

十二月

庚辰，戴子高、嵇又任來。是日，至西南角蔡、嵇兩恭人厝處相度。

辛巳，大風。

壬午，與許子原書。得蔡桂生書。

癸未，微雪。至蔡、嵇兩恭人厝所致祭告遷。

甲申，奉移蔡、嵇兩恭人柩至金鷲山先朝議君之塋。是日，移泊金鷲山。

乙酉，日加申，泊西門城外。嗣是每日至金鷲山，莫泊西門，不一一書。

丙戌，與紹萊書。是夜雨。

丁亥，仍雨。

戊子，雪，旋霽。蔡厚齋舅氏至自梅林。得子原書。

己丑，奉先朝議君暨蔡、嵇兩恭人之柩于巳刻登位。是日，天色晴和。

庚寅，移舟入城，見稽又任。是日雨。

辛卯，仍至金鵞山。得初三日紹萊書，内有壬甫兄十一月十六日書、康矦伉儷書、子原書、鶴庭書、馮景翁書、金潄芷書、唐鷊安書。是日雨甚。

壬辰，甚雨不止。凡陰晴同上日不書，此悉書，苦之也。

癸巳，雨止，大風，仍陰。

甲午，晴。

乙未，得補帆書。

丙申，周少雲來。

丁酉，墳事畢，安土，并祭告先塋，植宰樹焉。

附記：先塋面金鵞山，地名汪家兜，十七區二店，地保朱老二名大昌。先朝議君居正位，左側蔡恭人，右側嵇恭人，又右則壽穴焉，巽乾兼辰戌嚮。自城中往，若船小，則出西門；船稍大，須出南門。櫓後進新橋，又櫓後進瞞公橋，前面見渡船即轉灣，則汪家兜矣。若船更大，則出南門，宜進正門橋，繞城至西門方可到也。

戊戌，開船繞道至藺村。村故有百子堂，先祖妣戴恭人禱焉而生先朝議君。余夫婦年將五十而未有孫，因亦往禱。循廟中故事，攜一泥孩而回。泊新市。

己亥，泊烏鎮。

庚子，泊平望。

辛丑，薄暮至蘇州，回寓已一更矣。

壬寅，錢元之來。上太恭人書，與大兄書。與應敏翁書。得子原書，即作覆書。

癸卯，出拜客，見丁禹生方伯、勒少仲廉訪、潘玉泉、吴平齋。

甲辰，勒少仲來，潘濟之和甫來，吴平翁來。得馮聽濤書。

乙巳，汪小樵來，錢元之來，潘玉翁來，朱璞山來，石梅生鶴〔一〕來，戴列卿來。得慕陶與兒子書。與張少渠書。

丙午，出拜客，見汪小樵、錢元之。元之言吴江雪港有沈翠嶺司馬茂悳，家多藏版（嗣聞其子字飏生，且藏有活字版），有《昭代叢書補》及《國朝文徵》《國朝家古文彙編》，卷袠煩重，見在

〔一〕鶴，疑當爲「渠」，石渠字梅孫（生）。

刷印，因識于此。

丁未，與沈問梅、馮少渠兩明府書、唐鶚安司馬書。王璞臣來。

戊申，雨。吴廣安來。是日祀神。

己酉，晴。縣先高祖明遠公以下畫像，設祭行禮。是歲，余行年四十有七，歫先朝議君棄養二十二年，始克營窀穸于金鵞山之原，一大事也。《群經平議》剞劂告成，而《諸子平議》亦于是年脱藁，刻成者三卷。酒後檢閲，亦頗自喜。然明年又移席浙江之詁經精舍，未定寄帑之所，新正即擬回浙，不勝勞薪之感矣。

同治七年

歲陽在著雍亦作「徒維」，歲陰在執徐。

正月小　畢陬

二月大　橘如

三月大　修寎

四月小　圉余

閏月小

五月大　厲皋

六月小　則且

七月小　窒相

八月大　塞壯

九月小　終玄

十月大　極陽

十一月大　畢辜

十二月小　橘涂

正月

庚戌，晴。

辛亥，出拜客，見勒少仲同年及姚松田舅氏。其餘不見則不書，從去年例也。

壬子，應敏齋觀察、朱璞山司馬、徐誠庵大令來。凡客來不見不書，亦去年例也。戴兆春青來來，文節公之孫也，曾肄業于書院，故來見。

癸丑，出拜客，見丁雨生中丞。遂登舟赴杭州，泊吴江。

甲寅，陰。帆而行，泊嘉興。

乙卯，晴。泊石門。

丙辰，泊唐西，姚魯卿來。魯卿家于東小河，而余至北小河，則其賣藥處也。距其家稍遠，故余不往而魯卿來。寄家書，一託魯卿，一交信局。又與家晚林三兄書，附去八珍糕，託范月樵。坿記：姚致和堂見在北小河。

坿記：月樵住長橋堍恒盛布店，其子名培生，字佩蓀。

丁巳，至杭州，進福星橋，因水淺不能行，回泊得勝壩，易小舟至横河橋。先見許子原壻及八太夫人與繡孫女，又見信臣撫部、星叔、季蓉、子衡、子祥。是日，宿其花廳之西屋。

戊午，出拜客，見馬穀山制府、楊石泉方伯、高滋園廉訪、馮介安都轉、譚文卿太守、高伯平均儒、潘少槑承翰、曹葛民籀。又于伯平處見薛慰農觀察。是日，始陰繼雨。許子社郊來。其莫，信翁招飲，與張仲甫丈俱。

己未，曹葛民來。出拜客，見薛慰農、張仲甫、許子社。又于書局見孫子佩尚紱。是日鬔頭。

庚申，雨。濮少霞詒孫來。王松溪麟書、陳藍洲豪來，二子皆分校于書局者也。孟蘭艇沅來，詁經精舍之監院也。潘少梅來。與紹萊書。得紹萊書。

辛酉，甚雨。高滋園廉訪卿培來，譚文卿太守鍾麟來，薛慰農來。

壬戌，仍雨。至岳官巷，偕潘少梅看沈氏屋，不當意。遂拜客，見濮少霞詒孫。是日，楊石泉方伯來。其莫，馬穀山制府招飲，與許信翁及沈硯農、劉聽湘兩前輩、吳曉帆觀察俱。

癸亥，雨止。沈晶士來。出拜客，未見。至宿舟河下，看胡氏屋，不當意。其莫又雨。

甲子，雨止仍陰。邵步梅燮元來，馮介安都轉禮藩來，潘少梅來，施伯均補華來。出拜客，見沈晶士。又偕少梅及曹葛民至皇誥巷内看朱氏屋。

乙丑，出拜客，見楊石泉方伯。遂出湧金門，與子原及子衡、誠哉泛舟西湖，至詁經精舍，周覽焉。飯于湖心亭。又至孤山，時孤山新建林公祠。林公名汝霖，字小巖，爲仁和典史，庚申之變，其母先縊，手刃其妻與子若女，朝服坐堂皇，戕于賊。賊退後，得其屍，面如生。遂收其全家之骸骨，葬于孤山，因其與和靖先生同姓也。公妻周氏，爲慕陶、雲笈之從兄女，余曾見之，不意其克成大節，爲湖山生色也。行當作詩文紀之，先紀其大畧如此。與補帆書、康矦書。其莫又雨。與内子書。

丙寅，雨。出拜客，見邵步梅、汪子用、朱干雲。吴曉帆來。

丁卯，飲于邵步梅家，與者沈念農前輩、沈晶士太守、汪子用。又拜客，見潘少梅。其莫，許八夫人以余將行，治具餞焉。飲畢，有龍鐙入其廳事盤旋，遂出觀之。憶自辛亥歲觀于臨平，不見此鐙十有八年矣。是日陰。

戊辰，乘小舟出城，至得勝壩，易舟還蘇。是日晴，其暮大風。泊關上。

己巳，泊菱塘浜，距新市十八里。

庚午，泊烏鎮。

辛未，陰。泊八尺。

壬申，日加未，至蘇州。得子原廿日書，知繡孫于二十日辰時舉一女矣。

癸酉，出拜客，見丁禹生中丞、杜小舫方伯、勒少仲廉訪、吴平翁、朱璞山、唐蕉庵、程燕謀。是日，鬄頭。

甲戌，出拜客，未見一人。郭遠堂制府來。丁禹生中丞來。朱璞山來。申蓺香來。王曼生來。上太恭人書。與壬甫兄書。與應敏齋書。上湘鄉公書。與錢子密書、徐薇垣書。

乙亥，杜小舫方伯來，潘玉翁來，吴廣盦來。是日雨。

丙子，晴。丁禹生中丞開書局，延余與其事。是日至局，提調官以下咸集焉。飯于局中。遂出拜客，見楊敏齋、徐誠庵。

丁丑，勒少仲廉訪來，楊敏齋來，陸鍾山來。得應敏齋書。與姚訪槑書、汪瘦槑書、朱伯華書，均托王曼生孝廉楨。

戊寅，趙惠甫烈文來。

二月

己卯，陰。錢元之來。朱淥卿康壽以譚仲脩書來。與史花樓大令兆霖書、沈書森書。

庚辰，雨，始雷。郭遠堂前輩將之楚，來告行。

辛巳，出拜客，見趙惠甫。

壬午，晡後雨止，大風。唐鶚安來。曾君表之撰、李士瓚玉舟、潘子昭欲仁來。與應敏齋書。

癸未，出拜客，見潘玉翁、汪小樵。楊敏齋招飲于牙釐局。

甲申，陳子莊大令來，出看屋二處，不當意。

乙酉，晴。出看屋，至書局小坐。見莫友芝。得張少渠書，即命紹萊以其書寄周少雲。得稚又任書。鬀頭。朱璞山來。

丙戌，劉泖生履芬來，程燕謀詒孫來，戴列卿來。

丁亥，雨。吴平齋來。得子原與紹萊書。

戊子，晴。出拜客，見丁禹生中丞，并至大倉口看屋。周君世澂來。與趙惠甫書、唐鶚安書。

己丑，丁禹生中丞來，何子永慎修來。與應敏齋書。

庚寅，雨。出拜客，見朱璞山。與陶升甫至大儒巷看郭氏屋。莫子偲來。

辛卯，晴，仍陰。登舟如杭州。過吴江，小泊。沈問梅大令錫華來。已而泊平望。

壬辰，泊新市，鍾桂溪丙熙來，憶自壬戌之春與別于上海，至今七年矣。

附記：桂溪所開醬園曰新泰，即在南柵。若至其家，須進西柵，大船可到門首也。鍾所居曰脩省堂。

癸巳，薄暮，至杭州，泊松毛場。因微雨，仍宿舟中。

甲午，雨。至詁經精舍，見周慕陶、孟蘭艇，遂下榻于其樓。與内子書。

乙未，晴，大風。欲進城，不果。使人以書問子原。鬀頭。

丙申，子原與子衡、周幼雲來，遂與之偕慕陶步至孤山，于林公祠茗飲而回。秦淡如觀察、吕庭芷同年來。雨。

丁酉，雨，旋霽。進城拜客，見馬穀山制府、譚文卿觀察、吴曉帆觀察、秦濬如觀察、許信臣中丞、許八夫人、子原壻、繡孫女。得周仁甫葆昌書，乃雨亭先生之孫，今貧不能自存，爲之憮然。

戊戌，晴。

己亥，始晴，旋雨，既而雨甚。楊石泉方伯來，許子社、施伯均、張玉山鳴珂來，許信翁及星𡊮來。與内子書。得許雷門國年書。

庚子，雨。與慕陶步至蘇公祠。

辛丑，微雨。邵步梅來。

壬寅，雨甚。使人于子原。

癸卯，晴。開課。是日，中丞以柬來，辭以目疾，遂至許、鄭兩先師前行禮。與慕陶、蘭艇兩監院飲于廣樓。施伯均、許子社、王松溪來，高呈甫人驥來。

附記二月望課題：《鄉射禮》「乏參矦道居矦黨之一西五步」解；「冕服十二章」兩漢經師説與鄭義異同考；東房西室説；《春秋》天子之事論；「晴湖不如雨湖」賦，以「淡妝濃抹總相宜」爲韵；賦得「如春登臺」得「如」字；校書六詠：脱簡、錯簡、重文、衍文、誤字、壞字；購補文瀾閣遺書議；孤山新建林公祠碑。

甲辰，始晴，其莫雨。得紹萊廿一日二書。與蔡駿甫書。秦澹如觀察來。

乙巳，始晴，已而微雨。入城拜客，見陳子中太守、許信翁、潘少梅、邵步梅。與慕陶書，與應敏齋觀察書，與紹萊書。是日至書局，見許子社、施伯均。其莫大雷雨風。

附記：寄慕陶書，托臨平大陡門内姚裕昌南貨店。

丙午，大風，其莫雨。許小萊延祺來。是日，接馬穀山制府咨文，請總辦書局。

丁未，大風。薛慰農觀察來，丁松生丙來。與馬穀山制府書。

戊申，子原來，與步至聖因寺故址，觀石刻貫休羅漢。其莫雨。

三月

己酉，雨。陳子中太守思燏來。得馬穀山制府書。

庚戌，大雨竟日。關瑞生來。

辛亥，雨止。得紹萊書。孫子摺廣文來。是日，閱定望課卷，發監院校官榜示于門。

附記内課十八名：王麟書、丁正、許德裕、袁建犖、潘鴻、施補華、來鳳翮、許郊、陸鯉祥、沈文元、張鳴珂、陳仁川、陳延、朱鏡清、丁立誠、衛梓林、祝桂榮、凌紱曾。

壬子，晴。袁星葩建犖來。

癸丑，得吴曉帆觀察書。

甲寅，張仲甫丈來，鍾綬生來，子原壻偕子衡來。與内子書，與紹萊書。

乙卯，許藴堂德裕來，周少雲來。得嵇又任書。是日，馮介安都轉招飲，與者如冠九觀察如山、譚文卿觀察鍾麟，兩君皆同衙門，如觀察則前輩也。又有陳、楊兩太守，不知名。

丙辰，始晴，已而雨，其莫雨甚。

丁巳，雨。與馮介安都轉書。

戊午，雨。得紹萊初七日書，知内人于初四日病。遂治裝乘舟至湧金門，命從者以行李先至横河橋。而自入城拜客，見馬穀山制府，小坐。即至横河橋，見子原壻、繡孫女。遂登舟回蘇，泊菜市橋。與高伯平書。

己未，晴。遲明開船，逾沈塘灣壩，而至下河。風不順，以雙艣行。泊新市，更鼓再嚴矣。

庚申，泊平望。

辛酉，日加未，至蘇州。

壬戌，湯敏齋太常修來。程杏泉來，爲内子治疾。余有齒疾，亦治焉。

癸亥，與子原書。

甲子，雨。出看陳氏屋。程燕謀來。張莼卿瑛自金陵以子高書來。

乙丑，晴。程杏泉來，爲内子治疾。是日，二兒婦舉一子，余始抱孫焉。其姊以丑年生，故乳名阿牛。此子以辰年生，即名之曰阿龍。以星命家術推之，是爲戊辰年丙辰月乙丑日壬午時。

丙寅，其莫雷雨。

丁卯，晴。爲阿龍洗三。上太恭人書，與壬甫兄書。程杏泉來，爲内子治疾。是日日昃，大雷雨以雹。

戊辰，晴。朱璞山來，徐誠庵來，錢元之來。鬀頭。

己巳，微雨。沈羲民來，爲内子治疾。得康侯書、子原書、王曼生書。

庚午，朱璞山來。與沈書森書、陳子莊書。是日，有龐作人祖文投書于余，并所著《師陸齋叢稿》二册。其爲學蓋篤守紫陽者，其詩則多寄懷當代鉅公之作。余不能測其爲人，姑識于此。龐，仁和人。

附記：寄陳子莊書，託復茂銀號寄南匯。

辛未，沈羲民來，治内子疾。

壬申，莫子偲來。得子原與紹莱書、繡孫書。

癸酉，周祖蔭少鐙來，汪曰誠子和來。沈羲民來，治内子疾。

甲戌，潘玉泉觀察來。與應敏齋同年書、周少雲書、許子原書。

乙亥，周夢漁世澂來，胡鳴盛來。沈羲民來，治内子疾。

丙子，遲明大雷雨。與應敏齋書。胡鳴盛來。

丁丑，胡鳴盛來。程燕謀詒孫來，爲余賃定大倉口之屋。吕本南多保來，贈條幅四，并以其遠祖文穆公所書「飛翠鳴玉，出入禁門」八字，屬爲之記。

戊寅，得壬甫兄二月十八日、三十日書，周慕陶書并詁經精舍望課卷。望課于二十日舉行，余回蘇廔，留題課之。又得嵇又任書。

附記三月望課題：《論語》「仍舊貫」魯讀「仍」爲「仁」解；鄭康成以九一什一説周人徹法辨；窗牖考；襟裾考；司馬温公隸書家人卦賦，以「涑水崖碑半緑苔」爲韵；賦得「幾時能具釣魚船」得「時」字；「雉尾蓴」「貓頭筍」七律，不限韵；擬聞子將《西湖打船啓》；募栽西湖桃柳引。

四月

己卯，出城，至積功堂，見倪鑑山、王星墀，遂偕星墀展姚松田舅氏之殯，距其歿三十五日矣，遂致祭焉而還。入城，拜客于書局，見莫子偲而飯焉。又見潘季玉、吴平齋、朱璞山。錢元之來。沈義民來，治内子疾。吴平齋以鄧石如篆書《弟子職》、又篆書朱晦盦與陸子静講學事四小幅爲贈。得陳子莊書。

庚辰，與馬穀山制府書，與應敏齋書，附去志書稿。得敏齋書。鬀頭。

辛巳，得子原伉儷書，得上海修志局書，得高雲山書。

壬午，陸鍾山來，朱淥卿來。得汪鼎叔牧求書。汪，無錫人，其兄望求，癸卯同年也。是日熱甚，衣單衣二，始换涼帽。

癸未，雨，甚寒，衣綿衣三。潘芝岑來。

甲申，閲定望課卷，寄杭州。與監院周慕陶、孟蘭艇書，少雲書。是日，程燕謀廣文告知大倉口之屋爲人賃去。余時謀還浙，亦聽之也。王星墀來。附記：寄王星墀信交南濠如泰海貨店。

附記内課十八名：吴承志、祝桂榮、陳仁川、施補華、許德裕、潘鴻、黄以周、趙銘、丁正、許郊、倪士偉、丁立誠、王禹堂、俞光組、凌紱曾、袁建犖、吴思藻、鈕承怡。

乙酉，與應敏齋書。吴平齋來。程燕謀來，仍爲余賃定大倉口之屋。余故里無家，去留俱可也。

丙戌，先府君忌日，設祭行禮。

丁亥，徐誠庵來。得潘少槑書、姚少泉書。是莫雨。

戊子，得周慕陶書。沈羲民來，治内子疾。余數日體中小不佳，亦治焉。得子原書。其莫大雨達旦。

己丑

庚寅，晴。與敏齋書。得敏齋書。

辛卯，與周慕陶、孟蘭艇書，附去望課題。又與慕陶書，附去少泉家書。馮景庭前輩來，倈山來。

附記四月望課題：「如其仁如其仁」解；《詩》有五情六際説；伏生《書》有無《大誓》考；董仲舒以《論語》説《春秌》考；河内女子壞老屋得《大誓》三篇賦，以「在漢宣帝本始元年」爲韵；賦得「風吹柳花滿店香」得「花」字；湖上兩浮屠歌；「雷峰如老衲、寶石如美人」各賦一章或合賦一章均可，不限韵；漢大司農高密鄭公像贊；重建詁經精舍記。

壬寅[一]，得張少渠書。

癸卯，得高滋園都轉書，内有王補帆親家書。應敏齋同年來，許星叔鴻臚來。是日，至沈羲民同年處，求治疾。鬄頭。吕本南多保示余王右軍《平安帖》墨蹟。與周慕陶書、潘少梅書。

甲辰，阿龍滿月，鬄頭。唐鷃安、劉茆孫來。

乙巳，與郭日長書、楊子芳徽猷書、金潄沚書。王星墀來，爲買家具。

附記：竹器店爲山塘街田祥茂，每價錢一千實九百；木器店，因果巷吴森盛。

丙午，吴平齋來，鎦茆孫來，陸鍾山來。

丁未，與沈問梅書，内附與曾樞元同年書。此書去歲曾託補帆寄黔，恐未達，故又寄也。

得子原伉儷書。與子原書。

[一] 壬寅，疑當爲「壬辰」，以下「癸卯」「甲辰」「乙巳」「丙午」「丁未」「戊申」「己酉」疑分别當爲「癸巳」「甲午」「乙未」「丙申」「丁酉」「戊戌」「己亥」。

戊申，至沈羲民處，求治疾。又至錢元之處，小坐。胡鳴盛來，爲余處一方。

己酉，雨。

庚子，晴。移廙大倉口。王星垣來。

辛丑，勒少仲來，徐誠庵來。得慕陶書、少梅書，附來兄子黼堂書。胡鳴盛來，爲余處方。

壬寅，胡鳴盛來，爲余處方。出拜客，見丁禹生、杜小舫方伯、勒少仲廉訪。其莫雨。

楊見山峴來。

癸卯，浙撫李小荃中丞來。

甲辰，丁禹生中丞來，朱璞山來。

乙巳，蔡芸庭來，陸鍾山來。沈羲民來，治内子疾。

丙午，吴蘭艭巽權來，錢元之來。與子原書、潘少槑書。

丁未，與應敏齋同年書。又與鍾子勤書。得戴子高書。

閏月

戊申，得周慕陶書，寄來望課卷。得徐蕖生士騈書，得壬甫兄四月九日書。與戴子高書。

杜筱舫方伯來。

己酉，唐鶚安來，潘玉泉來，徐誠庵來。是日雨。

庚戌，雨。

辛亥，晴。莫子偲來。出拜客，見曾滌生師相及公子劼剛。又見湯敏齋太常、蒯子範太守。陸鍾山來，錢元之來。是日，閱定望課卷，寄杭州詁經精舍。

附記内課十八名：趙銘、潘鴻、王麟書、黄以周、吴承志、袁建犖、陳仁川、洪成、孫瑛、戴果恒、袁秉彝、凌秉曾、衛梓材、吴思藻、潘承鼎、許郊、陳灝、丁正。

壬子，趙惠甫來。

癸丑，曾滌生師相來。

甲寅，登舟奉陪滌生師相游木瀆。是日，杜筱舫方伯、勒少仲廉訪爲主人，飯于許緣仲觀察之廌園，遂游端園，登天平山，小憩于無隱庵。

乙卯，與何子永舍人同舟至湖口，遂與滌生師相登香山而觀太湖。還，仍飯于緣仲之廌，遂登舟還蘇廌。是役也，本擬徧游東西洞庭山，因是日黎明微雨，有阻游興，僅至香山一觀而已。師相由蘇至滬，余適因小疾初愈，不能從也。得應敏齋同年書、鍾子勤書。上湘鄉公書。

丙辰，與敏齋書、蔡乂臣觀察書、蔡初宗書。湯敏齋太常來，吕本南來，陸鍾山來。

丁巳，許子衡來。得子原書，與子原書。汪子和來。

戊午

己未，得孟蘭艇書。朱璞山來。

庚申

辛酉，上太恭人書，附去書四部。與壬甫兄書，與姚少泉書，均寄上海，託李自西。與王補帆親家書、康侯女壻書。

壬戌，蔡芸庭來，陶升甫來。許子原壻及繡孫女至自杭州。

癸亥，宋柳門來，陸鍾山來。

甲子，微雨。

乙丑，雨。蔡仲然國榮來，張少渠來，汪子和來。

丙寅，《上海縣志》成，是書自上年七月始事，至此畢功。雖見聞淺陋，于局中分纂原稿無所裨益，然亦頗有删定之功。凡三十二卷，合卷首圖説、卷末序録，共三十四卷。上太恭人書。與壬甫兄書，附去茶葉。與應敏齋觀察書，附古志稿。得蔡乂臣觀察書。是日，爲許氏外孫女三多鬏頭。

丁卯

戊辰，潘芝岑來。是日，雨止。

己巳，蔡瑜卿來。出拜客，見何子永舍人、楊禮南學士、宋柳門、吴文江。鑑明來，治子原女壻疾。是日，禮南以《三蘇全集》贈，柳門贈鏡。

庚午，吴文江來，治子原疾。

辛未，雨。偕子原壻登舟還浙，泊吴江。

壬申，大風雨。帆而行，泊嘉興。

癸酉，微雨。泊石門灣。

甲戌，晴。日加申，過唐西，小住。與楓成兄書，與紹萊書。遂行至王家莊而泊。其莫雨。

乙亥，大雨，至杭州。子原先乘轎歸。余飯後易小舟至松毛場，遂至詁經精舍，見孟蘭艇。得許萊盟書、汪蓮府書。

丙子，晴。入城拜客，見李小荃中丞、何青士廉訪、馮介庵都轉、譚文卿觀察、吴曉帆方伯、夏子松詹事、吴蓉圃太史。又至書局，見譚仲修、王松溪。又至横河橋，見許八太夫人、子原女壻。潘少梅來，其少君儀甫從。得鈕雅庭書、周慕陶書。

五月

丁丑，鍾桂溪來，蔡孝廉賡年來。子原使人以書來。得紹萊二十六日書，有湘鄉公書、應敏齋同年書、胡鳴盛書。

戊寅，馮介安都轉來，吴蓉圃太史來。

己卯，王清如前輩景澄來，譚仲修來。是日，閱定閏四月望課卷，發監院校官榜示于門。是課于閏月廿三日行，余猶在蘇州，寄題課之。

附記課題：「納于大麓」解；「塹防門而守之廣里」解；毛傳訓「龍」爲「和」解；説「薆」；桐葉知閏賦，以「桐葉可以知閏月」爲韵；賦得「錢唐山水接蘇臺」得「臺」字；石首魚，不限體韵；漢賦、唐詩、宋詞、元曲，各七律一首。

附記内課十八名：潘鴻、王麟書、袁秉彝、鍾煦、黄以周、吴思藻、陳運常、衛梓材、孫瑛、袁建犖、許章燕、施補華、戴果恒、洪成、章廷楨、陳延、林真、朱礪金。

庚辰，宋姓者以壬甫兄書來。得紹萊月朔書。子原有餽。

辛巳，五月五日也。與監院孟蘭艇廣文飲于湖樓。姚少泉來。

壬午，中丞行本院朔課，命王清如太守來，遂與飲于湖樓，孟廣文俱。趙桐生銘、王松溪麟書、黄元同以周、施均甫補華、潘儀甫鴻、許子社郊、吴祁甫承志俱來見。與慕陶書。與内子書、紹萊書，内有與杜筱舫方伯、應敏齋觀察書。得楊石泉方伯書。是日，日加申，雨。潘少梅有餽。

癸未，雨。使人于少梅。與周慕陶書、少雲書。

甲申，與李小荃中丞書，内有與少荃前輩書及上湘鄉公書。與錢子密書。得紹萊五日書。與蔡烺亭書。楊見山贈漢碑拓本。

乙酉，使人于子原。與内子書，與紹萊書。

丙戌，得李小荃中丞書，得吴平齋觀察書，得紹萊初七日書。

丁亥，晴。子原來。

戊子，夏子松詹事來，邵步梅來。

己丑，周少雲來。入城拜客，見王清如、沈硯農、劉聽襄三前輩、張仲甫丈、楊見山孝廉、潘少梅親家、許子原女壻、濮少霞觀察。至書局，見王松溪、陳藍洲、黄元同。是日，飯于見山處。

見陳卓人前輩。

庚寅，周少雲、幼雲來。陳生殿英、楊生旦、王生禹堂見。王子莊棻、蔡竹孫篪兩孝廉來，高呈甫人驥來。是日，預行望課。日加未，與少雲、幼雲至武帝廟水閣小坐，觀荷花，啜茗而回。

附記望課題：《舜典》考；五嶽考；「主司城貞子爲陳侯周臣」解；釋新舊；釋難易；孑孓爲蟲賦，以「亦名蛣蟨老化爲蟲」爲韵；賦得「但能心静自身凉」得「心」字；珠蘭，不限體韵；湖居三議：一建湖樓，二造湖船〔一〕，三製山轎。

辛卯，與紹萊書。子原來。

壬辰，乘肩輿至天竺，回至靈隱，小坐冷泉亭，周歷一綫天、金光洞、玉池洞、純陽洞諸勝。由靈隱步至韜光，望錢唐江。是游以靈隱爲甲，韜光次之。韜光有方池，内種金蓮花，似荷花而小，其色黄，它處所無也。上天竺寺新建，中下兩天竺則危欲圮矣。是日，天晴而有雲，無炎歊之苦，于游覽頗宜也。陳桂丹殿英、王蕖城禹堂來。得蔡駿甫書。

癸巳，雨。

〔一〕船，原訛「樓」，據《賓萌集·仿造浮梅檻議》改。

甲午，得紹萊十二、十六日書。

乙未

丙申，汪洛雅鳴球來。姚少泉來，止之宿。

丁酉，少泉去。周少雲來，張子虞預來。

戊戌，袁星䎧來。

己亥，晴，有小雨。得楊石泉方伯書，得姚魯卿書。與魯卿書。得紹萊二十日書，與紹萊書。是日，閱定望課卷，發監院校官榜示于門。

附記内課十四名，時學使者方按試，與課者少，故取不如額：黄以周、趙銘、衛梓材、王汝霖、丁立誠、李慶、沈鼎、吴承志、吴思藻、楊旦、袁建犖、高人鳳、俞光組、朱鏡清。

庚子，遲明有小雨，旋霽。黄元同來。謝芹香以其兄敏齋步瀛書來。徐蕖生來，張漁笙瑛來，孟蘭艇自城中來。

辛丑，吴仲雲前輩來，許子原、誠齋、周子鴻來。與慕陶書。是日晴，大熱。

壬寅，吴蓉圃太史來，周少雲、李品三來。

癸卯，入城拜客，見李小荃中丞、楊石泉方伯、吴蓉圃太史、孟蘭艇。遂至王清如前輩，飯焉，與者蓉圃、沈子洛、沈仲翔。飯後又拜客，見潘少梅親家、周少雲、幼雲、子鴻、許子原壻。又于書局見朱西泉。沈彤元子洛來。得姚魯卿書。

甲辰，謝芹香來，許子原壻來。得嵇又任書。與馮介庵、高滋園兩都轉書。

乙巳，肩輿至松毛場，大風雨，行李沾濡，遂坐小舟至馬頭，登舟回蘇。大風，不得行，行里許而泊。是舟也即去年余與内子共坐至德清者，今船如故，而已易主，昔歲馬姓，今歲張姓矣，爲之慨然。

丙午，晴，至唐西。姚魯卿來。日加申，驟雨。

六月

丁未，乘小舟至臨平，見周氏之紀綱朱姓者。與慕陶書、少泉書。得少泉書。還所坐舟，仍泊唐西。與晚林兄書。

戊申，帆而行，泊嘉興，行一百八十里。

己酉，至蘇州。得康侯書、錢子密書、楊子芳書、高雲山書、蔡厚齋舅氏書、方樹人振本書。附記：方樹人回書，寄蕪湖牙釐局張黼臣。

庚戌，與補帆書、康侯書。與丁禹生中丞、杜筱舫方伯書。旋得丁中丞、杜方伯復書。與戴子高書。徐誠盦來。

辛亥，與李小荃中丞書、孟蘭艇書。與應敏齋同年書，與許子原女壻書。上太恭人書，與壬甫兄書。汪子和來，侯崍山來。

壬子，得高滋園都轉書。張芝田來，爲大兒婦、次女治疾。

癸丑，張少渠來。

甲寅，與楊子芳書。其莫，有僕婦自樓窗棄燼餘于下。適有布幕承之，得風而熾，勢甚危。長子婦率僕婦童氏力曳布幕下之，始免。

乙卯，張芝田來，爲大兒、次女治疾。與汪蓮府書。有王聖祐者，徽州祁門縣西鄉十七都歷溪人，年八十矣，因亂流落至蘇，見居閶門内高井頭蕭家園。其子金旺、孫順昌、添昇、添麟、添來均在家，未知存否。爲致書問之，如其子孫猶在，迎之歸家，亦善事也。

丙辰，得應敏齋書。管心梅來，治次女疾。是日，祀神，以前夕之事得神祐也。

丁巳

戊午，得王康侯女壻書。

己未，管心梅來，治次女疾。

庚申，汪小樵封翁來。得周慕陶書、少雲書、姚少泉書。

辛酉，潘芝岑來。得周少雲書。與周慕陶書、少雲書、子原女壻書。

壬戌

癸亥，與許子原女壻書。

甲子，徐誠庵來。石芾南壽棠來，治次女疾。得壬甫兄六月五日書。

乙丑

丙寅，許子原女壻至自杭州。與楊石泉方伯書、潘少梅書。吴文江鑑明來，治内子疾。朱璞山來。

丁卯，日加未，微雨。楊敏齋來。得應敏齋書。與勒少仲書，旋得覆書，并贈西洋藥囈哪少許，爲繡女止瘧。

戊辰，出拜客，見丁禹生中丞、勒少仲廉訪、潘季玉、吴平齋兩觀察、錢君年大令、楊敏齋刺史。又至書局，見潘芝岑、劉茆孫、王璞臣炳、彭復齋福保、王曼生楨、周夢漁世澂、張純卿瑛。

是日，張芝田來，治二兒婦及阿龍與三多疾。

己巳，雨。杜小舫方伯來。王曼生楨來。

庚午，晴。勒少仲廉訪來，吴平齋觀察來。汪冠卿來，治阿龍疾。

辛未，雨。張純卿、周夢漁來。得楊見山書。

壬申，雨，旋霽。子原還杭州。與許八夫人書。石芾南來，治次女疾。徐小豁來。

癸酉，雨，吴廣庵來，錢君年來。上湘鄉公書。得潘少梅書、戴子高書。

甲戌，雨，楊禮南學士秉璋來，潘季玉觀察來。吴文江來，治次女疾。侯崍山來，吴輔卿光祖來，張少渠來。

乙亥，出拜客，見吴輔卿。丁禹生中丞招飲，與者楊禮南、潘玉泉、吴平齋、許緣仲。

七月

丙子，湯敏齋太常來。石芾南來，治大兒疾。

丁丑，侯萊山來。得高滋園都轉書，内有王補帆閏月廿六日書。

附記：寄粤東信，託杭城珠寶巷日昇昌。在蘇則厲臯橋東包衖前，其筦事者侯拜吉字聯芳。

戊寅，石芾南來，治大兒及次女疾。得子原朔日書。杜筱舫方伯使人以書來，即復之。

己卯，與子原書。何子永内閣來。

庚辰，得鍾桂溪書。鄭蓮君德鍾、王子原恩溥來。潘玉泉觀察招飲，與者楊禮南、陳達甫、蒯子範、吴廣盦、陳名壽、圖辛丑庶常前輩。

辛巳，得勞道生篤誼書。吴輔卿來。勒少仲廉訪招飲，與者楊禮南、吴平齋、潘季玉。是日拜客，見湯敏齋太常。

壬午，張少渠來。

癸未，得周慕陶初四日書。

甲申，吴平齋招飲，與者楊礼南、勒少仲、潘玉泉。陶升甫來。

乙酉，朱竹石之榛來。得鍾桂溪書。與周慕陶書，與高滋園都轉書。使人致書于杜小舫方伯，旋得其復書。

丙戌，楊禮南學士來告行。與鍾桂溪書。

丁亥，出拜客，見蒯子範太守。與潘伯寅侍郎書，與孟蘭艇監院書，與楊子芳書。

戊子，陳小舫來。得子原書。鍾桂溪來，止之宿。

己丑，桂溪去。與譚文卿太守書、楊見山書。使人致書于勒少仲同年，即得其復書。汪小樵封翁來告行。

庚寅，與鍾桂溪書、子原書。

辛卯，湯敏齋太常來。與馮少渠書。

壬辰，出拜客，見杜小舫方伯、汪小樵封翁。

癸巳，與汪蓮府書。李眉生廉訪來。

甲午，吕本南來，戴列卿來。得高雲山書。

乙未，邵步梅來，汪子和來。其莫雨。

丙申，倪戴軒觀察寶璜來，汪槐堂來，侯崍山來。得慕陶書。

丁酉，許子衡來。出拜客，見李眉生、勒少仲兩廉訪、吴平齋。得楊子芳書。

戊戌，惲次山撫部來。石芾南來，爲大兒治疾。李眉生、勒少仲兩廉訪俱贈墨。汪沚荷來。

己亥，石芾南來，治大兒疾。吴輔卿光祖來，周仁甫葆昌來。仁甫言高鶴亭壽昌在上海製西洋活字版未成。竢其成，則就之印書籍，極便也。

庚子，譚君克仁來。石芾南來，治大兒及二女疾。吴廣庵來。得彭復齋書。

辛丑，管心梅慶祺來，治次女疾。得子原書。

壬寅，與李少荃伯相、崇地山侍郎書。與應敏齋觀察書。與汪子和書。與子原書。得子原十九日書。與沈問梅大令書。陶升甫來。使人于勒少仲、李眉生兩廉訪、吴平齋觀察。得眉生、平齋復書。

附記：汪子和住上海大東門内中唐家街。

癸卯，管心梅來，治大兒疾。

甲辰，阮梅孫來，治大兒疾。得王康矦六月廿八日書，得馮少渠書。吴平齋使人以書來。

八月

乙巳，阮梅孫嘉澍來，治大兒疾。徐誠庵來。

丙午，朱璞山偕阮梅孫來，治大兒疾。得杜小舫方伯書。

丁未，阮梅孫來，治大兒疾。得子原廿九日書。與子原書。鬚頭。

戊申，阮梅孫來，治大兒疾。上湘鄉相公書。與錢子密書，與王補帆親家、康矦女壻書。

得杜小舫方伯書，即復之。

己酉，出拜客，見杜方伯、勒廉訪、潘季玉、何子永。得應敏齋書。上太恭人書。與壬甫兄書，與李自西書。

庚戌，與仲英書。得張豫立少渠書。阮梅孫來，治大兒疾。

辛亥，出拜客，見丁禹生中丞、李眉生廉訪、潘玉翁、吴平翁、湯敏翁、汪槐堂、朱樸山。槐堂言有薛杏園者精于醫，住臧家橋。附記于此。

壬子，雨。與李小荃中丞書，周慕陶、孟蘭艇兩監院書。與李眉生、勒少仲兩廉訪書。與子原書。阮梅孫來，治大兒、次女疾。

癸丑，勒少仲來。潘玉泉來。

甲寅

乙卯

丙辰，出看醋庫巷屋，不當意。朱璞山來，李壬叔來。得子原書。阮梅孫來，治大兒、次女疾。

丁巳，得子原書。吴文江來，治阿龍疾。

戊午，是日，余有疾。

己未，余疾未愈。與子原書。是日雨止。

庚申，杜小舫方伯、勒少仲廉訪來。朱璞山來。阮梅孫來，治大兒、次女疾。與子原書。

辛酉，日加申，與勒少仲廉訪同登湖州輪船，如金陵。

壬戌

癸亥，至金陵，與少仲同至顔料坊杜小舫之廣，即宿其聽事之西偏。遂出拜客，見曾滌生師相、李雨庭方伯，龐省三、王曉蓮、桂薌亭三觀察、涂朗齋太守、陳作霖前輩、錢子密同年、李小湖前輩。是日，涂太守來。

甲子，李雨亭方伯，龐省三、王曉蓮、桂薌亭三觀察來。戴子高來。趙惠甫來。出拜客，見曾師相、錢子密、周縵雲前輩、劉治卿太守。又至書局，見張嘯山、唐端甫、戴子高。

乙丑，鄭司馬興熿來。出至節署，見滌生師相。師相極意款留，余惟菰蘆伏處，蒲柳早衰，未卜何時何地再得登堂，亦頗有臨别黯然之意。然因久離杭州，有虚講席，且欲送次女歸其家，亦未可久稽，是以婉辭而出，然依依之意見于言詞矣。遂至湖州輪船，與王曉蓮、勒少仲同回蘇州。因少仲有事，遲遲不來，比開船，則洋鐘十下矣。

丙寅，至蘇州，亦洋鐘十下矣。以一周時行六百里，洵輪船之迅疾也。歸寓，得厚齋舅氏書、少雲書、詁經監院書。

丁卯，出拜客，見杜小舫方伯、李薇生太守、馮景庭前輩。

戊辰，雨。李薇生太守來。阮梅孫來，治大兒、次女疾。

己巳，沈康禾賓耕來。

庚午，蔡瑜卿來。張少渠來。馮培之芳植來。閱定七月望課卷，寄詁經精舍監院榜示諸生。是課于七月二十日行，余自吳下寄題課之。

附記課題：《周易》「履霜」鄭讀「履」爲「禮」解；「王曰又曰」解；「子見南子」章釋疑；食鷰知黑白賦，以「張華辨鮓師曠别薪」爲韵；賦得「人來野鴨望船鳴」得「鳴」字；孟皮配享崇聖祠記；删詩、改詩、補詩、鈔詩，各七律一首，不限韵。

附記内課十六名：袁秉彝、吴承志、袁建犖、潘鴻、趙毓琛、許德裕、高人鳳、黄以周、祝桂榮、陳灝、許郊、李慶、丁正、吴思藻、王汝霖、張緒昌。

辛未，與蔡厚齋舅氏書。阮梅孫來，治大兒疾。俞勁未來。

壬申，得王康侯女壻書。與康侯書。得李小荃中丞書。與杜小舫書，即得其復書。朱璞山來，沈康禾來，王璞臣來，宋柳門來。

癸酉，風雨。沈康禾來。錢乙生國祥來，去歲曾選其文入紫陽課藝，以有一日之知，故來見。與勒少仲書，旋得其復書。

甲戌，晴。謝芹香來，止之宿。

九月

乙亥，杜小舫、勒少仲來。芹香去。其莫，少仲招飲，與孫子佩俱。

丙子，偕内子攜繡女登舟，如杭州，泊八尺。

丁丑，泊嘉興。

戊寅，泊石門，過孫子佩太守舟小坐。

己卯，泊王家莊。

庚辰，至杭州。許子原女壻來舟中，迎繡女以歸。遂與内子乘肩輿至詁經精舍。晤孟蘭艇廣文。其莫雨，蘭艇餽酒食。

辛巳，陰，其莫雨。謝芹香來。使人致書楊石泉方伯。

壬午，陰，與紹萊書。使人于潘少梅、許子原。得紹萊書，内有王康侯書。

癸未，雨，鍾桂溪來，周鶴亭來。

甲申，使人致書于李小荃中丞。與王雨生中丞書。閲定望課卷，發監院校官榜示于門。是課爲八月課，余尚在蘇，寄題至精舍。

附記課題：《詩》亡然後《春秋》作論；「匪紹匪遊」解；郭注《爾雅》引《孟子》「行或尼之」説；囊橐考；朝經暮史晝子夜集賦，以「康節先生之言可法」爲韵；賦得「道遠知驥」得「知」字；擬范少伯招文種游五湖書；擬張子房招韓淮陰從赤松子游書。

附記内課十八名：黄以周、潘鴻、吴承志、袁建榮、汪春林、施補華、孫瑛、趙毓琛、衛梓材、陳建常、戴果恒、祝桂榮、袁秉彝、許郊、沈贊元、丁正、吴思藻、沈鼎。

乙酉，與内子乘小舟，游湖心亭，進錦帶橋，至孤山，復出西泠橋，進跨虹橋，至岳王墳而歸。

丙戌，晴。與紹萊書。

丁亥，内子入城，如許氏，薄莫而歸。馮景庭前輩、沈問梅大令及馮培之孝廉來。

戊子，入城拜客，見李小荃中丞、高滋園、馮介安兩都轉、譚文卿廉訪、劉聽襄前輩、吴曉帆觀察、孫紫佩太守、孟蘭艇廣文、陶晴初大令。

己丑，黄元同、施均父、潘儀父來，孟蘭艇來。得潘少梅書、姚少泉書、周少雲書。得壬甫兄七月十七日書。是日，潘儀父之夫人來，見内子于湖樓。

庚寅，入城拜客。見吴仲雲前輩、許信臣前輩、潘少梅、周鶴亭、林聽孫觀察、陳雪廬年丈世鎔。又至書局，見同事諸子。是日，楊石泉方伯招飲，與者鄭酒舲芝巖庶常、陳伯敏太守、許太守。與紹萊書。

辛卯，潘少梅、周幼雲來。是日，内子招許八夫人作湖舫之游。

壬辰，李小荃中丞來。陳雪廬丈來，高呈甫來，周鶴亭來。

癸巳，謝芹香來，鄭庶常嵩齡來，王叔雅明府彬來。得紹萊十四日書。使人致書于楊石泉方伯、高滋園都轉。得子高書。

甲午，行本月望課。入城拜客，見秦澹如觀察緗業、濮少霞觀察、潘少梅、周鶴亭。又至書局，見諸同人。至珠寶巷、諸投巷、小吟巷看屋三所。是日，許信臣撫部招食魚生粥。與者陳雪廬丈、吴仲雲前輩、朱益香、高古民，皆鬚眉皓然。余参其閒，深自媿矣。得吴長禄寄來《諸子平議》樣本一卷。

附記課題：「何以舟之」解；「夷逸」「朱張」解；「十一月徒杠成、十二月輿梁成」攷；《易》論；《詩》論；霜賦，以「青女乃出以降霜雪」爲韵；賦得「粥美嘗新米」得「新」字；賦得「袍温换故綿」得「温」字；《續刻皇清經解》議；擬《詁經精舍三集》序。

乙未，謝芹香來，曹君墉來，高古民來，周慕陶、鶴庭、幼雲、篤甫來。與紹萊書，并寄《諸子平義》一卷與手民吴長六。

丙申，孫紫佩太守來，鍾桂溪來。是日，許信臣、沈研農、劉聽湘三前輩、吴曉帆、濮少霞餞譚文卿于西湖，遂偕來。

丁酉，雨。鍾桂溪來，張玉珊來。得紹萊十九日書。

戊戌，得壬甫八月廿七日書。

己亥，吴蓉圃太史來，蔡瑶圃庶常以琯來，謝芹香來。

庚子，雨。得李少荃節相六月初四日德州大營書。

辛丑，雨霽。鬄頭。

壬寅，闞瑞生來。

癸卯，與内子乘肩輿至天竺靈隱一游。風日晴和，流覽山光水色，殊有勝致。譚仲脩、張子虞、王松溪、許子社、潘鳳洲來。得張少渠書、沈吟湖撫辰書。吟湖未知何人，自稱年家子，當是嚮泉同年之子。其弟字芸閣，以新進士作令江右者也。因四明有郭晚香孝廉求余《賓萌外集》，故以書來。是日，閱定望課卷，發監院校官榜示于門。

附記内課十八名：王蘭、吴承志、潘鴻、許誦禾、王麟書、黄以周、黄官業、孫瑛、袁建犖、戴果恒、趙銘、高人鳳、朱鏡清、陳灝、朱芾、俞鍾琪、許郊、丁立誠。

十月

甲辰，陸存齋觀察來，袁星葩建犖、吴泮香思藻來，子原來。得紹萊二十四日書。

乙巳，雨。得紹萊廿六日書、嵇又任書、杜小舫方伯書。

丙午

丁未，雨止。入城拜客，見楊見山、陸存齋、王清如前輩，兼看金衙莊之屋，甚佳。是日，濮少霞招飲。與紹萊書。

戊寅，雨。使人于陸存齋，得其復書，言有同鄉倪博山住運司河下顔司馬鍾儁所，其人意中有佳屋數區，當往訪之也。周慕陶至自亭子村。以下日辰誤。

附記：陸存齋乃廣東高廉道，住湖州城中花樓橋。

己卯，馮都轉行精舍課，不自來。周、孟兩監院以所具酒食觴余于湖樓。與倪博山霖生書、李少枚大令昱書。得紹萊初三日書、丁禹生中丞書。

庚辰，范允茂來。

辛巳，上太恭人書。與壬甫兄書，附去荀脯。與李自西書。與李少枚書。

壬午，得李少枚書。

癸未，晴。與陸存齋書、應敏齋書、楊子芳書。

甲申，得張少渠書。潘少梅來。

乙酉

丙戌，與紹萊書、張少渠書。姚少泉來，周少雲、幼雲來，均止宿于講舍。趙桐生銘來，述楊石泉方伯之意，爲余刻詩，并以寫定樣本見示。倪博山霖生來，言有胡司馬之屋甚佳。

丁亥，入城拜客，見李筱泉中丞、楊石泉方伯、潘少梅親家。與少梅至書局，見許子社、張子虞、王松溪、陳藍洲、汪雒雅、潘儀甫，因飯于局中。飯後，與少梅、子社、子虞至胡存齋司馬處看屋。比還寓，日曛黄矣。知汪瘦梅來，得終日不見而去，内子見焉。得蓮府書。是日周少雲、又雲去。

戊子，使人入城，與李中丞書、張子虞書。汪瘦梅來。許子衡、子原來。

己丑，與楊石泉方伯書，與杜蓮衢侍郎同年書。繡孫來。是日偕内子、繡女坐小舟游孤山，并至岳王墓。得紹萊書，得王清如前輩書。

庚寅，少泉去。得馬穀山制府書。胡子繼培系來，以其從父春喬先生秉虔所著《卦本圖攷》《尚書序録》《古韵論》《説文管見》《甘州成仁録》見示。

辛卯，雨。

壬辰，得嵇又任書。

癸巳，晴。與紹萊書。得陸存齋書。惲少薇彦琯舍人來。是日，行本月望課。

附記課題：「副笄六珈」解；「辰在子卯謂之疾日」解；五兵考；陳灝《禮記集説》糾謬；《書》論；《禮》論；小言賦；賦得「汀樹青紅初著霜」得「初」字；子午泉，不限體韵；陳仲子自於陵歸述懷，馮婦車中解嘲，齊王之臣將之楚游留别其友，齊人至東郭墦閒書所見，以上四題各七律一首。

甲午，許子原女壻來，迎繡女以歸。

乙未，招恽次薇舍人、汪瘦槑工部及瘦槑之弟符卿及慕陶飲于講舍，遂步至岳王墓一游。得紹萊十九日書，内有九月九日王康矦女壻書。

丙申，與慕陶、瘦槑步至蘇公祠，遂至孤山小坐而歸。瘦梅去。與張子虞孝廉書。與陳伯敏太守書。得倪博山書。劉冰如廉訪齊銜來。

戊戌，得紹萊二十日書、許子社書。與紹萊書。

己亥，潘儀父、施均父來，周少雲來。

庚子，雨。與李少荃協揆書。與少梅、蘭艇書。得少泉書，得紹萊廿四日書。

辛丑，陰。得紹萊廿三日書。是日，閲定望課卷，發監院校官榜示于門。

附記内課十八名：潘鴻、施補華、王蘭、吴承志、王汝霖、許德裕、王麟書、戴果恒、丁正、吴思藻、袁建犖、許郊、林真、汪春林、陳灝、黄官業、沈鼎、袁秉彝。

壬寅，晴。得馮介安都轉書，即復之。子原來。得壬甫兄九月廿七日書。

癸卯，得陸存齋書。

十一月

甲辰，上太恭人書，與壬甫兄書。與陸存齋觀察書。與孟蘭艇書、汪謝城書。潘少梅、周幼雲來，王魯風來。

丙午，沈祖香壬林、琢香玉林兩廣文來，得其尊甫肖巖廣文書。陳伯敏太守魯來。與王補帆親家、康侯女壻書。與陸存齋書。

丁未，入城拜客，見劉冰如廉訪、馮介安、高滋園兩都轉、王清如前輩、吴曉帆、潘少梅。得姚少泉書。

戊午，周慕陶、孟蘭艇來，謝芹香來。

己未，高滋園都轉餽食物。

庚申，馮介庵都轉來，沈祖香來，胡子繼來。得應敏齋觀察書。

辛酉，沈祖香來。得紹萊初三日書并食物。是日，雨。得喬鶴儕中丞書、王曉蓮觀察書。

壬戌，晴。許八太夫人六十生日，往賀之，見焉。并見信臣前輩。與濮少霞、吴曉帆同飯而散。又至書局，見陳蘭洲、黄元同、潘儀甫、沈子篆，遂至小粉牆看屋。又拜客，見李小荃中丞、潘少梅。與姚少泉書。得沈研香書、陸存齋書。

癸亥，雨。上太恭人書，附去餻餅、鳥腊。與紹萊書。林聽孫觀察來。孟蘭艇來。以上日辰俱誤書。

甲申，許子衡來。袁孝宰秉彝來，言湖人丁月湖紹慶精于校勘之學。是日，内子入城，祝許八夫人壽。

乙酉，内子自城中歸。金少蓮來。得壬甫兄十月十四日書。得嵇又任書。與慕陶書。與吴曉帆書。得楊石泉方伯書，即復之。與馮介安都轉書。是日，預行本月望課。

附課題：「成王若曰」解；「下武維周」解；豐豊二字説；言古音諸家分别部類異同考；以冬至爲長至辨誤；《九九消寒圖》賦，以「冬至日畫素梅一枝」爲韵；賦得「蹲鴟」得「鴟」字；擬尤西堂《五九枝譚》，不拘數則；銷寒四詠：負暄、圍爐、擁衾、銜杯。

丙戌，雨。薛慰農來。許八夫人來，見内子于湖樓。

丁亥，上太恭人書，與壬甫兄書。與楊石泉方伯書，旋得其復書。與紹萊書。

戊子，雨雪。與周慕陶書，與張少渠書。姚少泉來。得慕陶書。

己丑，晴，寒甚。金少蓮去。與壬甫兄書，附去茶葉與筆。

庚寅，繡女來。

辛卯，少泉去。與慕陶書。曹葛民來。

壬辰，入城拜客，見楊石泉方伯、陳伯敏太守、許信臣前輩、潘少梅。又至慶福綢莊，見顧、徐二君；德馨錢莊，見魏君。與王補帆書。與陸存齋書，附去洋泉二百。子原來。

癸巳，繡女去。

甲午，入城拜客，見馮介安都轉、吴曉帆觀察、潘少梅、周慕陶。又至德馨錢店，見蔡烺亭。孟蘭艇來。

乙未，偕内子登舟還蘇州，泊唐西。與紹萊書。

丙申，至德清，泊南埭。展先曾祖、先祖之墓，見族中諸兄諸子。

丁酉，移舟入城，易小舟至金鵞山，展先府君墓。入城，見嵇又任、蔡桂生兩表弟。又任來。趙子琴少府貽珩來。蔡厚齋舅來。

戊戌，泊石門。

己亥，泊嘉興。

庚子，莫至蘇州，回寓，已上燈矣。得杜小舫方伯書。

辛丑，汪瘦槑來。朱璞山來。汪植甫來，治大兒疾。

壬寅，高雲山來，汪瘦槑來。出拜客，見丁禹生中丞、杜小舫方伯、潘玉翁。與孟蘭艇書。

是日，閱定望課卷，寄監院榜示。與陸存齋書。

附記内課十八名：趙銘、吴承志[一]。

癸卯，雨。得陸存齋書。鄒蓉閣來，汪瘦槑來。汪植甫來，治大兒疾。

十二月

甲辰，雨。杜小舫方伯、勒少仲廉訪來。

乙巳，吴庶常竇枷來、李眉生、吴平齋來。得應敏齋書。吴庶常，字子寶。

丙午，出拜客，見李眉生廉訪、莫子偲。并至馬醫科巷，看潘氏之屋。得戴子高書、劉叔俛書，并《釋穀》四卷。得子原書，與子原書。與應敏齋觀察書。

丁未，丁禹生中丞來。潘玉翁來，陶柳門甄來，張少渠來，吴廣庵來，侯崍山來。得戴子高

[一] 名單有缺漏。

十一月廿五日書。得蒯子範刺史書。

戊申，雨。吴清卿庶常大澂來。得慕陶書。

己酉

庚戌，雨。莫子偲來。與楓成兄書。與子原書。

辛亥，劉茆生來，徐純庵來。

壬子，出拜客，見何子永。是日，潘玉泩、吴平齋招飲，與者梁敬叔、秦澹如兩觀察、莫子偲孝廉。

癸丑，勒少仲廉訪來。

甲子，雨。

乙丑，雨。何子永來。得孟蘭艇書、汪謝城書。與楊見山書。

丙寅，得嵇又任書。得蒯子範太守書，即復之。

丁卯，出拜客，見朱璞山、陶柳門。與孟蘭艇書。與潘少梅書、姚少泉書。柳門來，周貢甫來。得康矦女壻十月十一月兩書。是日，璞山言有王君吉元字藹臣，住富郎中巷，能以艾灸心穴愈癡疾。余欲爲二兒求之。記于此。

戊辰，勒少仲廉訪來，楊敏齋來。得壬甫兄十二月四日書，從老福潤信局來。附記：信局在閶門外弔橋下，可寄回信。又或寄上海蔚長厚匯兑局轉寄福建本局侯君季修。

張友山方伯兆棟來。

己巳，雨。得馮介安都轉書、嵇又任書。與又任書。

庚午，雨。與子原書。

辛未，雨。上太恭人書，與壬甫兄書。陶柳門來，李薇生太守來，邵實孚庶常積誠來。吴曉帆寄贈馬氏《繹史》。

壬申，雨。與李少荃相公書。杜筱舫觀察來。

癸酉，雨。得楊見山書。

甲戌，晴。是日，潘文恭相國生日，已一百歲矣。其家稱慶如生存時，余往拜。遂拜客，見張友山方伯、杜小舫觀察、吴縣汪耕餘大令。福安來。與喬鶴儕中丞書。

乙亥，雨。陶柳門來。得李少荃相國書。與馬穀山制府書、孫琴西書。

丙子，雨。楊鹿亭來。

丁丑，晴。

戊寅，倪博山來，朱璞山來，勒少仲廉訪來。得姚少泉書。

己卯，劉叔濤庶常廷枚來。得汪瘦槑書。

庚辰，錢伯聲太守卿鉌來，沈韵初來。

辛巳，錢元之來，顧子厚來。出拜客，見勒少仲同年、莫子偲。是日，祀神。

壬午，懸先高祖明遠公以下畫象，設祭行禮。是歲，余行年四十有八，始抱孫焉。《諸子平議》刻成者六卷。然以故里無家，故雖主講浙中，而仍寄孥吴下。初擬覓屋武林，爲移居之計，而迄無所就，余其遂爲吴下阿蒙乎？太恭人春秋高，余久曠定省，而爲家室之累，不克至閩省視。中夜思之，不勝轉展矣。

同治八年

歲陽在屠維，曆書作「祝犁」。歲陰在大荒落。曆書作「大芒落」，《天官書》作「大荒駱」。

正月大盡　修陬亦作「聚」　癸酉朔

二月大盡　圉如　癸卯朔

三月大盡　厲窉亦作「寎」　癸酉朔

四月小盡　則余　癸卯朔

五月小盡　窒皋亦作「高」　壬申朔

六月大盡　塞且　辛丑朔

七月小盡　終相　辛未朔

八月小盡　極壯　庚子朔

九月大盡　畢玄　己巳朔

十月小盡　橘陽亦作「旙」　己亥朔

十一月大盡　修辜　戊辰朔

十二月小盡　圉涂亦作「荼」　戊戌朔

正月

癸酉，雨。

甲戌，雨，旋霽。邵步梅燮元、王竹生鏞來。客來不見不書，從上年例也。

乙亥，蔡芸軒來。

丙子，出拜客，見張友山方伯、勒少仲廉訪、李薇生太守、蔣香生比部鳳藻。其餘不見則不書，亦上年例也。與李小荃中丞書、楊石泉方伯書。

丁丑，顔珊枝來，陸博泉昀來，陳子莊其元來。是日，于先高祖以下畫象前，設祭行禮。禮畢，敬撤。

戊寅，勒少仲同年來，張少渠來，俞勁叔來。與許信臣前輩書、子原女壻書、潘少梅書、書局同人書。

己卯，雨。

庚辰，晴。出拜客，見丁禹生中丞、吴平齋、潘子湲。

辛巳，出拜客，不見一人。邵步梅招飲，與者皆非所識，故不書。

壬午，馮林一前輩來，馮聽濤來，吴平齋觀察來，鄒蓉閣來。

癸未，管心梅來。得子原初六日書。

甲申，出拜客，見杜小舫觀察、王藹臣吉元。

乙酉，朱平州來，吴仲英來，朱璞山來。王藹臣來，治二兒疾。得潘少梅書。與應敏齋書，與郭日長書。

丙戌，朱璞山來。

丁亥，潘子湲來，金眉生來，潘玉泉來，俞勁叔來。得孟蘭艇書。

戊子，唐鷦安來。王藹臣來，治兩兒病。出拜客，見唐鷦安。是日，勒少仲廉訪招飲，與者吴清卿、潘芝岑、吴廣庵。

己丑，馮聽濤來。得慕陶書、少雲書、姚雪峰書。得王康侯女壻十二月十七日書。

庚寅，陶柳門來，高雲山來。與許子原書、孟蘭艇書、周慕陶書、家晚林兄書。

辛卯，王藹臣來，治兩兒疾。得李筱泉中丞書、許信臣前輩書。

壬辰，雨。馮少渠來。是日，勒少仲同年延陶柳門孝廉課其子，余所薦也，故與同飲于少仲所，與者馮聽濤、補之兩生，亦執贄于柳門。與馬穀山制府書。與許信臣前輩書、吴曉帆觀察書、許子原女壻書。得子原書。

癸巳，朱采蓀來，趙惠甫來。

甲午，王藹臣來，治内子及兩兒疾。

乙未，周縵雲前輩來，俞勁尗來。是日，丁禹生中丞招飲，遂觀其親兵操演，復登高閣眺望，與者周縵雲、何子永。又有二客非所習，故不書。得應敏齋書。

丙申，晴。出拜客，見潘季王、朱樸山。與李筱泉中丞書、許子原書。

丁酉，潘子浚來，朱璞山來。得鍾桂溪書、吴曉帆書。

戊戌，出拜客，至接駕橋震康泉店，見倪君。又至書局，見劉茆孫。與周慕陶書、關瑞生書、鍾桂溪書。其莫雨，始雷。

己亥，得子原伉儷書。

庚子，出拜客，見潘玉泉、吴平齋。

辛丑，與孟蘭艇書、汪謝城書。

壬寅，蔡瑜卿來。王藹巨來，治大兒疾。得嵇又任書。

二月

癸卯，得壬甫兄正月廿四日書。與慕陶書。朱璞山來。是莫雨。

甲辰，得楊石泉方伯書，得張少渠書。是日薄莫，廨中大門爲人竊去。

乙巳，朱璞山來。

丙午，雨。以《莊子平議》三卷付刻工吴長禄開雕。是日，吴縣來作門。

丁未，雨。出拜客，見莫子偲。

戊申，陶柳門來，潘芝岑來，王逸雲士松來。

己酉，雨。

庚戌，晴。步至馮景庭前輩處，小坐而回。沈韵初贈漢石刻五種。與伯蘭表姊書。

辛亥，王逸雲來，爲孫男阿龍、孫女阿牛種痘。

壬子，杜小舫來。

癸丑，王藹臣來，治内子及大兒疾。以《商子平議》一卷付刻工陶叔甫開雕。

甲寅，吴廣庵來。甚雨竟日。

乙卯，王藹臣來，治内子疾。風雨竟日，甚寒。

丙辰，晴。朱璞山來。得李小荃中丞書。得王康侯女壻書，武懿堂行六子德送來。附記：武子德住臯橋東包衙前衖内日昇昌。是日，與周慕陶書。

丁巳，出拜客，見丁禹生撫部、李薇主太守、朱璞山司馬、王藹臣明府。得子原十三日書。陶柳門來。

戊午，與杜小舫觀察書。朱璞山來。與康侯書。

己未，王逸雲來，江花卿來。

庚申，潘玉泉來，李薇生太守來，王藹臣來，張少渠來。

辛酉，潘子浚來。

壬戌，勒少仲來，高雲山來，王藹臣來，王逸雲來，夏子松來。

癸亥

甲子，勒少仲來，馮聽濤來，王藹臣來。

乙丑，得子原與紹萊書、繡孫書。出拜客，見應敏齋方伯、許勛臣、軍門保清、夏子松、王藹臣。

丙寅，張友山中丞來，應敏齋方伯來，王藹臣來，張少渠來，吴仲英來。

丁卯，朱璞山來。

戊辰，上太恭人書，與壬甫兄書。其莫雨。

己巳，得子原伉儷書、許八夫人與内子書。得杜小舫書。

庚午，王藹臣來。

辛未，雨。朱璞山來。

壬申

三月

癸酉，唐鶚安來，朱璞山來。王吉元藹臣來，内子及大兒婦皆請其切脈處方，余有疾亦治焉。得樊芾林兵部書，知樊親家翁于上年五月謝世。

甲戌，登舟如杭州。余疾未愈，以藥物自隨焉。泊八尺。

乙亥，晨起，過平望，又行九里至周家溪，打頭風大作，遂泊。日加申，風益盛，舟中悶坐，極無味也。

丙子，泊練市。其莫，雷雨。

丁丑，晴。過新市，小泊。鍾桂溪來，坐談而去。泊唐西。與家楓成兄書，與內子書。其莫雨。

戊寅，至杭州，易小舟至松木場，遂坐肩輿至精舍。適彭雪琴侍郎借寓湖樓，余遂館于監院孟蘭艇之室。見周慕陶及又雲。得李少荃使相書、姚少泉書、鍾桂溪書、汪補笙書、沈硯香書。

己卯，使人入城，致書于李筱泉中丞及潘少梅、許子原。與內子書。孟蘭艇來，范允茂甥來。

庚辰，入城拜客，見李筱泉中丞、如冠山廉訪、王清如太守、潘少梅、許子衡。遂至書局，見諸同人。是日，飯于許氏，與繡女偕。飯後至中丞處，適湯敏齋太常在焉。中丞留與同飯，比歸寓，已上燈矣。始晴，繼而大風雨。與彭雪琴侍郎往返，俱見。

辛巳，晴。彭雪琴侍郎招，同李筱泉中丞飲于湖樓。江子平孝廉珍楹來。吴泮香思藻來。

壬午，補行二月望課，諸生畢至，來見者衆，不一一書。彭雪翁來，坐談良久而去。劉冰如方伯、如冠九廉訪、方子穎觀察鼎鋭偕來。

附記課題：《儀禮》諸公考；《爾雅》注引《尚書》文與今本異同考；古「象刑」説；「季孫曰異哉子叔疑」解；吹笛止雨賦，以「穆王吹笛其雨遂止」爲韵；賦得「八分煙水二分人」得「湖」字；元大德年杭州路儒學所鑄文廟編鐘歌；香市歌；擬重建平湖秋月上梁文。

癸未，彭雪岑侍郎來，胡子繼來，徐古香桂芬來，吴清卿庶常來，潘少梅來，許子原女壻來。得馬穀山制府書。

甲申，入城拜客，見吴仲雲前輩、許信臣前輩、許八夫人、張仲甫孝廉、劉聽襄前輩、劉冰如方伯、陳明府鍾英，遂至城隍山一游。復拜客，見方子穎觀察、孫子佩太守。至筱泉中丞處，夜飯，與者方觀察、張吏部，遂宿于節署。見陳卓人前輩。

乙酉，飯于中丞處，與者陳卓人前輩。遂肩輿出湧金門，浮于西湖，歸精舍。得紹萊初六日、十一日書。得汪瘦梅水部二月十五日書。得王補帆親家十二月朔書，又一書無月日。許信臣前輩來，高呈甫人驥來，繡女來。薄暮，余登樓，與雪岑侍郎小坐。

丙戌，入城拜客，見馮介安都轉。又至輔仁堂，見韓東餘，爲余處方。遂至四開别墅，赴吴曉帆觀察之招，與者吳清卿庶常、秦澹如觀察，周覽其泉石花木之勝，即所謂金衙莊也。余去歲欲得之，已有成説，而卒不果，惜哉！飲畢，至許氏見繡女，又至潘少梅處小坐，遂出城而歸。

丁亥，坐小舟至崇文書院，見周縵雲前輩。歸，而雪岑侍郎招飲，即與縵雲偕。沈念農前輩來，吳清卿庶常來，許薗伯太守、季蓉明府來，鍾桂溪來，嵇又任來，許子原壻及子衡來，潘少梅及鳳洲來，張子虞來。得姚少泉書、周少雲書。吳則之明府來。

戊子，徐古香來，劉聽襄前輩來，馮介安觀察來，嵇又任來，許子原壻來。彭雪琴侍郎招喫蒓菜。侍郎從南山泛舟歸，適見采蒓菜者，遂命從者擷取之，此真西湖蒓也。若城中所賣者，則皆自越中來耳。與陸存齋書，與李筱泉中丞書，與吳曉帆書，與紹萊書。其莫雨。

己丑，乘肩輿至馬頭。登舟還蘇州，泊唐西。始晴，繼雨。

庚寅，晴。泊雙橋，距嘉興四十五里。

辛卯，帆風而行，泊八尺。是日，閱定望課卷。

附記内課十八名：潘鴻、袁秉彝、趙銘、吳承志、黄以周、施補華、徐鑾、王麟書、許郊、徐泰然、丁正、朱文炳、江珍楹、吳思藻、程咸焯、孫瑛、鈕亮、沈贇元。

壬辰，日加午，還蘇寓。與杜小舫觀察書。寄望課卷與詁經監院。

癸巳，與子原書，與潘之梅、周慕陶書、姚少泉書。

甲午，陶柳門來。

乙未

丙申，與吴曉帆觀察書、孟蘭艇監院書。

丁酉，至白善橋，瞻禮觀世音菩薩。并至馬醫科巷周觀新厲。遂拜客，見潘玉翁。應敏齋方伯來，朱璞山來，陶升甫來。

戊戌，與彭雪琴侍郎書，與孟蘭艇監院書，與馬穀山制府書，與程燕謀廣文書。胡鳴盛來，爲余及内子、大兒婦處方而去。

附記：胡鳴盛住常州西瀛里施家巷。

己亥，張少渠來。得王藹臣書，得子原與紹萊書。手民吴長禄來。

庚子，馮少渠來。與王藹臣書。其暮雨。

辛丑，雨。得潘少梅書，與少梅書。勒少仲廉訪來，徐誠庵來，程燕謀來。

壬寅，晴。

四月

癸卯，許子原女壻來。詁經精舍寄到三月望課卷。

甲辰，朱璞山來，陸鍾山來。應敏齋以畢刻《續通鑑》見贈。

乙巳，出拜客，見應敏齋方伯、吴平齋觀察、萬清軒處士。又見伯英甥女。朱璞山來，程燕謀來。上太恭人書，與壬甫兄書，附去茶葉，託應敏齋轉託豐興。

丙午，至馬醫科觀新廡。是日，與潘玉泉觀察典定馬醫巷之屋，其地在吴邑北正二圖，凡平屋樓房二十七間、過道披箱九處，用錢一千千，以七年爲率。潘芝岑來，沈韵初來。得彭雪琴侍郎書，得杜小舫觀察書，得孟蘭艇書。

丁未，得俞劭尗書。

戊申，偕子原坐小舟至馬醫科觀新廡。適胡仁齋司馬來，遂與小坐而别。得繡孫書。

己酉，移廡馬醫科新廡。潘玉泉來，朱璞山來，劉茆孫來，馮聽濤來。餘賀客不見，不悉書。得陳槐庭鍾英書。其莫雨。

庚戌，先府君忌日，設祭行禮。

辛亥，出拜客，見張友山護院、勒少仲廉訪、萬清軒處士、朱璞山司馬、張少渠及伯英甥女。得周慕陶書。

壬子，萬清軒處士來，閔小圃司馬來。

癸丑，朱璞山來，陶柳門來。

甲寅，應敏齋同年來。得潘少梅書，得繡孫書。是日，閱定三月望課卷，寄詁經精舍監院，并附去本月望課題。與潘少梅書。

附記内課十八名：王蘭、袁秉彝、吴承志、許郊、馮祖洛、施補華、王麟書、徐鑾、沈豫、戴果恒、龔啓芝、陳濬、丁正、周金組、丁立誠、江珍楹、沈晉蕃、查光華。

乙卯

丙辰，出拜客，見應敏齋方伯、惲次山撫部、湯敏齋太常、李薇生太守。是日，張友山護院來。

丁巳，與杜筱舫觀察書、俞勁未書。

戊午，李薇生太守來。其莫雨。得吴曉帆書。

己未，登舟如杭州，泊吴江。

庚申，泊嘉興。是日，過平望，有賣餅家甚美。

附記：平望賣餅家在後溪街姚家衖内，名曰會豐，凡一餅值泉三。

辛酉，泊石門。

壬戌，過唐西。與内子書。泊王家莊。是日始晴，繼而雨。

癸亥，大風，雷雨。至詁經精舍。余每至杭州，輒遇風雨，不免爲御叔所笑矣。

甲子，晴。出拜客，見李筱泉中丞、劉冰如方伯、如冠九廉訪、馮介安觀察、王清如太守、陳伯敏太守、許信臣前輩、許八夫人。又至書局，見諸同人。是日，飯于許氏，與繡女俱。

乙丑，渡江，如紹興。

丙寅，至紹興，登岸。見沈肖巖廣文，飯于其廡，與汪謝城俱。薄暮，與沈祖香還舟，如上虞。是日，晴雨半。

丁卯，遲明，命田升先至樣浦，奉移舅母黄孺人之柩。余與祖香度曹娥江至梁河，乘腳劃小舟至上虞，住沈肖巖廣文之署齋。遂至長者山展舅氏平泉姚公之墓，招堪輿家鍾部察同往相度。遂拜客，見王友山大令嘉銓。其暮，田升至。得王濟川書，言黄孺人之柩不可遷，遂議收其骨以附葬舅氏之墓。復命田尗至樣浦。

戊辰，大風雨。使人于長者山築墳。王友山大令來，且餽酒食。

己巳，田升奉黄孺人之骨匣而盛之以歸，遂附葬于長者山舅氏之塋。先是，吾舅母卒于同治之元。時其家避兵槎浦，艸艸棺歛之，舁置于野，歲久朽壞。有虞振世者，上虞老諸生也，用越中法以石五片蓋之，而紊土焉。至是命田升往視，則在叢葬之所，且地窪下，易積水，故決計議遷。而舅氏之墳亦久矣，未敢輕動。遂于其旁别築小墳，并各立石識之。余遂致祭而還。有王濟川者，名福田，余舊與善，此役與有力焉，并與偕來，遂留之宿。

附記：舅氏墳在上虞西南門内長者山，地名一蘭亭坤山，艮向，立石云「上虞教諭平泉姚公之墓」。舅母墳即在其側，立石云「教諭姚公之配黄孺人墓」。如姚氏子孫欲往祭掃，則至山下問陳天貴其子一桂即知之，其人所居曰狀元府，不知何以得斯名也。

庚午，與沈祖香廣文登舟渡曹娥江，即周覿于曹娥廟，正殿祀曹娥，後殿祀其父母，旁則土穀祠焉。漢碑久無存，明人以真書録其文刻石。我朝嘉慶閒，阮文達撫吾浙，錢泳又以隸書書之，文達爲刻石。粤賊之亂，以礮火毁其祠而不得。祖香并言：三月廿六日，相傳孝女生日，海中必有一異物涌出，或魚或鰕，鰕或有大數尺者，人取以祀神。祀畢，仍投之江中。然則孝女之靈，至今猶未泯矣。游覽後，易舟至紹興。祖香辭去，余登岸，見沈肖巖，小坐而歸。

辛未，晴。乘舟至大禹陵，觀岣嶁碑及窆石，周覽廟宇。其旁有禹寺，寺有唐開成五年往生碑，其文云「唐開成五年，歲次庚申，皇帝昇極。是歲夏五月，會稽禹寺請玄英法師講《金剛經》于餘姚平原精舍，會次募一千二百五十人，結九品往生社。英公學我真教，挹其遺蹤，施有等差，階陳九品。旁求貞石，書其姓字」云云。其下列第一品至第九品人姓名，男女均有之。此碑道光二十年寺僧鉏地所得。紹興府徐鐵孫太守榮命其子同善置趺承之，移樹殿中，并爲之考云：「唐文宗以開成五年崩，是月武宗即位，所云『皇帝昇極』謂武宗也。武宗會昌五年詔毀佛寺，此碑以禹故當不毀，或社中九品人懼禍埋之云。」余觀此碑字體完好，而筆意古茂，遇唐諱皆缺筆。自來言金石家多未著録，故誌其大略于此行，當爲詩以張之也。游畢，乘竹兜至南鎮，直登其巔，至所謂香鑪峰者。地極危峻，而所望空闊無際，上奉觀音，題曰「南天竺」。前有兩巨石，中通一綫，天然之門，亦奇景也。又登舟，至蘭亭，甫修葺未竟。

五月

壬申，渡江，還杭州精舍。得嵇又任三書，得壬甫兄四月九日書。

癸酉，與内子書，與嵇又任書。使人于子原，與之書。得紹萊十八日、二十四日書，得馬穀山制府書。使人于高滋園都轉，與之書。

甲戌，雨。子原來，孟蘭艇來。

乙亥，雨，旋霽。是日，閱定望課卷，發監院校官，榜示于門。

附記課題：「天子夾振」解；「居不客」解；「旅獒」釋；春秋二百四十年歲星兩次超辰考；新緑賦；賦得「荷新鈿扇圓」得「荷」字；鮒魚，不限體韵；江南浙江湖北合刻二十四史章程；用西法製造活字版議。

附記内課十八名：吴承志、潘鴻、施補華、衛梓材、袁秉彝、許郊、黄煜、王麟書、丁立誠、徐鑾、趙銘、陳豪、許德裕、徐琪、沈晉蕃、龔啓芝、吴思藻、許章燕。

丙子，雨。孟蘭艇監院來，與飲于湖樓。是日，五月五日也。

丁丑，雨，朱笏山太守來。其夜，雨特甚，或云有鮫出自山中。

戊寅，雨，旋霽，仍大風。與内子書。得張少渠書。

乙卯，晴，如冠九廉訪來，周少雲、子鴻、潘儀甫來，吴泮香來。

庚辰，楊甌舲將之來，潘少梅來，許玉農來，吴蓉圃來，高呈甫、談仲修來。

辛巳，入城拜客，見高滋園都轉、濮少霞觀察。是日，書局諸君觴余及王清如前輩、吴蓉圃太史于四間别墅。已而又至許氏，見八太夫人、子原壻、繡孫女。得紹萊書。

壬午，李筱泉中丞使人以書來，附來李少荃相公書。得曾樞元中丞書。與筱泉中丞書，附去與彭雪琴侍郎書。先是四月甲子，余于淳佑橋舟次見雪琴侍郎，并託寄彭麗崧書。其日失記，附記于此，俾有考焉，此變例也。趙桐孫來。

癸未，乘肩輿至理安，山色頗佳。寺有法雨泉，清瑩可愛。中有泉龍，甚小而俱五爪。復由理安至雲棲，惜輿夫憚于登陟，取道江干，往返皆然，稍減意味矣。即飯于雲樓，寺僧出董香光所書《金剛經》墨蹟，并敬觀高宗御題。又觀莲池和尚所纂《法彙》，遂至塔院，觀莲池瘗骨之塔。又山下有太素錦庵主之塔，乃其妻也。雲棲脩篁夾道，頗有致。寺僧言從前彌望皆緑，不見日色，今已濯濯矣。已而又至虎跑泉，寺盡圮，泉故無恙。東坡詩所寫「虎移泉眼趁行腳」者，尚刻石泉上。歸途復至鳳林寺，時新築薛盧三楹，未畢工。是日，李中丞使人以書來。薛慰農來。

甲申，使人于李筱泉中丞、如冠九廉訪、胡存齋司馬、吴則之大令、許子原女壻，皆與之書。得廉訪、司馬及子原回書。與王補帆方伯書、康侯女壻書。得紹萊書，有壬甫兄四月二十四日書。

乙酉，得慕陶書。許子舒之軫來，王醉鄉蘭來。是日，繡女來，飯于湖樓，薄暮而去。

丙戌，乘扁舟至錢王祠，觀東坡《表忠觀碑》，止存二石在東廡，其西廡四石兩面刻之，則明人補書也。復游静慈，觀雷峰塔。又至花港觀魚，步行至于少保墓。歸舟又至三潭印月及湖心亭。

丁亥，王清如前輩來。得沈祖香書。與沈肖巖書。招吴則之紹正、李理臣寬、吴泮香思藻及子原壻飲于湖樓。是日雨。得姚少泉書。

戊子，雨竟日。得紹萊書，與紹萊書。

己丑，仍雨。是日，閲定望課卷，發監院校官榜示于門。是課因學使者將來科試，故于十二日預行之。

課題：坤艮兑三卦皆有虎象説；「未知，焉得仁」解；「姑之子爲甥、舅之子爲甥、妻之昆弟爲甥、姊妹之夫爲甥」解；笑字形聲考；夏五賦，以「吾猶及史之闕文也」爲韵；賦得「散花灘上作樓居」得「灘」字；西湖採蒓詞；會稽禹寺唐開成五年往生碑歌。

内課十八名：王麟書、黄以周、趙銘、施補華、潘鴻、鈕亮、許郊、江珍楹、吴承志、徐泰然、吴思藻、袁振蟾、周昌期、丁正、沈晉蕃、沈贊元、徐琪、張行孚。

庚寅，劉冰如方伯來。是日，秦淡如觀察招至湖舫，小聚于三潭印月，遇大雨。歸，而雨益大，及夜不止。吴泮香、江子平均來見。與孟蘭艇書。

辛卯，大雨竟日。鬗頭。

壬辰，晴。

癸巳，入城拜客，見李筱泉中丞、劉冰如方伯、如冠九廉訪，薛慰農、秦淡如兩觀察、陳槐庭大令鍾英，遂飯于書局，見施均甫、黄元同、袁爽秋。又至横河橋許氏，見信臣前輩，繡女亦出見焉。得宗湘文觀察源瀚書，并以《三老碑》及《杭城坊巷圖》贈。與黔撫曾樞元同年書。

甲午，雨又作，竟日不止。得李筱泉中丞書，且贈筆。得胡仁齋司馬寶晉書、陳槐庭大令書。與孫琴西同年書、戴子高書。

乙未，仍雨。入城，見胡仁齋司馬，擬看九曲巷屋，不果而返。錫都轉子受前輩來，許信臣前輩來，子原女壻來。得姚少泉書。與周慕陶書。

丙申，雨，旋霽。

丁酉，晴。出武林門，登舟還蘇州，泊唐西。

戊戌，雨。泊雙橋。

己亥，雨。泊王江涇。

庚子，小雨。泊吴江之夾浦橋。

六月

辛丑，雨。還蘇州。

壬寅，雨。張少蕖來。

癸卯，晴。内子生日也，今歲行年五十矣。先一日于内堂小爲排當，命兒輩稱觴。是日，李薇生太守、朱璞山司馬、徐誠菴大令、蘇紫垣大令、吴廣菴刺史、潘季玉觀察、楊綏臣太守皆來賀。張少蕖、周伯英伉儷俱至。初意家庭稱慶不聞于外，而來賀者頗有人，因觴之于便坐。天氣新晴，笙歌小作，亦一樂也。

甲辰，韓思忠來，乃厚庵師之猶子也，思忠字俊臣。

乙巳，韓俊臣來，餽之賮，且上厚庵師書。出拜客，見丁禹生撫部、張友山方伯、勒少仲觀察、吴平齋觀察，并見張少渠。又于少蕖所見黄淵圃刺史，乃甲辰同年名選、庚戌同年名統兩君之猶子。紹萊至粤，曾主其家。與丁紫垣書。是日，平齋言有陳稽亭《明紀》六十卷，起自洪武，訖于桂王，如《資治通鑑》之例，敘述詳明，擬以告丁中丞刻之書局。

丙午，丁雨生中丞來。得沈蘭舫燦書。得王康侯女壻五月十五日書。上太恭人書，與壬甫兄書。薛杏園來，爲外弟婦錢治疾。

丁未，洪文卿殿撰鈞來。丁雨生中丞餽荔枝。

戊申，張星川刺史文照來，陸連鍾山來，朱璞山來。

己酉，出拜客，見惲次山撫部。

庚戌，惲撫部來，李眉生廉訪來。

辛亥，出弔吴太夫人之喪。遂拜客，見何子永舍人。

壬子，與杜小舫觀察書，與孟蘭艇書，與潘少梅書，與許子原書。吴文江來，爲外弟婦錢氏治疾。

癸丑，與如冠九前輩書。得子原書，與子原書。

甲寅，得潘少梅書，得徐薇垣書。

乙卯，與楊石泉方伯書，與少梅書。汪炳齋來。是夜，月有食之。

丙辰，得周慕陶書、高呈甫書。是日，日加午，外弟婦錢氏卒。即日棺而歛之，寄于城外之積功堂殯房。

丁巳，與周慕陶書、高呈甫書、潘少梅書、姚少泉書。

戊午，夜雷雨。

己未，日加未，雷雨。與子原書。

庚申，出拜客，見張任庵同年保衡及王星墀。錢元之來，陶柳門來。

辛酉，得子原書、姚魯卿書，得杜小舫觀察書。

壬戌，得方保之書，得潘少梅書。得胡子繼書，内有胡農部澍書。是日雨，子繼書言新安江晉三明經韵學得金壇段氏之傳，著有《音學十書》，擬刻之書局。農部，字荄甫，新更號甘伯。

癸亥，朱璞山來，朱采蓀來。與李少荃相國書，與朱伯華書。

甲子

乙丑，與子原書，與胡仁齋司馬書。

丙寅，與杜小舫書。刻工陶升甫來，以《法言平議》二卷交其刊刻。先是以《吕氏春秋平議》交吴長禄刻，失書，書于此。

丁卯，吴仲英來。得彭雪琴侍郎書。得朱君衍緒書朱君字鎮甫，乃久香前輩之子也。得孟蘭艇書。

戊辰，張友山方伯來，應敏齋廉訪來，朱璞山來，張少渠來。得杜小舫書，有王補帆同年書，以《皇清經解》全函見贈。

己巳，趙幼原鉉來，沈少巖爾繩來。出拜客，見丁禹生中丞、應敏齋廉訪、勒少仲觀察兩同年、賈雲樵觀察、沈書森、朱璞山、莫友芝。

庚午，雨。

七月

辛未，晴。潘芝岑來。與朱鎮甫書、胡子繼書、孟蘭艇書。

壬申，雨。宋佑甫來，治阿牛、阿龍疾。又來俞竹安，鍼治阿牛。

癸酉，雨。陶柳門來，莫子偲來。

甲戌，雨，旋霽。吴清卿庶常來。吴文江來，治内子疾。得楊石泉方伯書，得杜小舫觀察書。

乙亥，晴。宋鳳占其京來，陳君誦曾來。

丙子，萬清軒來，勒少仲同年來，邵步梅來。

丁丑，陶柳門來，宋鳳占來。與子原書，與孟蘭艇書。

戊寅，朱璞山來，王星墀來。

己卯，王蔭齋觀察來。出拜客，見王蔭齋、李薇生太守、萬清軒、吴清卿、潘芝岑、朱璞山、徐誠庵。

庚辰，陳君誦曾來。出拜客，見吴平齋、應敏齋。遂與勒少仲同年登舟，如上海。

辛巳，泊周王鎮。

壬午，泊黄渡，與少仲登岸散步。

癸未，至上海。杜小舫觀察留宿絜園，仍與少仲俱。

甲申，出拜客，見蒯蔗農同年、劉融齋前輩、鍾子勤山長、王竹侯同年。是日，小舫觀察招飲，與者蒯蔗農、勒少仲兩同年、劉芝田觀察瑞芬。日加未，雨。

乙酉，汪子和來。與紹萊書。

丙戌，王曉蓮觀察來。與少仲、小舫同至鐵廠，見馮竹儒觀察，周觀機器。

丁亥，馮竹儒觀察來。與勒少仲同年觀于洋行，徐吉雲俱。遂拜客，見王一齋同鄉焕雯，偕至錢艇夫處，觀活字版。

戊子，偕小舫、少仲兩觀察同登天平輪船，見姚觀察，遂觀于吴松口而還。小舫觀察以西人法治酒食。是日雨。

己丑，雨。汪子和來。

庚寅，雨。少仲同年去金陵。與馬穀山制府書，與孫琴西同年書，與戴子高書。褚二梅來，錢艇夫國寶來。

辛卯，晴。出拜客，見吴子登太史嘉善。是日，侯峽山來。

壬辰，姚静巖來。得紹萊書、潘少梅書、子原七月十六日書。

癸巳，至德馨錢店，見袁君。又至縵雲閣，見姚静巖。遂登舟，還吴中，泊周太僕廟。是日，得紹萊書，内有壬甫兄六月二十三日、子原書。黄純安刺史錫蕃至舟相見。

甲午，泊一鼇卡前，不知地名，距昆山縣尚卅六里。

乙未，大風雨。至蘇州。

丙申，與潘少梅書。陶升甫來，以《淮南子平議》交其刊刻。

丁酉，雨。吴長禄來。

戊戌，微雨。得七月四日王補帆親家、康矦女壻書，即復之。李景卿慶雲來。

己亥，與杜小舫書。上太恭人書。與壬甫兄書，附去高麗參并月餅，均託小舫轉託胡雪巖也。張少渠來。

八月

庚子，雨。

辛丑，雨。得子原書，知繡孫于二十九日日加申舉一女。

壬寅，雨。得子原及繡孫書。潘玉泉觀察來，馮少渠大令來。

癸卯，雨。與子原書。

甲辰，雨。蘇紫垣來。

乙巳，晴。

丙午，王星墀來，張少渠來。與李筱泉中丞書。得杜小舫書。

丁未，得李少荃同年爵相書。潘子浚來。

戊申，陰。吴長禄來，以《賈子平議》二卷付刻。

己酉，雨，旋霽。與孟蘭艇書。得姚少泉書。

庚戌，雨。

辛亥，陶升甫來。

壬子，朱璞山來。是日大雨。

癸丑，晴。周君祖蔭來。得如冠九觀察書。

甲寅，雨。得子原書、孟蘭艇初十日書。張少渠來。得馬穀山制府書。

乙卯，夏子松詹事來。

丙辰，雨。得壬甫兄八月六日書。

附記：寄閩信，由上海拋球場後葉泰記棧内永昌掄記俞翊逸廷先生收存，轉寄俞君名隆瑞。

丁巳，晴。與内子及紹萊至拙政園一游，并至申公祠。是日，閱定七月望課卷，寄杭州詁經精舍。與監院孟廣文書。是課余在吴下寄題課之。

附記課題：孔子删《詩》説；周秦諸子引《周易》考；《春秋》「是月」解；「惟曰其助上

帝寵之」解；《説文解字》補逸；浄君涼友賦，以「浄君掃塵，涼友招風」爲韵。賦得「絲陰相間兩三家」得「家」字；擬朱子《十二辰詩》；題陶集、杜集、白集、蘇集後各一律；《漢三老碑》跋。

内課十八名：陸雅南、施補華、潘鴻、黄以周、王藺、吴承志、朱文炳、許章燕、王麟書、周昌期、江珍楹、袁秉彝、武家駿、沈晉蕃、朱一新、沈贊元、吴思藻、丁立誠。

戊午，雨。陸君昀來。周志鴻德培來。出拜客，見丁雨生中丞、張友山方伯、涂朗軒觀察、吴平齋觀察、朱璞山、張少渠。又于中丞處見夏子松詹事、馮展雲前輩。得姚魯卿書。

己未，與杜小舫觀察書。使人于應敏齋廉訪、潘玉泉觀察、沈韵初舍人，各與之書。潘子浚來。

庚申，雨。高雲山來。馮展雲前輩來。己未之夜，有賊自廚下穴壁入，小有失。是日，告之吴縣令。

辛酉，雨。得李筱泉中丞書。吴縣令命典史倪劒芝來。

壬戌，晴。得王康矦女壻七月廿七日、八月四日兩書。得知錦孫女于八月四日日加丑舉一子。得杜小舫觀察書。

癸亥，蔡瑜卿來。丁雨生中丞招飲，與者馮展雲、馮景庭兩前輩，莫子偲孝廉、潘孝玉觀察。與王補帆親家翁書、康矦女壻及錦孫女書。

甲子，徐誠菴來，張少渠來。與馮少渠書。得繡孫女書，即以書復子原。

己丑，周弼臣大令來，莫子偲來。出弔于吴平齋氏，飯焉。出拜客，見倪載軒觀察、徐誠菴。歸，而汪子和來。

丙寅，應敏齋廉訪招飲，與者馮展雲前輩、倪載軒觀察。出拜客，見馮景庭前輩、莫子偲孝廉。得潘少梅書、江子平書。又得孫子佩太守公文，告知八月初十日至書局提調任。

丁卯，倪載軒觀察來。潘季玉、顧子山兩觀察招飲，與者馮展雲前輩、莫子偲孝廉。

戊辰，與邵步梅書。

九月

己巳，馮景庭前輩來，張小鶴來。是夜漏三下，有賊穴廚房壁，未入，覺而去。

庚午，告之吴縣令，命典史來。

辛未，葛瑞卿大令來，趙幼青來。戴子高自湖州來，止之宿。

壬申，李薇生太守六十生日，往祝之。

癸酉，楊敏齋來，汪子和來。

甲戌，杜小舫觀察以《金石萃編》不全本贈，缺一百八十九葉。

乙亥，陶柳門來。江侶卿來，以祝榴古法治二兒疾。許子原女壻及次女繡孫至自杭州。

丙子，與李少荃相國書。得潘少梅書。

丁丑，戴子高去金陵。胡子繼來。是日微有雨。

戊寅，晴。張第花明府上德來，蔡芸庭來，徐賦秋來，適張氏甥女周伯英來。是日閲定八月望課卷，寄詁經精舍。是課，余在吳中寄題課之。與李筱泉中丞書，與孟蘭艇書。

附記課題及内課十八名：「哉生魄」解；《昭七年》「暨齊平」考；《孝经》「閨門」章説；詁經相反如毛傳「岵」「屺」之類詳考；緑衣女童誦《秋水篇》賦，以「緑衣翠鬟名曰秋水」爲韵；賦得「爽氣收回騎月雨」得「晴」字；詠顯微鏡；中秋翫月緣起考。吴承志、黄以周、陳豪、朱文炳、吴縵雲、許章燕、楊振鎬、沈贊元、徐琪、倪士偉、武家駿、戴兆春、丁立誠、江珍楹、朱芾、張蔭樾、程成焯、屈元炘。

己卯，張第花以《禪國山碑》贈。

庚辰

辛巳，朱璞山來，吴仲恒來，朱采蓀來。

壬午，上太恭人書，與壬甫兄書。是日，兒子紹萊如直隸。許子原女壻及繡孫女如京師，附去上湘鄉相公書，與崇地山侍郎書、姚訪梅書、趙惠甫書、汪瘦梅書、朱伯華書、胡荄甫書，又附與杜小舫書。陶升甫來，以《楊子〈太玄〉平議》付其刊刻。是日始晴，及莫雨。

癸未，陶柳門來。出拜客，見丁雨生中丞、應敏齋廉訪、李薇生太守、吴平齋、蔡芸庭、潘子浚。得王補帆親家、康侯女壻八月十六日書。

甲申，雨。陸君昀來，朱璞山來，徐誠庵來。是日，請蔡芸庭來，授外弟之子姚祖詒讀。

乙酉，應敏齋廉訪來。

丙戌，與王補帆親家、康侯女壻書。張少渠來，沈味畬孝廉來。與沈書森書。

丁亥，潘玉泉觀察來，潘子浚來。

戊子，與内子登舟如杭州，泊吴江。登岸拜客，見沈問梅、邵步梅兩大令，飯于步梅署齋。

己丑，泊嘉興。

庚寅，泊石門灣。

辛卯，泊唐西，姚晉卿來。

壬辰，至杭州詁經精舍。

癸巳，步至平湖秋月一游。飯後，又與内子坐小舟至静慈及三潭印月，小坐而歸。孟蘭艇來。

甲午，入城拜客，見李筱荃中丞、楊石泉方伯、吴曉帆觀察、濮少霞觀察、許信臣前輩及許八夫人、潘少梅、周鶴亭。適鶴亭爲其子娶婦，與觀嘉禮焉。得紹萊十八日上海書、蔡芸亭書。是日，許八夫人來，見内子于湖樓。

乙未，潘少梅及其子儀父來。静慈寺僧大圓來。得嵇又任書。是日，内子微有疾，不夕食，食粥。

丙申，何青士觀察來，程竹庵秉釗來，許季容、許子衡來，許氏外孫女三多來。得周少雲書。

丁酉，周子雲來，姚朗山承圭來。是日，閱定望課卷，發監院校官榜示于門。是課，余在吴下寄題課之。

附記課題及内課十八名：《狼跋》「公孫」解；「文祖、藝祖」解；《齊論》遺説考；《魯論》遺説考；孟荀董楊四子言性優劣論；絳樹兩歌、黄華二牘賦，以「絳樹兩歌、黄華二牘」爲韵；賦得「俗人猶愛未爲詩」得「爲」字；無腸公子傳；書《景教流行中國碑》後。吴承志、許德裕、沈贊元、朱一新、丁立誠、衛梓材、徐泰然、潘承鼎、徐琪、朱芾、章廷楨、許章燕篆書、張蔭樾、江珍楹、關釗〔一〕、陸雅南、潘鈉、程咸焯。

戊戌，與兩兒婦書，與蔡芸庭書。

十月

乙亥，雨。

庚子，陰。與周慕陶書、姚少泉書。

辛丑，晴。吴則之來。

壬寅，許信臣前輩來。

癸卯，入城，弔洪張伯侍御之喪。遂拜客，見李筱泉中丞、陳伯敏太守、楊見山大令。

〔一〕釗，疑當爲「鉞」，同治八年與吴承志等肄業詁經精舍者有關鉞無關釗。

甲辰，汪小衡明府來。

乙巳，王清如前輩來。薄暮，與内子至平湖秋月小坐。

丙午，吴曉帆觀察來，周鶴亭來。

丁未，李筱泉中丞來，遂與同至平湖秋月、三潭印月小坐。

戊申，潘少梅使人以書來。其夕，與内子乘小舟至三潭印月觀月。

己酉，濮少霞觀察來。是日，許信臣、沈念農兩前輩招，陪如冠九前輩飲于湖舫，與者濮少霞、吴曉帆。得兩兒婦書。

庚戌，陳藍洲、潘儀甫來。與王補帆親家書，與兩兒婦書，又與沈肖巖書。

辛亥，潘少梅來，與同至鳳林寺新築薛廬，并至岳墳。遇如冠九、何青士、馮介安三觀察于湖隄。

壬子，使人于李筱泉中丞，與之書。得紹萊九月廿四日天津書，得蔡芸庭清臣書。洪宜孫孝廉來，汪洛雅、張子虞、王松溪來。與汪謝城廣文書。

癸丑，李筱泉中丞使人以書來，如冠九前輩亦使人以書來。潘少梅使人有饋。其暮大風。

甲寅，風。

乙卯，入城，弔許文恪及項夫人及仁山閣學之喪。遂拜客，見吴仲雲前輩、英茂文觀察、張仲甫，又潘少梅、吴則之。得蔡雲庭書，内有康矦女壻及錦孫女書，又有姚春伯書。得姚少泉書。

丙辰，入城，至湖廣會馆，候許文恪、項夫人、仁山閣學之喪，設祭行禮。

丁巳，沈蘭舫廣文燦來，沈祖香來，楊石泉方伯來。得沈肖巖書。

戊午，姚少泉來，止之宿。許子喬祺身來，行本月望課。

己未，與姚少泉、周子雲泛舟西湖，游三潭印月、湖心亭，至静慈而還。

庚申，少泉去。入城拜客，見徐壽蘅學使、興紫垣廉訪、如冠九觀察、許子喬。又至書局，見王松溪、許子社。是日，孫子佩、宗湘文兩太守來。

辛酉，興紫垣廉訪來，高仲瀛翔麟來。與朱璞山書、蔡雲亭書、兩兒婦書。得朱鎮甫書。

壬戌，王濟川來。

癸亥，手民鄭伯升及白以健來，徐蕖生、江子平兩孝廉來。

甲子，閱定望課卷，發監院校官榜示于门。

附記題目及内課十八卷：《尚書》「六宗」説；《昏禮》「問名」説；「不有祝鮀之佞，而有宋朝之美」解；「牲殺器皿」解；倉頡造字始于甲子説；冰壺先生賦，用「食無定味，適口者珍」爲韵；赋得「欲酬琴價約僧評」得「僧」字；宋五嫂魚羹、李七兄羊肉，不限體韵；開濬西河議。潘鴻、黄以周、吴承志、王麟書、戴果恒、衛梓材、袁秉彝、丁立誠、許郊、孫樹禮、張蔭樾、江珍楹、許德裕、武家駿、朱文炳、陳灝、楊振鎬、吕錫時。

乙丑，王濟川來。

丙寅，使人致書于如冠九前輩，即得其復書。得十月五日紹萊書，得姚訪梅書，得孫琴西同年書。

附記：紹萊厲保定省城内竈君廟慶餘堂。

丁卯，與李筱泉中丞書。吴蓉圃太史將如京師，來告行。

十一月

戊辰，雨。與汪瘦梅書、許子原女壻繡孫女書、姚訪梅書、紹萊書。王濟川來。

附記：與王濟川書，寄崧廈蔡萬盛豆腐店。

乙巳，大風雨。

庚午，入城拜客，見楊石泉方伯、如冠九觀察前輩、許信臣前輩、許八夫人、潘少梅及儀甫。又至書局，見王松溪、陳蘭洲、黄元同。得壬甫兄十月十五日書，内有九月三日書。是夜，有賊穴壁入于廚。

辛未，徐鍔青维錕來。許八夫人及周季英甥女來，見内子于湖樓。

壬申，雨。與内子登舟，還蘇州。

癸酉，泊唐西。與兩兒婦書。

甲戌，至德清，泊南埭，見族中諸兄諸子。遂展先曾祖先祖之墓。

乙亥，移舟至金鵞山，展先朝議君之墓。遂入城拜客，見張郁亭明府文熠及蔡厚齋舅氏。張明府來，明府河南内黄人，其弟名文燿，余視學中州時歲試，漳德以弟一人入學者也。是日，泊城中。

丙子，泊石門。

丁丑，泊嘉興。

戊寅，雨。泊平望。

己卯，雨。至蘇州，泊葑門外，洋鐘六扣矣。

庚辰，陰。回寓齋。得戴子高書二。得劉叔俛書并所譔《論語正義》一卷、《三公山碑》、《白石神君碑》。得王補帆親家書并《賓萌集》刻本一卷。得許子原女壻及繡孫女書，得汪子和書，得龐作人書。

辛巳，上太恭人書，與壬甫兄書，與王補帆親家書。朱璞山來。

壬午，又上太恭人書，與壬甫兄書。陶升甫來。

癸未，潘玉泉觀察來，朱璞山來，吴清卿庶常來，張少渠來。得王補帆親家及康矦女壻書，得許八夫人與内子書。

甲申，朱璞山來，許季蓉來。出拜客，見張友山方伯、李薇生太守、潘芝岑、張純卿、沈韵初、吴清卿、吴平齋。與邵步梅書。

乙酉，潘芝岑來，宋鳳占來，劉茆孫來。

丙戌，陶柳門來。與馬穀山制府書，與孫琴西同年書，與陸存齋觀察書，與戴子高書，與杭州書局書。得紹萊十一月初二日書。

丁亥，陰雨。吕本南來，張純卿來。上湘鄉相公書，與紹萊書。

戊子，李薇生太守來，陸蓮鍾山來。得邵步梅書。

己丑，得紹萊十一月初九日書，知移寓雙井胡同。

附記：紹萊寓雙井胡同即補縣正堂毛公館。

庚寅，汪耕餘明府來，宋璞山來，俞棣華永泰來，管才叔樂來。

辛卯，趙幼卿來，潘子浚來，朱采蓀來。

壬辰，雨。與潘少梅書。得潘少梅書。

癸巳，晴。張友山方伯來，蔡瑜卿來。得孟蘭艇書，寄來十一月望課卷。得謝芹香書。

甲午，徐誠庵來。

乙未，吴平齋、顧芝山、許緣仲三觀察來。得李小荃中丞書。

丙申，潘子浚來，賈敬之致慎來。是日，閱定望課卷，寄詁經精舍，與監院孟廣文書。是課，余已還吴下，留題課之。

附記課題及内課十八名：《尚書》「祖甲」考；《周易》「帝乙」考；「齊仲孫來」解；「季姬及鄫子遇于防，使鄫子來朝」解；「三年學，不至于穀」解；八蠟考；合冰必于南風賦，以題爲韵；賦得「貍奴氊煖夜相親」得「奴」字；擬香山《贈友》詩五首；詠風菱。施補華、吴承志、王麟書、潘鴻、陳灝、俞光組、張蔭樾、黄以周、沈贊元、屈元炘、吴廷楷、徐琪、丁正、陸雅南、武家駿、陸壽民、潘承鼎、林真。

丁酉，張少渠來。得楊石泉方伯書，内有咸豐五年余在河南學政任内所請誥軸。事隔十五年，中更兵亂，幾不及補請矣。去年譚文卿廉訪入都，曾以此託之。今年楊方伯入都，竟爲領回。拜先皇之玉音，感先臣之遺澤，自惟無狀，不克仰副，深用憬然。又得馬穀山制府寄贈前後《漢書》各一部。

十二月

戊戌，季眉生廉訪來。

己亥，雨。沈韵初來。

庚子，陰。出拜客，見英茂文觀察、費芸舫庶常延釐、朱璞山、唐鶚安。與馬穀山制府書。徐誠菴來，張少渠來。

辛丑，英茂文觀察來，任秋亭司馬來，潘小雅馥來。

壬寅，朱璞山來，周孟輿來。

癸卯，出拜客，見沈書森太守、李薇生太守、潘小雅比部、張少渠、徐誠庵。得潘少梅書。

甲辰，杜小舫廉訪來。

乙巳，吴仲英來，張少渠來，沈韵初來，徐誠庵來，何子永來。與紹萊書。

丙午，唐鶴安來。董梓亭吏部來，吏部名作模，道光癸未進士，曾以事戍伊犁，後又從靖逆將軍至粤東，今年七十九矣。挾書數萬卷求售，公卿間亦奇士也。

丁未，與楊石泉方伯書、譚文卿廉訪書。其夜，雪。得施均父書。

戊申，雪霽，甚寒。武懿堂來。得王康侯書，得許八夫人與内子書，得子原書。

己酉，得孟蘭艇書、汪謝城書、戴子高書，得紹萊十一月廿六日書。朱采蓀來。

庚戌，潘子浚來，蔡瑜卿來。

辛亥，高辛才丈來。出拜客，見應敏齋同年、吴平齋、朱璞山、朱采蓀、武懿堂。與王康侯女壻及錦孫女書，與姚春伯書。

壬子，高辛才丈來，張少渠來。得潘少棵書、姚少泉書。

癸丑，朱璞山來，潘芝岑來。

甲寅，應敏齋廉訪來。與邵步梅書。

乙卯，潘葧笙觀察來。得如冠九前輩書。

丙辰，得吴則之書。

丁巳，張少渠來。與李小荃中丞書，與楊石泉方伯書，與潘少梅書、施均父書、許子原女壻及繡女書。内子與許八夫人書。

戊午，姜曉湘來。

己未，朱璞山來，楊見山來。得壬甫兄初六日書，得兄子黼堂書。與潘少梅書，又與之書，附與少泉書。得邵步梅書，復之書。

庚申，與李筱荃制府書。是日送竈，雨。

辛酉，出拜客，見董梓亭吏部、楊見山、潘芝岑。得王補帆親家初七日書，得子原十一月望日書。

壬戌，失記。

癸亥，徐誠庵來，俞勁未來，蔡芸庭來。是日，周孟漁言將以聚珍版排印王損仲《宋史記》二百部，謀集好古而有力者十人，一人任二十部，都凡需錢三百千有奇。

甲子，得馬穀山制府書。與王補帆親家書，與紹萊書。是日祀神。

乙丑，朱璞山來，蔡芸庭來。

丙寅，縣先高祖明遠公以下畫象，設祭行禮。是歲，余行年四十有九，《賓萌集》刻成于粤東，《春在堂詩編》刻成于武林，而吴中刻《諸子平議》亦止餘一卷未成。區區譔述，略備于此矣。

同治九年

歲陽在上章，(曆書作「商横」。)歲陰在敦牂。

正月大，丁卯朔　厲陬(亦作「聚」)

二月大，丁酉朔　則如

三月大，丁卯朔　窒寎(亦作「窉」)

四月小，丁酉朔　塞余

五月大，丙寅朔　终臯(或作「高」)

六月小，丙申朔　極且

七月大，乙丑朔　畢相

八月小，乙未朔　橘(亦作「牖壯」)

九月小，甲子朔　修玄

十月大，癸巳朔　圉陽

閏月小，癸亥朔

十一月，壬辰朔　厲𡖃

十二月小，壬戌朔　則涂亦作「荼」

正月

丁卯，晴。

戊辰，沈書森、邵莘卿兩太守來，蔡芸庭來，客來不見不書，如往年例。

己巳，徐魯山、蔡芸庭來，陳辰田來。得紹萊十二月十七日書。

附記：與紹萊書，用官封遞直隸總督莫府侯補直隸州吳君摯夫、候補縣高君聚卿轉交。又紹萊厲秀水胡同斌升堂。

庚午，出拜客，見董梓庭吏部、吳平齋觀察、賈敬之大令。其餘不見不書，如往年例。其夕，飲于沈書森太守所，書森及陸費若卿爲主人，梓庭吏部爲客。

辛未，于先高祖以下畫象前，設祭行禮。禮畢，敬撤。朱璞山司馬來，汪耕餘大令來。得子高書。其夕祀神。夜雨，聞雷。

壬申，雨。與孟蘭艇書，與潘少梅書。張友山方伯來。

癸酉，雨雪。上湘鄉相國書，附與紹萊書。與李筱荃制府、少荃節相書。得楊石泉中丞書。王蔭齋觀察來。

甲戌，出城，至朱家莊積功堂，見王星墀。是日，潘季玉、杜筱舫兩觀察招飲，與者李軍門，德尚衣，梅、張兩方伯，英、賈兩觀察。其夜，大雪。

乙亥，雪霽。李質堂軍門招飲，與者何子永舍人，梅、張二方伯、英茂文觀察、潘玉泉觀察。得馬穀山制府書、孟蘭艇書。董梓庭吏部來，馮培之來，俞勁未來，蔡芸庭來，錢元之來。

丙子，張第花、邵步梅兩大令來，湯敏齋太常來，沈韵初舍人來，潘芝岑大令來，蔡芸庭來，陶升甫來。與丁雨生中丞書，即得其復書。是日，董梓庭吏部使人來，印《群經平議》。

丁丑，陸連鍾山來。得潘少梅書、許八夫人與內子書。

戊寅，雨。得李筱泉制府書。

己卯，登舟如上海。是日始晴，繼而雨，且雨雹。泊唯亭。

庚辰，晴雨半。泊黄渡。

辛巳，至上海，泊老閘。大風，甚寒，其夜大雪。

壬午，登岸，至郭君日長家，假館焉。并見其莞事者汪静巖、何子湘。與王補帆書，與潘季玉書，與杜小舫書，與内子書。

癸未，錢艇夫來。是日晴，甚寒。

甲申，賴慧生來。其夕，郭君日長、范君世堯招飲于其便坐。是日，始由惇莘洋行議定，附飛星輪船至閩，每人洋錢十四。與内子書。

乙酉，黄純安來。

丙戌，日加午，始登飛星輪船，同舟有蔣静波、余焕卿。而輪船因貨物未至，欲待漢口船至始開，甚悶悶也。

丁亥

戊子

己丑

庚寅

辛卯

壬辰，日加午，始開船行。

癸巳

甲午

乙未，日加午，始抵福建之小城，拋錨小泊，以待潮來。至酉時始行，至羅星塔而泊。是役，因飛星船小，竝山而行，取道迂迴，故歷三晝夜始至此。

丙申，日加未，至南臺。兄子黼堂、履卿來迎于舟，遂登岸，乘輿至大兄福防署中，謁見太恭人及兄嫂，并見諸姪婦及諸姪孫。

二月

丁酉，與内子書。入城拜客，見英香巖制府、卞頌臣中丞、鄧雙坡方伯前輩、潘偉如廉訪。與王補帆書。

戊戌，卞中丞來，閩縣向晉安濤來，梁集齋來，傅星源觀察來。

己亥，鄧雙坡方伯來，宋湘亭同年來。

庚子，入城拜客，見傅星源、裕澤生兩觀察、尹竹民太守、文可亭司馬、秦穀詒親家、邵伯英、王藹亭及蔚長厚筦事者張君。

辛丑，與内子書，與邵汴生同年書。秦穀貽親家來，可亭司馬文秀來，侯官縣羅寅生大令來。是日，卞頌臣中丞饋殺覈。

壬寅，邵伯英松年來，侯季修來。其夜雨。

癸卯，與内子書，與王補帆書。

甲辰，英香巖制府來，尹竹民太守來，宋蕚仿來。入城拜客，見卞中丞。是日，鄧方伯、潘廉訪，傅、裕兩觀察招飲于臬使署，與者鍾康矦觀察禄。其莫雨。

乙巳，蔣静波斌來，葉黼臣同年來。

丙午，鍾康矦觀察禄來，李潤九太守慶霖來。其夜雨。

丁未，大雨竟日。

戊申，雨止。張焕堂觀察來，黄澍桂仲和來。其莫又雨。

己酉

庚戌，魏稼孫錫曾來。入城拜客，見英香巖制府、朱鋤潭同年。是日，英制府餽酒食，并餽賮。

辛亥，晴。浴澤生觀察來。

壬子，魏稼孫來，許省齋來，朱鉧潭同年來，王瑞齋太守來。

癸丑，偕兄子黼堂、履卿登大廟山，觀于閩越王廟。廟祀閩越王無諸，前殿肖王像，後殿并肖其夫人像，夫人左而王右，以漢人尚右也。廡有四配，二爲王孫，二爲將軍。將軍無姓名，而王孫有祖白馬王者，云曾誅惡鱓于桑溪，恐亦無稽之説也。廟運于明，云是王受册之處，亦無可考。其上有釣龍臺，有釣龍泉，泉水甘洌，瀹茗頗佳。余同年李遠泉延瑛授徒于此，因與小坐而別。復至耿王莊，乃耿精忠別業，今已廢，而樹木扶疏，泉流環繞，亦自有致。官即其地，設桑棉局。金少蓮從事于其局中，因飯焉而歸。是日，蔣静波來，梁君仕年來。邵伯英、王瑞齋均餽酒食。瑞齋名裔雲，壯愍公之長君也。其夜雨。

附記：閩越王廟廡，從祀者四人，曰白馬王，曰吴巖王，皆稱王孫，然莫可考。又有顯惠將軍、協惠將軍，不知何人。竊意閩俗尚鬼，恐未足據也。今以《史記·東越傳》考之，無諸之後有閩越王郢、東越王餘善，皆以叛漢爲其下所殺，則固祀典所不宜及也。惟繇君丑是無諸孫，以郢等首惡不預謀，立爲越繇王，奉閩越祀。其後又有繇王居股，以殺餘善自歸，封東成侯，此宜從祀閩越王廟者。又有越衍侯吴陽，與居股謀殺餘善，封卯石侯，亦閩越之賢宗也。又有東越將多軍，以歸漢封無錫侯，附祀其後爲宜。若騶力爲吞漢將軍，及徇北將軍不知姓名，皆叛臣之黨，非俎豆所及矣。

甲寅，陰雨竟日。

乙卯，魏稼孫來。

丙辰

丁巳，晴。入城拜客，見潘偉如廉訪、王瑞齋太守裔雲。又于偉如所見鄧雙圃方伯。得蔡芸庭二月七日書、沈肖巖書。

戊午，得蔡芸庭二月六日書。是日雨，聞雷。

己未，壬甫兄招許崧齡、錢古園、蔣静波、許惺齋、金少蓮同飲于署齋。魏稼孫來。是日，傅星源同年、張焕堂觀察均有饋。

庚申，張仲勛元鼎來。

壬戌，晴，甚熱。

癸亥，大風，雷雨，旋霽。蔣静波餽酒食。

甲子，許崑士來。葉黼臣同年餽酒食。

乙丑，入城拜客，見卞頌臣中丞、鄧雙坡方伯、潘偉如廉訪、傅星源觀察、秦穀詒親家、邵伯英、魏稼孫、葉黼臣、許昆士。是日，飯于偉如所。

丙寅，鄧方伯來，傅觀察來，裕澤生觀察來，秦穀詒來，梁集齋來，魏稼孫來，邵伯英來，宋葶仿培初來。是日，秦親家餽酒食。得邵汴生同年學使書。

三月

丁卯，張仲勛來。

戊辰，叩辭太恭人，登利如馬輪船回蘇州。壬甫兄送至渡船，錢古園、金少蓮及兄子黼堂、屦卿送至輪船。是日輪船不開，不得食。從者饑，以所齎地瓜脯食之。

己巳，日加未，開船行。

庚午

辛未，抵吴淞口，已亥時矣，拋錨候潮。

壬申，進口登岸，于郭君日長德盛牙行小坐。入城拜客，未見一人。遂登舟還蘇州，泊新閘。是日，上太恭人書，與内子書，與紹萊書，與孟蘭艇書。其夜雨。

癸酉，風雨。泊陸家浜。

甲戌，薄暮，還蘇寓。得曾滌生師相書、彭麗崧申甫書、戴子高十二月廿八日書、周鶴庭書、姚春伯書、侯崍山書、姚少泉書、周少雲書、應敏齋書、謝敏齋書、江子平書、王濟川書、王康侯女壻正月廿二日書、紹萊正月十五日書又二月十一日書、繡孫正月十九日書。

乙亥，陶升甫來。出拜客，見丁禹生中丞、李薇生太守、任秋亭、朱璞山兩司馬、張少渠、蔡瑜卿。與勒少仲觀察同年書。

丙子，盧正魁來，任秋亭來，蔡瑜卿來。出拜客，見張友山方伯、潘季玉觀察、惲次山撫部、潘芝岑大令。

丁丑，應敏齋廉訪來，陶柳門來，高雲山來。

戊寅，朱璞山來，江小雲觀察清驥來，張少渠來，徐誠菴來。出拜客，見何子貞前輩、杜小舫觀察。又于小舫處見吳平齋。

己卯，潘子浚來，潘玉泉觀察來。是日，張友山方伯招飲，與者何子貞前輩、何子永舍人、賈芸樵雲巢觀察。

庚辰，張苞堂觀察富年來，俞悠遠明府來，惲次山撫部前輩來，張友山方伯來。是日，應敏齋廉訪招飲，與者吴子浚、江小雲兩觀察。

辛巳，雨。吴曉帆觀察來，朱定甫别駕來，姜曉湘來，王星墀來。上太恭人書，與壬甫兄書，與潘偉如廉訪書，與向晉安、羅寅生兩明府書。

壬午，吴平齋來。登舟如杭州，泊盤門。

癸未，雨。過吴江，登岸拜客，見沈問梅、邵步梅兩大令，飯于步梅署齋。步梅來舟小坐而去，泊八尺。

甲申，泊嘉興。

乙酉，晴。泊石門灣。

丙戌，泊唐西。與内子書，與許子原女壻及繡孫女書，與吴平齋、杜小舫書。鬀頭。

丁亥，日加午，至詁經精舍。坐小舟至浄慈寺，見僧大圓，以鷄四頭寄畜寺中。高辛才觀察來，孟蘭艇來。得汪謝城書。

戊子，談仲修來，吴泮香來，釋大圓來。

己丑，入城拜客，見楊石泉中丞、錫子受都轉、陳伯敏太守、吴仲雲制府前輩、劉聽湘前輩，高辛才丈、濮少霞兩觀察、章采南祭酒同年、潘少梅、談仲修、許子衡。又至書局，見分校諸君。得許子原女壻及繡女書，得蔡芸庭書。與英香岩制府書、卞頌臣中丞書、鄧雙坡方伯書，傅星源、裕澤生兩觀察書。

庚寅，行二三月合課，諸生來見者衆，不一一書。與内子書、蔡芸庭書。姚少泉來，吴則之來，汪符卿來，遂以監院所具酒食觴之于湖樓。得汪瘦梅書。是日甚熱，其夜大風雨。

辛卯，陳子餘寶禾大令來，何竹盟來。得張少蘿吏部景青書。吏部素不相識，去年曾與同飯于李筱泉中丞處。此書爲龔啓蘅求肄業于精舍，未知書之誠僞也。

壬辰，龔菊田啓蘅來。是日，余有疾，不夕食，食釜底焦飯。

癸巳，鄒典三來。許子衡將如京師，使人來告行。

甲午，使人送子衡，追及之于舟。與子原書。

乙未，高辛才觀察來，飯而去。釋大圓來，袁孝宰來，手民鄭伯申來。使人于何青士廉訪，與之書。

丙申，楊石泉中丞來，何青士廉訪來，潘少梅來，沈祖香、琢香兩廣文來。黄炳垕蔚亭來，蔚亭乃梨州先生七世孫也，以先生《明夷待訪録》及《思舊録》竝其自著《測地志要》《誦芬詩略》見贈。謝敏齋來。得王補帆親家書。

四月

丁酉，雨，旋霽。汪謝城廣文來。孟蘭艇觴之于湖樓，余與焉。姚朗山來，許子頌誦禾來，談仲修、黄松溪來，潘鳳洲來。

戊戌，錫子受都轉前輩來，秦澹如觀察來，胡芸谷鳳昌、高鵬年兩廣文來，許信臣前輩來，沈祖香、琢香來，楊鷗舲將之來。得芸庭三十日書，有紹萊十五日書。

己亥，雨。招謝敏齋、沈祖香、沈琢香三廣文飲于湖樓。是日，閱定望課卷，發監院校官榜示于門〔一〕。

附記課題：鄭《易》合彖象于經辨；「齊人來歸衛寶」解；「興雲祁祁」說；《大學》「命也」「過也」解；「垁，古雉字」說；萱艸忘憂賦，以「合歡蠲忿，萱艸忘憂」爲韵；賦得「春深富貴家」得「家」字；擬李善《上文選注表》；擬王元長《策秀才文》；擬白香山《何處春深好》。

〔一〕門，原訛「問」，據文意改。

附記内課：徐泰然、潘鴻、張濬、朱一新、潘承鼎、吴承志、沈贊元、黄炳垕、黄以周、施補華、陳豪、朱鏡清、王蘭、武家駿、袁秉彝、李慶、程咸焯、裘璧權。

庚子，劉聽襄前輩來。得芸庭二十七日書。與内子書。

辛丑，入城拜客，見徐壽蘅學使同年前輩、許信臣前輩、許八夫人。與王補帆書。得周鶴亭書。是夜雨。

壬寅，吴則之來，沈祖香來，張子遠濬來。與如冠九、英茂文兩觀察書，與紹萊書，與袁筱隖同年書。

癸卯，高滋園都轉有饋。手民鄭伯升來。

甲辰，林聽孫觀察來，沈琢香來。

乙巳，雨。

丙午

丁未，入城，至宗文義塾行季課，飯焉。遂拜客，見何青士廉訪。

戊申，沈祖香來。上太恭人書，與壬甫兄書。與邵汴生同年書，與尹竹民、葉黼臣兩同年書。是日，閲定宗文義塾季課卷。

附記：已進弟一胡賢書，弟二周天錫，弟三姚承圭。未進弟一盛登善。幼童弟一錢協卿，弟二張有鈞，弟三魏長春。

己酉，章采南同年來，許子祥來。與戴子高書。

庚戌，江子平來，朱蓉生一新來，沈瑑香來。

辛亥，徐薇垣來，姚少泉來，闞瑞生來。與内子書，與吴平齋書。

壬子，乘籃輿入山，至香山洞、紫雲洞、金鼓洞，各探其勝。紫雲洞尤深邃，泉水清泓，注巖石間，極可喜也。遂至靈隱，徘徊飛來峰下，不入寺，至天竺小坐。遂踰棋盤嶺而至龍井，棋盤嶺上下各三里，登其顛，則錢唐江在南，西湖在東，詁經精舍如在咫尺間。有一佛寺極小，寺僧三人，皆以採樵爲業。方擇新茶，即以清明前所採極細者奉客。余坐與談，乃削髮一山農耳，頗無叢林方丈習氣。龍井則已荒蕪，不知寺之所在矣。因亦不復游，至法相寺，瞻禮長光和尚真身。寺僧言粤賊之亂，斷其一手，并削去骸上皮一層，因見其骨，骨皆紫色云。尚擬至理安，而舁夫疲于登陟，乃走蘇公堤，度六橋而歸。

癸丑，沈祖香來，姚朗山來。得周少雲書，知慕陶同年于昨日卒于家。

甲寅，徐壽蘅學使前輩來，李蒓客慈銘來，姚少泉來。得蔡芸庭十四日書、張少渠書。吴曉帆使人以書來。得吴平齋書。

乙卯，楊石泉中丞招飲，與者陳子中太守、福熙臣太守。遂拜客，見吴曉帆、吴則之、潘少梅。

丙辰，入城，弔沈念農前輩之喪。遂拜客，見許信臣前輩、潘少梅，飯于書局。

丁巳，周少雲來，汪符卿來，吴時山乃安、王星府宸褒來。與内子書，與應敏齋書，與張少渠書。附記：王星府行四，乾隆甲寅舉人，以鋙胞姪孫，住菱湖東栅會狀第敬儀堂。

己未，雨。姚伯庸來，沈祖香來。得壬甫兄四月六日書。

庚申，沈琢香來，謝敏齋來。得王補帆親家書并《賓萌》一百部。是日，乘小舟泛于裏湖，至于茅家步。歸而度玉帶橋，覽金沙港。關廟舊址尚存，殿屋亦將圮矣。又進西泠橋，于林和靖祠小坐而歸。

辛酉，書局諸同人觴余及秦淡如觀察于湖樓。

壬戌，雨。

癸亥，晴。姚少泉來。與内子書，與蔡芸庭書，與吴平齋書，與楊石泉中丞書，與陳討堂同年書。

甲子，雨。潘少梅來。沈祖香廣文來，告知奉中丞檄充詁經精舍監院。釋大圓來。

己丑，陰。許信臣前輩來，陳子忠太守思燏來。是日，閱定望課卷，發監院校官榜示于門。

楊石泉中丞使人以書來。

附記課題及内課十八名：「鄉老」「鄉大夫」解；《月令》「太尉」解；「庶姓別于上」解；孟子弟子考；釋「坫」；季路爲執金吾賦，以「掌執金革，以禦非常」爲韵；賦得「石横水分流」得「分」字；天竺山訪周伯琦題名，法喜寺瞻禮長耳和尚真身，俱不限體韵。櫻、筍，各賦詞一闋，櫻限紅情，筍限緑意。　黄以周、裘璧權、施補華、朱鏡清、朱一新、王麟書、潘鴻、許章燕、程咸焯、吴承志、徐泰然、施兆璜、袁建犖、錢德源、章維民、陳風、王禹堂、許郊。

五月

丙寅，晴。繆礪初、司馬鈺以姚伯庸寶勲書來。　上太恭人書，與壬甫兄書，與邵汴生同年書。

丁卯，沈蘭舫來。得芸庭四月廿六日書。

戊辰，入城拜客，見何青士廉訪、秦澹如觀察、潘少梅、汪符卿、許信臣前輩及許八夫人。與汪蓮府書。高辛才觀察有饋。是日雨。

己巳，蔡勖甫來。與許子原女壻及繡孫女書。

庚午，五月五日也。孟蘭艇、沈祖香兩監院具酒食觴余于湖樓，適姚少泉至，亦與焉。得紹萊四月七日書，得康侯十二月十七日書，又一書不知日。得戴子高書，得上虞尉葉慶堂承裕書，得周少雲書。潘少梅使人有餽。

辛未，高滋園都轉來，高辛才觀察來，謝敏齋來，徐壽巖泰然來。吴則之有餽。是日乘小舟，至三潭印月，以游女如雲，不入。至淨慈，以鷄二頭寄蓄焉。進蘇隄第二橋，泛于裏湖，出弟四橋而歸。與内子書，與手民陶升甫書。

壬申，雨。許子祥來。

癸酉，雨，旋霽。袁爽秋來，高仲雲來。得黔撫曾樞元中丞及陳訏堂大令兩同年書，得張少渠書。

甲戌，沈祖香、琢香招同孟蘭艇、周子雲由松木場泛舟游于西溪。西溪之勝在春初梅花、秋末蘆花。兹游雨非其時，然溪水自古蕩以西曲折通幽，小橋流水，亦自有致。至交蘆庵，庵已燬于兵燹。其旁水閣數椽，榜曰「舫齋」。有張得天居士一額曰「流水是命」，未知何義也。寺僧以蔬食供客，飯已導游護生庵。庵甫修葺，精舍兩三。有僧閉關坐其中，未得入。問秋雪庵，已不復存，且非蘆花時，遂訂秋日續游之約，别僧而歸。

乙亥，雨。入城，會許信臣撫部前輩，高辛才、吴曉帆、濮少霞三觀察于宗文義塾，飯焉而歸。得姚少泉書。上太恭人書，與壬甫兄書。

丙子，晴。謝敏齋來。得應敏齋同年書。高仲雲有餽。

丁丑，雨。潘少梅來，吴焕卿來。得嵇又任書。

己卯，甚雨。入城拜客，見楊石泉中丞、徐壽蘅學使、陳伯敏太守、高辛才又潘少梅親家翁。于書局見袁爽秋、潘儀甫。飯于許氏，見許信臣前輩、許八夫人。與内子書，與李筱荃制府書。

庚辰，楊石泉中丞使人以書來。與沈祖香、周子雲泛小舟西湖，于三潭印月小坐，至净慈而還。遂至馬頭，登舟回蘇州，泊大關。

辛巳，大雨。過唐西。與嵇又任書。泊雙橋。

壬午，晴。帆風行，泊嘉興。

癸未，雨。帆風行彭山湖，泊夾浦橋。

甲申，日加巳還蘇州。見樊芾林、余烺齋于蘇寓。得李筱荃制府書、壬甫兄五月八日書，有英香巖制府書、鄧雙坡方伯書、傅星源觀察書。張少渠來。

乙酉，樊芾林、余烺齋辭，還湖北。大兒婦樊歸寧于其母氏。

丙戌，湯敏齋太常來，張少渠來，程西秋夢庚以葉倩士同年書來，陸連鍾山來，手民吴長禄、陶升甫來。

丁亥，余有疾，不食，食釜底焦飯。

戊子，任秋亭來治疾。

己丑至乙未，因病失記。

六月

丙申至丙辰，因病失記。

丁巳，余病有閒，病中得涂朗軒觀察書、樊芾林書、戴子高書、胡子繼書、趙惠甫書、魏稼孫書、周鶴庭書、馮聽濤書、孟蘭艇書、潘少梅書，王康矦、許子原兩女壻書、繡孫女書、紹萊書三。

諸書皆失記日。又馬穀翁制府寄余《史記》一部，由涂觀察寄杭州劉聽襄前輩處，先記于此，擬屬孟蘭艇往取也。是日，兄子黼堂、履卿至自福建，得壬甫兄書、裕澤生觀察書、邵汴生學使同年書、尹竹民太守書，向晉安、羅寅生兩明府、楊卧雲希閔同年書。

戊午，朱璞山來，見之于寢室。

己未，沈羲民來，治余疾。上太恭人書。得繡孫書，內有許星叔鴻臚書。

附記：京信由閶門外北濠衖口文茂信局。

庚申

辛酉

壬戌，晨雨。沈羲民來，治余疾。與紹萊書，與繡孫書，與許星尗書。

附記：紹萊信寄直隸保定省城秀水胡同即補府正堂陳公館轉交。

癸亥，丁雨生中丞餉荔枝、燒酒。

甲子，沈羲民來，治余疾。丁中丞使人以書來。

七月

丙寅，與丁禹生中丞書，議以上海道署所存《金石萃編》版歸之書局，補刻完全。

丁卯，得李筱荃制府書。

戊辰，沈義民來，治余疾。謝芹香來，見于寢。鬀頭。余病不鬀頭，積四十餘日矣。

己巳

庚午

辛未，沈義民來，治余疾。兄子履卿有疾，亦治之。

壬申

癸酉，與李筱荃制府書，與樊芾林兵部書，與杜筱舫觀察書。得高辛才丈書。

甲戌，得孟、沈兩監院書并七月課卷，得沈肖巖書，得勒少仲同年書。得應敏齋同年書二，復之書。

乙亥，得敏齋書。與杜筱舫觀察書，即得其復書。得壬甫兄書。上太恭人書。

丙子，雷雨。

丁丑，沈少巖爾繩來，張少渠來，均見于寢。與孫琴西同年書，與戴子高書，與潘少梅書，與孟蘭艇書。

戊寅，與馬穀山制府書。得紹萊六月廿六日十五號書，紹萊書列號始此，以前失記也。是日爲外家姚氏預行中元之祭，正祀四：蘭皋公及祝孺人，余外王父母也；平原公及黄孺人，余外舅姑也。從祀三：外姊仲蘭、外弟又泉及外弟婦錢。

己卯

庚辰

辛巳，與紹萊書。

壬午，與許子喬書。

甲申，得潘少梅書，得許子喬書。

乙酉，阮梅孫嘉澍來，治内子疾。朱璞山來。兄子黼堂如杭州。與楊石泉中丞書、徐壽蘅學使書、高滋園都轉書、劉聽襄書、潘少梅書、孟蘭艇書，附去五月七月望課卷。五月課，余已還吴下，留題課之。七月課，余病中寄題課之。

附記五月課題及内課十八名：荀九家八卦逸象説；《吕刑》「惟來」解；《谷風篇》「嵬

萎怨」爲韵説；《廣雅・釋詁》「緊，至也」「毖，遠也」「充，行也」「旅，養也」「震，愛也」「肆，信也」「屬，解也」「揥，語也」「丞，没也」「潛，上也」疏證；宜膏物賦，以「先後鄭之説不同」爲韵；賦得「朱黄閒勘夜窗書」得「窗」字；映波、鎖瀾、望山、壓隄、東浦、跨虹六橋讚；阮公墩栽植花木議。　吴承志、裘璧權、袁建犖、朱鏡清、朱懷新、鄒士玉、沈贇元、史致中、許章燕、許文澄、闞釗〔一〕、程咸焯、孫禄增、潘承鼎、吴思藻、胡宗俊、李宗元、褚成亮。

附記七月課題及内課十八名：《周易》「帝乙」考；《士冠禮》「母拜」説；《論語》「廢中權」解；伍員字子胥説；子午泉賦，以「每日子午二時可汲」爲韵；賦得「鶴形自瘦非關老」得「形」字；讀《老子》《管子》《墨子》《荀子》各五古一首；鞠香墓誌。　朱鏡清、裘璧權、朱芾、徐泰然、吴承志、袁秉彝、武家駿、沈晉蕃、孫禄增、陸鯉祥、朱一新、陳灝、趙毓琛、薛受采、沈贇元、呂聰、楊振鎬、張濬。

丙戌，雨。得王康侯書，并寄來《賓萌集》版七十四塊。

丁亥，雨。

〔一〕釗，疑當爲「鉞」。

戊子，得壬甫兄七月十一日書，得謝芹香書。

己丑，與芹香書，與涂朗軒觀察書。得潘少梅書。

庚寅，朱璞山來，陸連鍾山來。

辛卯，閱定龍湖書院望課卷，寄菱湖王星府、吳時山兩監院，與之書。是課六月中預行，余病中寄題課之。

附記課題：已進：「子曰論篤是與」一節；賦得「鄉人薦爲鹿鳴客」得「鳴」字；未進：「而況魯國乎」；賦得「啓夕秀于未振」得「文」字。

已進超等八名：潘福謙、汪毓杰、孫曾森、嚴汝元、孫兆連、倪宗寬、王紹昇、嚴汝霖。

壬辰，得魏稼孫書。

癸巳

甲午，得大兒婦七月十六日書。朱璞山來。手民陶升甫來。

附記：寄咸寧信由漢口流通巷上首石義生布店交李先榮姻世兄收下，轉送棑桂村樊宅。

八月

乙未

丙申，得壬甫兄七月廿二日書，得潘偉如廉訪書。與大兒婦書。

丁酉，雨。與孫琴西同年書，與子高書，與劉卞俛恭冕書。得謝芹香書。

戊戌，得許子喬書，得繡孫書。與勒少仲同年書。

己亥，朱璞山來。

庚子，王藹臣來，遂請治履卿疾。

辛丑，朱采蓀來。朱又溪來，治兒子祖仁疾，余亦請其處方焉。

壬寅，俞棣華永泰來，朱璞山來。王藹臣來，爲余及内子及兒子履卿處方。與孫琴西書，與子高書。

癸卯

甲辰，汪秉齋錫珪來。

乙巳，大雨。

丙午，沈書森太守來。

丁未，潘子浚來。

戊申，朱璞山來。

己酉

庚戌

辛亥，出拜客，見張友山中丞、應敏齋方伯，杜小舫、吴平齋兩觀察、潘芝岑、陶柳門、唐鶚安、萬清軒。

壬子，張友山護院來，章譽甫、葛瑞卿兩明府來，沈韵初來。

癸丑，應敏齋方伯來，潘芝岑、潘子浚兩大令來。上湘鄉相國書，與合肥相國書，與李筱荃制府書，與楊石泉中丞書，與紹萊書。

甲寅

乙卯，陸連鍾山、朱璞山來。

丙辰，杜筱舫觀察來。

丁巳，潘季玉觀察來。得紹萊八月十二日十六號書，得勒少仲同年書。出拜客，見何子貞前輩、賈雲樵廉訪、江小雲觀察、沈書森太守、沈韵初孝廉、顧竹城大令。得沈祖香書。是日，兄子黼堂至自杭州。

戊午，賈雲樵廉訪來，朱璞山來。得彭麗崧書，得朱晃群書，得周少雲書。

己未，出拜客，未見一人。至拙政園一游而歸。陶柳門來。

庚申，雨。與王康侯書，得康侯書。得張少渠書。

辛酉

壬戌，汪翰臣觀察來，姜曉湘來，蔡瑜卿來。得蔡厚齋舅氏書。是日兄子黼堂、履卿辭還福建。上太恭人書，與壬甫兄書，與邵汴生同年書，與潘偉如方伯書，與楊卧雲同年書。

癸亥，何子貞前輩來。得王康侯書，得大兒婦八月十六日書，得李筱荃制府書。

九月

甲子，盧聲甫來。得許子喬書，得楊石泉中丞書。

乙丑，費芸舫庶常來，徐誠庵來，李眉生廉訪來。

丙寅，沈羲民來，爲余處方。與戴子高書。

丁卯

戊辰

己巳，得兄子黼堂書。

庚午，雨。汪耕餘明府來，魏性之本存來。得魏稼孫書，得丁松生書。

辛未，出弔王蔭齋觀察之喪。遂拜客，見徐誠庵、蔡瑜卿、沈均初、魏性之。

壬申，劉茆孫來。得紹萊八月十九日十七號書。潘季玉來。

癸酉，朱定甫別駕來，馮聽濤來，唐鷀安來，陸連鍾山來。

甲戌

乙亥，惲次山中丞來。與汪瘦楳書，與胡荄書，與許子原女壻及繡孫書。

丙子，得兄子黼堂書。戴子高來，止之宿。

丁丑，與潘少楳書。

戊寅，吴平齋來，汪耕餘來。

己卯，沈均初來。得康矦女壻書，知錦女于九月初八日子時舉一男。與孟蘭艇書。戴子高去。

庚辰，汪耕餘明府來。出拜客，見吴清卿、沈韵初、朱璞山、李眉生。

辛巳，潘玉泉來，朱定甫來，莫子偲來，陸連鍾山來，費芸庭來。

壬午，出拜客，見丁禹生中丞、吴平齋、杜筱舫。

癸未，與康侯書，上太恭人書，與壬甫兄書。朱璞山來。

甲申，與内子登舟如杭州，泊吴江。

乙酉，泊嘉興。

丙戌，泊石門。

丁亥，過唐西，嵇又任來。泊王家莊。

戊子，日加午，至詁經精舍。

己丑，潘少梅來，潘儀父來。

庚寅，姚少泉來，周鶴庭來。與二兒婦書。

辛卯，潘少梅來，鈕常華來，張子虞來，汪洛雅來。

壬辰，徐金坡孝廉鑾來，戴子高來。許八夫人攜外孫女三多來，見内子于湖樓。

十月

癸巳，姚少泉來，趙桐孫來。得紹萊九月七日十八號書，得二兒婦書，得蔡芸庭書。是日雷，夜雨。

甲午，朱蓉生一新、朱亦甫懷新兄弟偕來。

乙未，高辛才觀察來，姚朗山來。得壬甫兄九月十六日書、梁君應棠書、王藹臣書、蔡芸庭書。

丙申，王松溪來，吳則之、汪符卿來，許子喬來。得汪蓮府書，得王星府、吳時山書。

丁酉，與內子乘小舟，至湖心亭小坐，復至三潭印月，以風大遂回。蔡勖甫來。得蔡駿甫書。陳蘭洲、黃元同來。

戊戌，雨。

己亥，雨。王者香來。與紹萊書。得二兒婦書。是日，閱定八九月合課卷，發監院校官榜示于門。是課余在吳下寄題課之。

附記內課十四名及課題：「田祖」解；「皋陶庭堅」考；「宰予晝寢」解；康成他注與

箋《詩》異同考；司馬相如焦尾琴賦，以「相如焦尾，伯喈緑綺」爲韵；賦得「文章排悶不求名」得「排」字；宋畫苑故址歌；横河打魚行。　吴承志、武家駿、俞光組、沈鼎、陳殿英、陳灝、袁秉彝、戴果恒、黄炳垕、許章燕、李慶、張大昌。

庚子

辛丑，汪符卿來，謝敏齋、芹香兄弟俱來。得李少荃伯相書，得蔡芸庭書。

壬寅，許仲筠繹韶來，周少雲、子雲兄弟俱來。得袁孝宰書。

癸卯，陳君殿英來。上太恭人書，與壬甫兄書，與錢古園書。與紹萊書，即己亥日之書，先託高辛才觀察，由觀察卻回，改託吴清卿庶常者也。與吴清卿書，與潘季玉觀察書，與蔡芸庭書，與二兒婦書。是日内子微有疾，不夕食，食粥。

甲辰，得俞勁叔書，復之。

乙巳，王君禹堂來。得馬少君書，乃穀山制府之嗣子也。

丙午

丁未，王叔雅大令彬來，謝芹香來。得汪瘦梅書。

戊申，晴。姚少泉來，袁星葩來，魏性之來，孟蘭艇來。得戴子高書。

己酉，黃蔚亭炳垕、硯舫維瀚父子兩孝廉來，沈蘭舫來，周鶴亭來。

庚戌，入城拜客，見徐壽蘅學使、如冠九觀察兩前輩、潘儀父、黃蔚亭、魏性之、許仲筠、許子喬。飯于吴曉帆觀察處。得壬甫兄九月二十八日書、蔣静波書、盧聲甫、陳子莊書。

辛亥，何青士廉訪來，汪符卿來，丁松生來。得袁筱隖同年書。

壬子，上太恭人書，與壬甫兄書，與魏稼孫書。

癸丑，姚朗山來，陳子莊來。

甲寅，沈蘭舫來，汪符卿來，潘少梅及儀甫來。與如冠九觀察書，即得其復書。與應敏齋同年書，與蔡駿甫書，與李筱荃制府書，與王補帆中丞親家翁書。

乙卯，高滋園都轉來，吴泮香來。得蔡芸庭書，得朱璞山書，得二兒婦書。

丙辰，陳一山桂林來。與崇地山侍郎書，與涂朗軒觀察書，與吴清卿庶常書，與沈韵初舍人書，與朱璞山司馬書，與二兒婦書。

丁巳，雨。

戊午，入城拜客，見楊石泉中丞、陳伯敏太守、許信臣前輩、張仲甫丈、潘少梅親家翁，又見胡金霞司馬，爲余處方。與周少雲書。

己未，閱定望課卷，發監院校官，接示于門。得大兒婦九月廿六日書，得二兒婦廿三日書。

附記課題及内課十四名：「紀子伯、莒子盟于密」解；「言，我也」解；釋「娣姒」；「家」字考；駕霄亭賦，以「作亭縣之四古松間」爲韵；賦得「鸚鵡籠寒晨自訴」得「寒」字；東城懷古；殘菊。俞光組、胡宗俊、吴承志、陳殿英、武家駿、沈鼎、朱芾、陳灝、馮祖洛、何鏞、楊振鎬、陳葆光。

庚申，沈蘭舫來。得張少渠書，得十月九日紹萊弟十九號書。

辛酉

壬戌，朱修伯宗丞來，姚季眉、陳子餘兩大令來，汪符卿來，謝敏齋來，俞潤生來。

閏月

癸亥，得張少渠書，得潘季玉觀察書。

甲子，入城拜客，見錫子壽都轉前輩、朱修伯宗丞、吴曉帆觀察、潘少梅、汪符卿。又至書局，見鳳洲、蘭洲。是日飯于少梅處。與伯英甥女書。

乙丑，談仲修來。得王康侯女壻書，得許子原女壻及繡孫書，得應敏齋書，得蔡雲軒書，得黄君澍桂書，得二兒婦書。

丙寅，雨。與張少渠書，與蔡芸庭書，與二兒婦書。秦淡如觀察來。

丁卯，吴則止來，且有饋。潘少梅來。高滋園都轉使人有饋。

戊辰，雨。

己巳，招吴則之、汪符卿、孟蘭艇、沈祖香，同飲于便坐。適姚少泉至，亦預焉。内子有疾，少泉爲處方。得王星府書。

庚午，雨。

辛未，風。得涂朗軒觀察書，得蔡芸軒書，得二兒婦書。與二兒婦書，與王星府書。是日周季英甥女來，見内子于湖樓。得壬甫兄書。許蔭堂來。

壬申，得嵇又任書。謝敏齋來，陳桂舟來。與二兒婦書。是日買魚四十九頭，縱之裏湖。

癸酉，乘藍輿至天竺禮佛。還，至冷泉亭，小坐而歸。得沈作齋書，乃又亭同年之子也。

甲戌，入城拜客，見徐壽蘅學使前輩、高滋園都轉、高辛才觀察。又至横河橋許宅，見許八夫人，飯焉而還。

乙亥，與沈作齋書。

丙子，周琳粟觀察來。使人于楊石泉中丞、徐壽蘅學使、如冠九觀察兩前輩、高滋園都轉、潘少梅親家，各與之書。旋得中丞復書。與蔡駿甫書。

丁丑，偕内子登舟，還蘇州。留書與楊中丞。

戊寅，至德清，泊南埭，見諸兄諸子。

己卯，展先曾祖先祖之墓，遂移舟入城，易小舟，至金鵞山，展先朝議君之墓。復還舟，泊南埭。

庚辰，泊寒山。

辛巳，泊師姑橋。

壬午，泊英山橋。

癸未，還蘇廡。得許子喬書、錢艇夫書、戴子高書、俞勁叔書，得王星府書。

甲申，上太恭人書，與壬甫兄書，與錢古園書，與俞翊廷書，與許子原女壻及繡孫女書，與汪儀卿水部書，與涂朗軒觀察書，與俞勁叔書。朱璞山來，王香谷來，高雲山來，張少渠來，俞君永高來。得姚少泉書。

乙酉，與邵步梅書，與許子喬書。潘芝岑來，陸連鍾山來，蔡瑜卿來，張少渠來，陶柳門來，朱君福清來，胡魯山來。

丙戌，出至江蘇撫署，致祭于丁母黄太夫人之靈。遂拜客，見許信臣、惲次山兩撫部前輩、朱修伯宗丞。得王補帆中丞親家書，即復之，并與康矦女壻書。杜小舫觀察來，沈韵初舍人來。

丁亥，趙君鋐來。出拜客，見張友山漕帥、李眉生廉訪、沈韵初舍人、潘芝岑大令。得兄子黼堂、履卿書。上湘鄉相公書。

戊子，英茂文觀察來，韓俊臣思忠來，陸連鍾山來。是日閱定龍湖書院卷，寄菱湖。

附記八月望、九月望合課題目及超等八名：子貢曰「夫子自道也」合下一章；賦得「晚山濃似佛頭青」得「濃」字。隱几；賦得「竹筧寒泉晨灌蔬」得「寒」字。潘綸、潘福謙、沈世英、陸鳳飛、沈培元、孫其泰、倪宗寬、陸同芳。

又九月朔課題目及超等八名：「富貴不能淫」三句；賦得「數蝶弄香寒菊晚」得「寒」字；「則在君與子矣」；「有爲神農之言者」；賦得「卧將琴作枕」得「琴」字。倪政衡、岳麟書、潘綸、費學謨、潘福謙、沈翼之、孫亶、龐光燦。

己丑，馮少渠來，陸連鍾山來，張子虞來。

庚寅，葛瑞卿來，丁紫垣來，俞君永泰來，潘季玉觀察來。出至撫署，弔丁太夫人之喪。遂拜客，見湯敏齋太常，杜小舫、江小雲、吴平齋三觀察。

辛卯，沈仲復、師竹庵、江小雲三觀察來。戴青來來。

十一月

壬辰，楊見山來，趙幼卿來，韓俊臣來，馮聽濤來。

癸巳，賈雲樵廉訪來，徐誠庵來，湯敏齋太常來。得紹萊閏月十八日二十號書，得孟蘭艇書。與俞悠遠大令書。

甲午，與紹萊書。史花樓來，朱璞山來。

乙未，俞君永泰來，汪子和來。是日閱定閏月望課卷。是課余已還吴下，留題課之。與孟蘭艇書，與姚少泉書。

附記課題及内課十八名：《禹貢》「錫貢」解；《論語》「蕭牆」解；「謂，勤也」解；釋「閏」；詔賜百官出城觀稼賦，以「唐太和二年歲大有」爲韵；賦得「地鑪枯葉夜煨芋」得

「煨」字；雲水行亭、煙波釣筏二題，不限體韵；閏小春詞。　吴承志、袁秉彛、武家駿、陳殿英、孫禄增、沈晉蕃、章廷楨、闞鉞、陳灝、潘承鼎、何鏞、單錫琅、王禹堂、張大昌、章維民、戴果恒、沈樾、薛受采。

丙申，陶柳門來，李眉生廉訪來，柳質卿來。

丁酉，史花樓來。得謝夢漁同年書。

戊戌，惲次山前輩招飲，與者許信臣撫部、湯敏齋太常、何子永舍人。是日拜客，見吴時山，又見丁雨生中丞于其苫次。得嵇又任書。

己亥

庚子，史花樓來，趙幼卿來。與涂朗軒觀察書。

辛丑，韓俊臣來，閔小圃來。

壬寅，梁梅灣來。得壬甫廿一日書。韓俊臣來。

癸卯，沈蘆洲來。得鍾桂溪書。韓俊臣來，江稼軒來。

甲辰，韓俊臣來，朱璞山來。出拜客，未見一人。得許子原女壻及繡孫書，得汪儀卿、汪符卿書。儀卿并寄周孟伯禮部悦讓校正《群經平議》二紙來，禮部乃山東蓬萊人，丁未進士。

附記：汪符卿寓杭州府學文明樓隔壁。

乙巳，應敏齋廉訪來，杜小舫觀察來，張瀚堂德霈來。得孫琴西同年書。

丙午，雨。沈蘆洲來，施均父來。與孫琴西同年書，與戴子高書，與王藹臣書。上曾滌生相侯書。是日命兒子祖仁至鳳口祀神，蔡芸軒俱。潘芝岑來。

丁未，與許子原女壻及繡孫女書。何子貞前輩來，潘季玉觀察來，朱璞山來。得潘少梅書，得朱定甫司馬秉衡書。

戊申，韓俊臣來。與潘少梅書，與邵步梅書，與汪芙青書。得曾樞元撫部同年書。是日閱定龍湖書院十月朔課卷，寄菱湖。

附記課題及超等八名：「子罕言利」兩章；賦得「杯裏紫茶香代酒」得「杯」字；「或以告王良」；賦得「枕石待雲歸」得「雲」字。　岳麟書、朱炳基、費學豐、潘綸、施榮綬、卞祖棻、潘福謙、龐光燦。

己酉，出拜客，見何子貞前輩。遂至學士街候丁太夫人之喪，會合書局諸人，設祭行禮，乃見丁雨生中丞于途中，苫次敘别。

庚戌，許信臣撫部來。得女壻王康侯書。姚少泉來，止之宿。

辛亥，與王康矦書，與沈祖香書，與沈蘭舫書。姚少泉去，朱璞山來，高雲山來，韓俊臣來，侯崍山來。得曾滌生師相書。

壬子，雨。祖仁自鳳口還。

癸丑，張友山漕帥來，韓俊臣來。

甲寅，出拜客，見吴平齋、朱璞山、潘芝岑。

乙卯，沈書森來，吴廣庵來。得孟蘭艇書，得姚春伯書。李玉舟士瓚來。

丙辰，得許子喬書。

丁巳，陶柳門來，馮聽濤來。得少梅書，與少梅書。

戊午，周孟輿來，潘芝岑來，趙幼卿來。得周少雲書。

己未，張少渠來。與許子喬書，與周少雲書。是日閱定詁經精舍望課卷，寄監院榜示。與孟蘭艇書。是課余在吴下留題課之。朱璞山來。

附記題目及内課十四名：《祭法》「七廟」解；《月令》「大割祠」解；「柳下惠不以三公易其介」解；「觀，多也」解；盆池賦，以「汲水埋盆作小池」爲韵；賦得「青松心在任風霜」得「心」字；冰著，不限體，均擬韓文公《苦寒》詩，用原韵。章廷楨、吴承志、關鉞、倪茹、陳灝、薛受采、戴果恒、祝桂榮、袁秉彝、潘承鼎、朱芾、俞光組、沈晉蕃、何鏞。

庚申，朱采蓀來，王香谷來。得王補帆親家書，與補帆書。

辛酉，得姚魯卿書。是日閱定龍湖書院卷，寄菱湖。

附記課題及超等八名：十一月朔課題：「堂高數仞」三段；賦得「風林脱葉山容瘦」得「林」字。岳麟書、龐嘉謨、龐光燦、費學贇、任光斗、潘福謙、楊冠群、孫其泰。

十一月望課：「吾嘗終日不食，終夜不寢，以思」；賦得「冰乳垂簷玉」得「簷」字。孫亶、楊冠群、施榮綬、陸咸元、潘綸、岳麟書、黄建勛、倪政衡。

十二月

壬戌，登舟如無錫，泊新安。

癸亥，至無錫。是日余生日也。蹉跎半百，無慶可言，乃舟行，以謝來祝者。初意欲游惠山，因風大，不果。正如昔人剡溪之行，何必見戴安道邪？興盡而反。仍泊新安。

甲子，還蘇寓。得紹萊十一月廿一日書。

乙丑，與李少荃使相書，與紹萊書。得紹萊十一月廿二日廿一號書，知紹萊奉檄署大名府

同知。應敏齋方伯來，陶柳門來，柳質卿來

附記：寄紹萊書，郵遞大名府河捕清軍府。

丙寅，張少渠來。出拜客，見應敏齋方伯、吴平齋觀察、任秋亭。

丁卯，得潘少梅書。得朱定甫書，即復之。朱采蓀來，朱璞山來，周鶴亭來。得沈蘆洲書，與紹萊書。

戊辰，潘季玉觀察來，周鶴庭來，史花樓來。

己巳，陸連鍾山來。與楊石泉中丞書，與大兒婦書。

庚午，馮少渠來，朱璞山來，沈艮之來，吴晉壬來，胡鳴盛來。出至吴縣署，祝汪耕餘大令之封翁及其太夫人八十壽。得潘少梅書。

辛未，朱璞山來，張少渠來，朱鏡卿來，趙幼卿來。上大恭人書，與壬甫兄書，與王補帆親家書。

壬申，朱璞山來，王樸臣來，蔡君國熊來。得王康侯初二日書。與金梅生書。

癸酉，出拜客，見湯敏齋太常、沈書森太守。得紹萊廿六日廿二號書、紹萊婦書。

甲戌，蔡瑜卿來，張少渠來。與陳作梅觀察前輩書。

乙亥，李薇生太守來，馮聽濤來。

丙子，馮聽濤來。是日立春，聞雷，其莫雨。

丁丑，潘鳳洲來，王松溪來。與許子原女壻及繡孫書，與汪瘦梅書。

戊寅，杜小舫觀察來，趙幼卿來。得孟蘭艇書。

己卯，朱璞山來，沈韵初來。

庚辰，徐壽蘅前輩來，潘芝岑來。得子原女壻書及繡孫書。與秦澹如觀察書。得周鶴亭書。

辛巳，出拜客，見徐壽蘅學使、何子貞前輩。談仲修來。

壬午，雨。潘玉泉觀察招飲，與者何子貞、徐壽蘅兩前輩，李質堂軍門、吴平齋觀察。遂拜客，見沈韵初。得姚少泉書。

附記：寄少泉信由藩司前信誠錢莊轉交。

癸未，陶柳門來，張子虞來。得壬甫兄十一月廿四日書，得張少渠書。與勒少仲同年書，與王補帆親家書，與蔡月樵書。

附記：寄福寧信託上海永昌俞逸亭轉寄福寧永昌贊記分店轉交，或由福順信局。寄王補帆同年書，由新泰厚在閶門内中市，其筦事人侯世國，字介亭，行七。

甲申，章采南同年來，江小雲觀察來，張子中行孚來。得周鶴亭書，即復之。得楊石泉中丞書。其夜大雨。

乙酉，雨。

丙戌，雨。

丁亥，晴。顧子山觀察來，俞勁叔來。得潘少梅書。是日祀神。

戊子，雨雪。張子青中丞來。出拜客，見江小雲觀察。得壬甫兄十一月十三日書，得秦淡如觀察廿二日書。

己丑

庚寅，朱璞山來。其夕，敬縣先高祖以下畫象，設祭行禮。是歲，余行年五十矣。春閒，至閩省視太恭人起居，稍慰數年來孺慕之意。兒子紹萊署大名府同知，于十二月十八日接印視事，此後或補一官，得沾微禄以養，余庶其少息乎？

同治十年歲陽在重光，歲陰在協洽。

正月大盡辛卯朔　室陬
二月大盡辛酉朔　塞如
三月小盡辛卯朔　終病
四月大盡庚申朔　極余
五月大盡庚寅朔　畢皋
六月小盡庚申朔　橘且
七月大盡己丑朔　修相
八月小盡己未朔　圉壯
九月大盡戊子朔　厲玄
十月小盡戊午朔　則陽

十一月小盡丁亥朔　窒宰

十二月大盡丙辰朔　塞涂

正月

辛卯，晴。馮聽濤來。餘客不見例不書。

壬辰，蔡芸庭來。得錢子密書。聽口技。其夜雪。

癸巳，又雪。于先高祖以下畫象前設祭行禮。

甲午，吴平齋觀察來。與錢子密吏部書。

己未，汪耕餘明府來。于先高祖以下畫象設祭。祭畢，敬撤。

丙申，出拜客，見張子青中丞、何伯原孝廉。其餘不見例不書。與潘少梅書，與周少雲書。沈韵初來。

丁酉，邵步梅來。

戊戌，朱璞山來，徐誠庵來。觀幻人之戲。

己亥，出拜客，見徐壽蘅前輩、朱璞山、王星墀。

庚子，姚太守丙吉來，朱定甫來。得吴清卿庶常書。

辛丑，得紹萊十二月十八日廿四號書，知于是日接大名府河捕同知印，擬即移駐距城十八里之龍王廟釐捐局。得王康侯女壻十二月十日書。與大兒婦書，與許子喬書。

壬寅，陶柳門來。

癸卯，徐誠庵來，沈穀臣庶常來，高清巖來。上太恭人書，與壬甫兄書，與俞翊庭書。得潘少梅書，即復之。

甲辰，蔡芸庭來，朱璞山來。與紹萊弟一號書。

乙巳，得許子喬書，得許子原女壻及繡女書，得姚少泉書。與周鶴庭書。顧子山觀察來。

丙午，出拜客，未見一人。上曾滌生師相書。得俞紫薌書，紫薌名德炎，即上海永昌司事者。與潘少梅書、姚少泉書、汪芙青書。

丁未，張恕齋來。

戊申，金眉生來，石梅孫渠來，沈韵初來。

己酉，邵汴生同年來。

庚戌，雨。余有疾，不夕食。

辛亥，得王星府書。其夜雨。

壬子，得魏稼孫書。余有疾，不夕食。其夜雨。

癸丑，與許子原書，與吴清卿書，與汪儀卿書，與李少荃相國書，與楊石泉中丞書，與丁濂甫學使書。

甲寅，得潘少梅書。

乙卯，英茂文觀察來。

丙辰，應敏齋方伯來。雨竟日。

丁巳

戊午，鈕常華來，朱璞山來。與勒少仲、孫琴西、錢子密三同年書，與戴子高書，與朱伯華書。

己未，蔡瑜卿來。是日，應敏齋同年見示丁禹生中丞十二月廿八日舟次書，寄聲存問。

庚申，王香谷來，張少渠來。

二月

辛酉，晴。潘玉泉觀察來。

壬戌，杜小舫觀察來，勒少仲同年來，高雲山來。得鶴亭書。與秦澹如觀察書。

癸亥，應敏齋同年招至藩署，與勒少仲同年小飲。

甲子，俞君永高來。

乙丑，與丁雨生中丞書，與曾樞元中丞書，與沈仲復觀察書。朱璞山來，潘伯琴以王親家翁遜之毓敏書來。得蔡駿甫書。

丙寅，與蔡駿甫書。得紹萊正月朔廿五號書。

丁卯，張少渠來。沈羲民來，治余疾，外弟之子姚祖詒有疾，亦治之。

戊辰，得王康侯正月十六日書。

己巳，沈羲民來，爲余治疾。

庚午，得王補帆同年書，得高滋園都轉書，得孫琴西同年書，得王藹臣書，得姚少泉書。

辛未，與補帆書，與高滋園書，與王康侯書。

壬申，邵汴生同年來，潘子浚來。得丁濂甫同年書。

癸酉，沈義民來，治余疾。

甲戌，祝韵梅來，張少渠來。

乙亥

丙子，得潘少梅書，即復之。其夜雨。

丁丑，與孟蘭艇書。

戊寅

己卯，沈義民來，治余疾。與紹萊二號書。

庚辰，馮景庭前輩來。得錢子密吏部書。得沈君一鳴書，乃吉齋茂才之子。

辛巳

壬午

癸未，徐誠庵來，朱璞山來。與王星府書，與沈君一鳴書，與沈君彥謨書。

甲申，李薇生太守來。得紹萊二月五日二十五號書。沈義民來，治余疾。得丁雨生中丞書。

乙酉，潘芝岑來。與丁禹生中丞書，與吴彤雲觀察書。

丙戌，胡鳴盛來，爲余處方而去。得姚少泉書。

丁亥，雨。

戊子，上太恭人書，與壬甫兄書，與王補帆親家書，與姚少泉書。

己丑，朱璞山來。其夜雷雨。

庚寅，與陳子莊書。

三月

辛卯，出拜客，見江小雲觀察、李薇生太守、朱璞山、潘子浚。得姚少泉書。

壬辰，雨。得李少荃節相書。

癸巳，潘芝岑來。得王補帆親家書，得高滋園都轉書。

甲午，雨。潘子浚來。登舟如杭州，泊吴江。

乙未，甚雨。泊師姑橋。

丙申，泊新市，至西栅興和醬園，見蔡月嶠，飯而歸。其莫雨。

丁酉，復乘小舟至興和，見月嬌，與偕至鍾桂溪家，小坐而歸。復行，泊唐西。與内子書。

戊戌，晴。至詁經精舍。其莫又雨。

己亥，微雨。孟蘭艇、章輪香兩監院來，馮聽濤來，陳桂舟來。

庚子，晴。補行二月望課。馮孟香一梅來。監院校官具酒食觴余于湖樓。

辛丑，入城拜客，見楊石泉中丞、盧五峰方伯、高滋園都轉、秦淡如觀察、高辛才丈、濮少霞觀察、劉聽襄前輩、潘少梅、姚少泉、許子喬及許八夫人。與内子書。是日飯于宗文義塾。又至書局，見戴同卿。與王補帆書，與魏稼孫書。

壬寅，雨。得蔡駿甫書。

附記：寄德清信，交清河坊裘鼎春香粉店轉寄德清長橋河下興和。

癸卯，錫子受都轉前輩來，潘少梅、姚少泉、汪芙青來，陸君之翰來。與蔡駿甫書。得汪瘦梅、吴則之書。得楓成兄書，即復之。

甲辰，王眉生詒壽、董仁甫慎言、戴同卿穗孫、許子社郊、陳蘭洲豪來，蔣君昌壽來。得蔡駿甫書，寄來清谿書院關書。得蔡芸庭初九日書。

乙巳，沈蘭舫來，孫君爾昌來。

丙午，張子騰太史家驤來，孟蘭艇來。是日閲定二月望課卷，發監院榜示于門。

附記課題及内課十八名：「賁，无色也」解；《禹貢》三條四列説；《論語》分章古今異同考；「唐棣」「常棣」考；堯以仁義爲巢賦，以題爲韵；賦得「肴樂胥」得「肴」字；春晴、春雨、春寒、春暖，各賦《醉春風》詞一首；連珠。　馮一梅、吴承志、馮松生、孫樹禮、吴敬基、陳殿英、吕聰、高人鳳、胡元鼎、姜脩、朱昌齡、張大昌、朱芾、張濬、章廷楨、孫樹義、林元榮、洪成。

丁未，雨。

戊申，雨。

己酉，得二兒婦書，寄來湘鄉相侯書、王星府書、許子原女壻及繡孫書。此戊申事，誤記于此。

秦淡如觀察來。得王補帆同年書。

庚戌，晴。許子喬來。與内子書，與汪瘦梅、吴焕卿書，與王星府書。是日行詁經精舍望課。章輪香來。是日閲定龍湖書院三月朔課卷，寄菱湖。

附記課題及超等八名：「他日又獨立」二句；賦得「孤蝶惜衣晴曝粉」得「晴」字；「有矣夫未有小人」；賦得「春深漁父家」得「深」字。　費學謨、吴球、沈培元、潘福謙、倪宗寬、沈翼之、姚顯堂、姚澐。

辛亥，李春皐前輩來，高滋園都轉來，潘少梅來，姚少泉來，汪芙青來，張濬洪、成雨生來。與王補帆同年書，與如冠九觀察書，與宗湘文太守書。上太恭人書，與壬甫兄書。

壬子，微雨，旋霽。盧五峰方伯來。得壬甫兄二月二日、十三日書。得紹萊二月十六日二十七號書。得趙君紹華書，得蔡芸庭書。其莫暴雨，以風以雷。

癸丑，始晴，繼雨。與內子書，與紹萊三號書。

甲寅，雨。書局諸君以分校茅君得狂易疾，函請余往視。余亦無如何，當爲告之中丞也。飯于局中。又至少泉處小坐而回。得蔡駿甫書。

乙卯，晴。是日閱定清溪書院課卷。

附記課〔一〕及已進超等十二名：「不恥下問」二句；賦得「孤蝶惜衣晴曝粉」得「晴」字；「及其使人也」第二句；賦得「穉蜂貪蜜晚争花」得「花」字。沈汝昂、黄庭耀、徐

〔一〕課，下應有「題」字。

本善、宋世滋、仲懋欽、孫恭壽、沈汝燮〔一〕、蔡兆驤、陳熙傑、陳冠群、徐宗樸、程士鑑。又未進上取前五名：黄寶仁、虞際唐、蔡清祺、費燮圖、高錫恩。

丙辰，與内子書。使人于楊石泉中丞，與之書。與蔡駿甫書。張仲甫丈與俞少衡光組來，孫瑛、李雲銜來。

丁巳，得祖仁婦書，得王康侯女壻書，得手民陶升甫書。是日，孟蘭艇廣文招至靈隱，游飛來峰，觀陳桂舟爲余所刻題名，遂飯于寺中。復至茶棚啜茗，久坐清談，意興頗佳也。

戊午，劉聽襄前輩來，楊石泉中丞使人以書來。得蔡芸庭書。是日閲定望課卷，發監院校官榜示于門。

附記課題及内課十八名：「比樂師憂」解；「宫縣」「軒縣」「判縣」「特縣」考；《夏小正》篇名釋義；《爾雅》釋詁、釋言、釋訓三篇名義説；肅慎氏貢楛矢石砮賦，以「通道蠻夷肅慎來貢」爲韵；賦得「有渰興南岑」得「興」字；聚頭扇；擬鮑照《數詩》；擬應璩《百一詩》。　吴承志、馮一梅、袁之京、史鑑、鈕亮、李雲銜、袁秉彝、陳殿瑛、屈元炘、楊振鎬、

〔一〕「燮」原訛「變」，據下文改。

李宗元、戴果恒、潘承鼎、馮松生、張濬、俞光組、林文蔚、許郊。

己未，潘少梅、周鶴亭來。得祖仁婦書。與內子書，與康矦書。

四月

庚申，馮孟香一梅、袁懷西之京來。

辛酉

壬戌，徐桂堂燕謀來。其夜大風雨達旦。

癸亥，大雨竟日。汪芙青來。

甲子，得蔡芸庭書，得紹萊三月九日廿八號書。與內子書。朱修伯來。

乙丑，入城拜客，見徐少巖同年、吴曉帆觀察、張仲甫丈、潘少梅、姚少泉、許子祥及許八夫人，飯于曉帆處。是日，廉訪行精舍課，不至。其莫，監院以所具酒食觴余于湖樓。

丙寅，楊石泉中丞來，姚少泉來，孟蘭艇、章輪香兩監院來。

丁卯，陳伯魯太守來，蔣吟舫光焴來。與汪謝城書。

戊辰，登舟還蘇州。與蔡駿甫、王星府書。泊雙橋。

己巳，泊嘉興。秦淡如觀察來。

庚午，泊英山橋。

辛未，還蘇廨。得壬甫兄書。朱璞山來。汪芙青來，芙青言先大夫《印雪軒詩鈔》《隨筆》版尚在徽州，有唐竹溪者知其處。竹溪住周山，距汪邨不遠，即託芙青問之，擬買歸也。

壬申，應敏齋同年來，張少渠來。

癸酉，張少渠來，楊利叔象濟來，馮少渠來。得紹萊婦三月廿日書，得潘少梅書。是日，閱定龍湖書院三月望課卷，寄菱湖。

附記課題及超等八名：「孔子下」一節；賦得「有滃興南岑」得「興」字；「言及之而不言」；賦得「綠槐夾門植」得「門」字。　孫錫恩、龐嘉謨、岳麟書、吴球、魯聯輝、潘福謙、沈翼之、倪宗寬。

甲戌，涂誠庵來，朱璞山來。與潘少梅書，與紹萊婦書。

乙亥，出拜客，見李質堂軍門、許信臣前輩。吴平齋來。

丙子，張子青中丞前輩來，董梓庭吏部來，朱璞山來。與李少荃伯相書。是日雨。

丁丑，徐誠庵來，陸連鍾山來，許季蓉來。得許子原女壻及繡孫女書，三月廿日自京師寄。

得許子喬書。

戊寅，趙幼青來。上太恭人書，與壬甫兄書，與鍾桂溪書，與蔡月嶠書。朱璞山來。

己卯，恩竹樵方伯來。戴子高去金陵，其來也以庚午，余未還寓，故不書，附去上湘鄉相公書。與孫琴西同年書，與王藹臣書，與劉叔俛書。得高滋園都轉書，得王補帆中丞同年四月四日書。

庚辰，晴。潘玉泉觀察來，陳少泉觀察來，趙幼卿來。上太恭人書，與壬甫兄書，與王補帆同年書，與高滋園都轉書。

辛巳，出拜客，見董梓庭吏部、徐誠庵大令。賈芸樵廉訪來。

壬午，雨。許信臣撫部前輩來。與王康侯女壻書。

癸未，朱璞山來。上太恭人書，與壬甫兄書，與俞翊廷書，與許子原女壻及繡女書。得潘少梅書。

甲申，得蔡月橋書、鍾桂溪書，即復之。陸連鍾山來。

乙酉，晴。童際亭觀察來，侯崍山來。與潘少梅書，與俞翊廷書。

丙戌，石梅孫來。得高滋園書、王補帆同年四月九日書。

丁亥，朱璞山來。與王補帆同年書、高滋園都轉書。夜大雨。

戊子，徐誠庵來，石止和來，孫君瑛來。得壬甫兄四月十日書，得俞翊廷書。與楊石泉中丞書，與應敏齋同年書。

己丑，唐鶚安來。是日，閱定清溪書院四月望課卷。

附記課題及生員超等童生正取五名：「迅雷風烈」；賦得「壞牆得雨蝸成字」得「成」字；「吾力足以舉百鈞」四句；賦得「古屋無人燕作家」得「家」字。沈霦、陳熙傑二、黄廷耀二、徐本善二、仲懋欽二、高椿年、朱浚、袁乃欽；潘鼒、王培、潘懷珍、王壎、馮培芝。

又記清溪書院監院駱紫卿長生、徐淥庵桂：每課生員超等十二名、特等十名前有花紅；童生上取八名、中取五名前有花紅。

五月

庚寅，朱璞山來。與王康侯書，與許子喬書，與蔡駿甫書。其夜雨。

辛卯，得高辛才觀察書。

壬辰，得王康侯女婿四月三日書。朱璞山來，侯崍山來。是日，閱定詁經精舍四月望課卷。

附記課題及内課十八名：「箕子之明夷」解；「二竹簠方」解；漢石經一字三字考；編鐘、編磬各十六枚説；曾史蘭薰雪白賦，以題爲韵；賦得「詠周孔之圖書」得「田」字；慶忌塔歌；擬新進士《謝賞表裏一端表》。　陳偉、馮一梅、鄔佩之、張濬、沈家騏、陳濬、章廷楨、沈鼎、陳殿英、胡蒸霞、馮松生、袁建梅、高人鳳、沈豫、張召棠、許慶祺、林文蔚、許郊。

癸巳，與孟蘭艇書，附去課卷。與高辛才丈書，與潘少梅書，與姚少泉書。

甲午，得紹萊四月四日弟廿九號書，與紹萊四號書，與應敏齋同年書。

乙未，與潘少梅書。出拜客，見恩竹樵方伯、賈芸樵廉訪、許叔清太守。

丙申，汪芙青寄贈麋茸一架。邵步梅來，趙幼卿來，柳質卿來。得應敏齋同年書。

丁酉，許叔清太守來，許康甫等身來，徐誠庵來。

戊戌，暑甚。

己亥，沈羲民來，治祖仁婦疾。

庚子，徐誠庵來。

辛丑，許子祥來。得許子喬書，得潘少梅書，得邵步梅書。

壬寅，沈仲復觀察來，楊綬臣太守來。得姚少泉書。其夜雨。

癸卯，出拜客，見張子青中丞。徐誠庵來。張芝田來，治祖仁婦及阿龍疾。大風，雷雨。

甲辰，鄒蓉閣來。張芝田來，治阿龍疾。與潘少梅書，與張仲甫丈書。得蔡芸庭書。

乙巳，黄純安刺史錫蕃來。

丙午，李眉生廉訪來。

丁未，朱璞山來。得楊石泉中丞書，得潘少梅書，得王星府書。

戊申，雨。與孟蘭艇書、潘少梅書、秦澹如觀察書。是日，閱定龍湖書院四月望課卷。

附記課題及超等六名：「非禮勿聽，非禮勿言」；賦得「茅廚煑繭掉車聲」得「廚」字；「小人懷土」；賦得「紫飽垂新椹」得「新」字。　魯聯輝、岳麟書、沈世英、姚澐、朱流金、潘福謙。

己酉，雨。與王星府書。朱曼伯壽鏞來。與許子原女壻及繡女書。

庚戌，徐誠庵來。得張仲甫丈書。

辛亥，陸連鍾山來。

壬子，得紹萊四月廿四日弟三十號書。

癸丑，許信臣前輩來，沈韵初中翰來。與紹萊書。

甲寅，出弔湯敏齋太常之喪。得子高書。

乙卯，陳子莊來。得潘少梅書。大雷雨。

丙辰，汪冠卿來，治阿龍疾。與戴子高書。

丁巳，汪冠卿來，治阿龍疾。潘子浚來，沈少巖爾繩來。趙雨田沛然、高辛才觀察來。朱璞山來。得潘儀甫書，得謝芹香步雲書。

戊午，與秦澹如都轉書，與謝芹香書，與沈穀成庶常書。得楊石泉中丞書。

己未，與郭日長書，與潘儀甫書，與姚少泉書，與楊鷗舲書，與蔡芸庭書。汪冠卿來，治阿龍疾。

六月

庚申，與楊石泉中丞書。得蔡駿甫書。是日延一許姓者治阿龍疾，其人住水潑粉橋，專治小兒驚風。

辛酉，得壬甫兄四月十日書，與四月戊子所得書同，彼由信局，此由官封也。復延許姓者治阿龍疾。與魏稼孫書，與潘儀父書。

壬戌，李薇生太守來。張芝田、陳□玉及許姓者均來，治阿龍疾。王濟川自上虞來。

癸亥，潘芝岑來。張芝田來，治阿龍疾。

甲子，得李少荃爵相五月廿一日書。與張仲甫中翰書。張芝田來，治阿龍疾。是日，閱定清谿書院五月望課卷，寄德清。與蔡駿甫書。

「閔子侍側」一節；賦得「輕襟隨風開」得「涼」字；「仲尼焉學」；賦得「風來北窗北」得「涼」字。

沈蔚林、王賡堯、程士鑑二、沈汝昂二、蔡兆驤二、高錫恩、高振垣、蔡清祺、高椿年二、蔡鏡瑩、仲懋欽三、高士英，右超等生員；王賡元、蔡振育、蔡步瀛、吴鴻聲、沈鳳岐、徐士驤、虞紹唐、沈翼鴻，右上取童生。

乙丑，與張仲甫丈書。

丙寅，陸連鍾山來。得姚少泉書，得戴子高書。王濟川去。與高滋園都轉書。

丁卯，得姚少泉書。潘子浚來，張芝田來，治阿龍疾。

戊辰，得高滋園都轉書、王補帆同年五月廿一日書。

己巳，得王康矦女壻書。與鍾桂溪書。是日，閱定龍湖書院五月望課卷。與王星府書，與秦澹如觀察書。張芝田來，治阿龍疾。鄒蓉閣來。

附記課題及超等六名：倪宗寬、沈世美、孫其泰、龐光燦、施榮綬、潘福謙。子聞之曰「再，斯可矣」；賦得「羽扇摇風卻珠汗」得「摇」字；「請益」；賦得「甘瓜剖緑出寒泉」得「甘」字。

庚午，出拜客，見吴平齋。上太恭人書，與壬甫兄書，與王補帆親家書，與高滋園都轉書，與潘少梅書，與姚少泉書。童際庭觀察來，朱璞山來。得晃州别駕趙君紹華書。

辛未，與蔡厚齋舅氏書，與應敏齋同年書。得蔡芸庭書。

壬申，許誠齋之淦來。張芝田來，治阿龍疾。

癸酉，許康侯[一]來。得許子原女壻及繡孫女五月十一日書。

甲戌，徐誠庵來。

[一] 侯，疑當爲「甫」，許等身號康甫。

乙亥，陶芑孫明經然來。

丙子，得紹萊五月十九日書。

丁丑，李薇生太守來，張子虞來。與陳子莊書，與孟蘭艇書。

戊寅，朱璞山來。得楊將三書，得姚少泉書。

己卯，與吴曉帆觀察書，與張仲甫中翰書，與姚少泉書，與戴子高書，與王藹臣書，與紹萊書。

庚辰，與許子原女壻及繡孫女書，與汪瘦梅書。得張少渠書。陸連鍾山來。

辛巳，得顧子山觀察書，得潘少梅書，得許子社書，得王濟川書。與張少渠書。

壬午，陳少泉觀察來。與潘少梅及儀甫書，與許子社書，與王濟川書。是日小雨，大風。

癸未，張芝田來，治阿龍疾。潘子浚來。與許子喬書。張子虞來。風雨如上日。

甲申，許信臣前輩來，沈穀成庶常來。

乙酉

丙戌，得吴曉帆觀察書。

丁亥，丁紫巢來。得張仲甫丈書，得少泉書。

戊子，祝韵梅來。得蔡駿甫書，得王星府書。

七月

乙丑，得壬甫兄六月十五日書。是日，閱定龍湖書院六月望課卷，寄菱湖。與王星府書。其夜雷雨。

附記課題及超等六名：「葉公問孔子于子路，子路不對」；賦得「風來北窗北」得「窗」字；「子路不説」；賦得「輕襟隨風開」得「襟」字。岳鱗書、倪宗敏、孫亶、沈世英、朱昞基、倪宗寬。

庚寅，與李少荃爵相書。得蔡月嶠書。是日，閱定清溪書院六月望課卷，寄德清。與蔡駿甫書。是日雷雨。

附記課題及超等十名：「子游爲武城宰」合下一章；賦得「自翦芭蕉寫佛經」得「經」字；「入以事其父兄」至「可使制梃」；賦得「竹弟有清風」得「清」字。徐本善三、徐率祖、高士英二、陳育仁、沈霦二、徐寶森、馮壽銘、徐寶麟、黄廷耀三、蔡兆驤三。

辛卯，得許子喬書，得壬甫兄五月十四及十八日書。與蔡月嶠書，與姚魯卿書，與許子喬書。朱璞山來。

壬辰，上太恭人書，與壬甫兄書。許康甫來，楊綬臣太守來。

癸巳，夜大雨。

甲午，出拜客，見許信臣前輩、陳少泉觀察、祝韵梅。

乙未，得王補帆中丞同年五月三十日書。得高滋園都轉書、勒少仲同年書。與孟蘭艇書。

丙申，沈羲民來，治祖仁婦疾。陸連鍾山來。

丁酉，沈羲民來，治祖仁婦疾。得康侯五月十九日、六月十五日、廿六日書，得孟蘭艇七月七日書，得陳桂舟書。

戊戌，沈羲民來，治祖仁婦疾。與潘少梅書，與王補帆同年書，與高滋園書，與魏稼孫書。得張子虞書，得王濟川書。趙雨田來。

己亥，與陳子莊書，與孟蘭艇書。

庚子，陶芑孫來，徐誠庵來，吴泮香來。得鍾子勤書，得戴子高書，得周鶴亭書。與孟蘭艇書。得應敏齋同年書。沈陶安鳳藻來。

辛丑，張芝田來，治祖仁婦疾。得孟蘭艇書，得張少渠書。

壬寅，張芝田來，治祖仁婦疾。得潘儀父書，得吴時山書。

癸卯，顧春生嶺桂來，治祖仁婦疾。得孟蘭艇書，得程桂舟書，得王補帆同年書。

甲辰，鈕竹君承筠來，朱璞山來。得姚少泉書。

乙巳，顧春生來，治祖仁婦疾。許康甫來，陸連鍾山來。是日閲定詁經精舍五月望課卷。是課余在吴下寄題課之。因學使者適按試杭州，故遲至今也。其莫大雨。

附記課題及内課十八名：「車中内顧」解；「敢不關鞭五百」解；《漢志》《爾雅》二十篇考；六甲五龍説；陶峴爲水仙賦：以「吴越之士號爲水仙」爲韵；賦得「蓮汀當暑亦清寒」得「汀」字；銷夏四詠：竹簟、筠簾、椶拂、羽扇。陳偉、許慶騏、袁秉彝、張濬、王治本、史鑑、曹樞斗、馮一梅、陳濬、胡宗俊、沈家騏、吕聰、陳殿英、高令曾、倪茹、戴果恒、吴敬基、胡元鼎。

丙午，雨。與孟蘭艇書，附去課卷。與王補帆閩撫書，與高滋園都轉書，與周鶴亭書，與張子虞書，與姚少泉書，與張少渠書，與王康侯女壻書。得吴彤雪觀察書。顧春生來，治祖仁婦疾。

丁未，得紹萊六月十八日卅二號書，得高滋園都轉書。

戊申

己酉，蒯子範大守來，陸連鍾山來，蔣吟舫來。與戴子高書。

庚戌，出拜客，見童際庭觀察。丁白卿來。是日閱定龍湖書院小課卷。附記課題：《春秋》三科九旨説；醉竹宜暑賦，以「醉鄉日月各有所宜」爲韵；碧筩杯歌；竹几、藤牀、蕉扇、椶拂。

辛亥，與王星府書，與吴時山書。徐誠庵來。恩竹樵方伯招飲。遂拜客，見楊綬臣太守。

壬子，張秀才宗德來，潘子浚來。得蔡厚齋舅氏書。與紹萊婦書，與李少荃制府書。

癸丑，上曾滌生師相書。

甲寅，與張仲甫丈書，與高辛才丈書。祝韵梅來。得周鶴庭書。得潘鳳洲書，知少梅親家翁于七月十五日卒于家。江小雲觀察來。得紹萊六月廿七日卅三號書，得陳作梅觀察書。

乙卯，許子衡、子喬偕來，盛杏蓀來。得子原女壻及繡孫女七月三日書。

丙辰，潘玉泉觀察來，張少蕖來。得蔡駿甫書。

丁巳，徐子敬來。與周鶴庭書，與潘儀父書。是日，閱定清谿書院卷，寄德清。與蔡駿甫書。

附記課題及超等十名：「祭如在」二句；賦得「山花小鳥皆知己」得「皆」字；「申根」；賦得「洗竹澆花興有餘」得「花」字。　朱賡元、胡元齡、沈汝燮、袁陛賡、黃廷耀、王培、徐寶麟、俞兆驤、施濟、黃逢源。

戊午，張任庵同年來。得壬甫兄七月十六日書。

八月

己未

庚申，出弔惲次山撫部之喪。遂拜客，見張任庵同年。戚潤如比部來，陸連鍾山來。是日，閱定龍湖書院七月望課卷。

附記課題及超等七名：「鄉也吾見于夫子而問知」至「能使枉者直」；賦得「自翦芭蕉寫佛經」得「經」字；周公何人也；賦得「竹弟有清風」得「清」字。　吴球、朱昞基、倪宗敏、沈培元、孫炳熊、潘綸、岳麟書。

辛酉，徐誠庵來，朱璞山來。與王星府書，與潘芝岑書，與紹萊書。

壬戌，與子原女壻及繡女書。倪載軒觀察來，許子衡、子喬偕來，延小昉來。得孟蘭艇書、陳桂丹書、謝芹香書。

癸亥，馮巳亭來，丁紫巢來。

甲子，得康侯女壻七月廿九日書。是日，閲定詁經精舍七月望課卷。

附記課題及内課十八名：「《易》有大極」解；「九齡」解；毛傳以訓詁明假借詳考；《儀禮》惟大射稱儀説；蘇子瞻三不如人賦，以「三不如人棋酒曲也」爲韵；盂蘭盆歌；秋蘭，用漁洋《秋柳》韵。　陳偉、馮松生、馮一梅、史鑑、孫樹義、李雲銜、張濬、陳殿英、方嚴、史致中、楊振鎬、沈文元、吴敬基、姚丙然、李昭延、袁秉彝、徐琪、孫樹禮。

乙丑，與孟蘭艇書，附去課卷。與楊石泉中丞書，與王康侯女壻及錦孫女書。錢旭寅來，趙幼卿來，張少渠來。得高滋園都轉書。

丙寅，與王補帆親家書，與高滋園都轉書。

丁卯，得姚輔廷書。

戊辰

己巳，雨。陶芑孫來，張少渠來。得曾滌生師、李少荃前輩同年兩爵相書。得蔡駿甫書，得勒少仲書。

庚午，應敏齋同年廉訪來。出拜客，見恩竹樵方伯，江小雲、吴平齋兩觀察。與楊石泉中丞書，與蔡駿甫書。

辛未，戚潤如刑部來，陸存齋觀察來，吴仲英、陸連鍾山、祝韵梅三明府來，潘濟之來，張少蕖來。與陳作梅前輩書。

壬申，爲内子與許八夫人書。

癸酉，與勒少仲同年書，與沈仲復觀察書。

甲戌，雨。得潘芝岑書，得許子衡、許子喬書。得王濟川書，即復之。得紹萊六月十九日卅號書。

乙亥，與潘芝岑書，與張仲甫丈書。得韓厚庵師書。趙幼卿來，鈕竹君來。得沈祖香書。

丙子，戚潤如比部來。

丁丑，朱璞山來，陸連鍾山來。

戊寅

己卯，族子振基字伯成來。

庚辰，出拜客，見吴仲英。恩竹樵方伯來，張少渠來，朱璞山來。得張仲甫丈書。

辛巳

壬午，雨。徐誠庵來。得高滋園都轉書。得周鶴庭書，即復之。

癸未，張少渠來，姜曉湘來。

甲申，得吴曉帆觀察書，并以新舊《唐書》合刻及廿二史四竝贈。得姚少泉書。吴仲英來。

乙酉，與高滋園都轉書。與吴曉帆觀察書，與姚少泉書，與王濟川書。朱璞山來，李直清來。

丙戌，馮少渠來，吴仲英來，馮聽濤來。得高滋園書，得閩撫王補帆同年書。

丁亥，上太恭人書，與壬甫兄書，與王補帆親家書，與高滋園都轉書，與王濟川書。朱璞山來，張少渠來，周君祖蔭來，沈韵初來，邵步梅來。其夜雨，有賊踰垣啓窗，入余卧室，覺而去，失衣一襲。

九月

戊子，雨。應敏齋同年來。得蔡月嶠書。

己丑，與紹萊書。

庚寅，梁梅灣來。桂文燦皓庭以戴子高、劉叔俛書來，并以所著《春秋列國圖》四卷贈。得少泉書。桂皓庭乃廣東南海人，己酉孝廉。所著有《易大義補》《禹貢川澤考》《詩箋禮注異義考》《周禮今釋》《春秋列國圖考》《箴膏肓評》《起廢疾評》《發墨守評》《論語皇疏考證》《孟子趙注考證》《孝經集解》《孝經集證》，以上總名《經學叢書》，同治元年進呈，奉旨留覽。又有《説文部首句讀》《四海記》《經學博采録》《興蓺堂集》。

辛卯，潘子浚來，江小雲觀察來。得沈仲復觀察書，得孟蘭艇書。是日，閲定德清清溪書院、菱湖龍湖書院課卷，分寄之。與蔡月嶠書。

附記清溪課題及超等十二名：「子曰不曰如之何」一章；賦得「忘名何必入深山」得「忘」字；「雖車馬非祭肉」；賦得「秋冷先應瘦客知」得「先」字。王培、程光霽、陳熙傑、胡元齡、沈鏡漣、童寶善、林樹恩、陳巽昌、蔡兆驤、高椿年、蔡與齡、陳冠群。

龍湖課題及超等六名：「子夏曰雖小道」兩章；賦得「有時隨鹿上山行」得「隨」字；「子夏云何」；賦得「盡日觀魚臨水坐」得「觀」字。岳麟書、潘福謙、朱鎏、魯聯輝、孫炳熊、孫亶。

壬辰，上太恭人書，與壬甫兄書。許信臣前輩來，趙幼卿來，潘子浚來。

癸巳，高辛才觀察來，周縵雲前輩來，張少渠來。

甲午，丁紫巢來，湯子澄來。得周鶴庭書，得高滋園書。

乙未，朱璞山來，陸連鍾山來。

丙申，張子青中丞招飲，與者許信臣、殷譜經兩前輩，吴平齋觀察、何子永中翰。遂拜客，見沈韵初。高辛才丈來。

丁酉，朱曼伯來。出拜客，見許信臣前輩，應敏齋、陳少泉兩同年，朱璞山、馮少渠、丁紫巢、梁梅灣。是日，閱定詁經精舍望課卷，寄杭州。與孟蘭艇書。

附記課題及内課十八名：「噲噲其正，噦噦其冥」解；「行李」解；《春秋》三世考；六十律終于南事説；襲六爲七賦，以「襲六爲七，攄之無窮」爲韵；月餅，限甜字；金風、玉露，各七律一首；明皇游月宫歌。　沈豫、吴承志、王壽祺、沈鼎、陳灝、許慶祺、屈元炘、王嘉猷、史鑑、馮一梅、徐琪、潘鈉、陳殿英、陳偉、馮松生、疎錫度、盛起、姜脩。

戊戌，高辛才丈來，張少渠來，張子虞來，陳子莊來，恩竹樵方伯來。其夕邵步梅招飲。

己亥，與孟蘭艇書。

庚子，張仲甫丈來。

辛丑，許信臣前輩、高辛才觀察來，陶芑孫來，陸連鍾山來。得汪子和書。與陳子莊書。

附記：子和厲上海大東門内地藏庵。

壬寅，雨。葛治卿來。得蔡厚齋舅氏書。

癸卯，雨。趙雨田來，爲余處方。

甲辰，李薇生太守來，趙幼卿來。

乙巳，出拜客，見張子青、殷譜經兩前輩，恩竹樵方伯、徐誠庵大令。

丙午，殷譜經前輩來，朱璞山來，許季蓉來，潘子浚來。得許子喬書，得沈仲復觀察書。

丁未，得紹萊八月廿四日卅五號書。如冠九觀察前輩來，何子貞前輩來，陸連鍾山來，葛瑞卿來。

戊申，江小雲觀察來，張少渠來，鄒蓉閣來。得魏稼孫書二。

己酉，李薇生太守招飲。遂拜客，見許信臣、何子貞兩前輩，應敏齋同年。得孟蘭艇書。

庚戌，蔣吟舫來。與陳子莊書。得李筱荃制府書。

辛亥，朱曼伯太守、朱璞山來，沈韵初來，俞勁叔來，張少渠來。得沈蘭舫書。

壬子，得許子原女壻及繡孫女〔一〕。

癸丑，得戴子高書，得王濟川書。出拜客，見恩竹樵方伯、應敏齋廉訪、張少渠。與姚少泉書，與周鶴庭書，與沈蘭舫書。吴彤雲觀察來。

甲寅，張任庵同年來，馮聽濤來。

乙卯，朱璞山來，徐賦秋來，江子平來。曾滌生師相使人以詩來。

丙辰，雨。出拜客，見曾滌生師相。日加午，曾相來。得王康侯女壻九月廿日書。

丁巳，許子喬來。得姚魯卿書。與王康侯書，與汪子和書，與戴子高書。

十月

戊午，惲小山太守請曾滌生師相爲其先德次山前輩題主，屬余奉陪。遂拜客，見許信臣前輩及吴平齋。是日，閲定德清清溪書院卷。得孟蘭艇書。與李筱荃制軍書。

附記課題及生員超等十名：「孔子謂季氏」三章；賦得「縱橫聯句長侵曉」得「聯」

〔一〕女，下當有「書」字。

字；「與其弟辛」；賦得「次弟看花直到秋」得「花」字。　袁陛賡、蔡與齡、蔡鏡瑩、沈蔭培、高振垣、沈汝燮、陳冠群、沈霦、蔡殿傳、朱賡元。

己未，雨。使人致書于湘鄉公，附去與彭雪琴侍郎書。與姚魯卿書，與張仲甫丈書。

庚申，許康甫來，潘子浚來。與朱伯華書。

辛酉，張少渠來，江子平來。與李少荃爵相書，與許星尗學士書，與許子原女壻及繡孫女書。得高辛才丈書。與紹萊書。

壬戌，出拜客，見應敏齋廉訪、江小雲觀察、李薇生太守、朱璞山司馬。許季容來，張少渠來，朱璞山來。上太恭人書，與壬甫兄書。

癸亥，登舟如杭州，泊吴江。

甲子，泊王江涇。

乙丑，泊北雙橋。

丙寅，泊南雙橋。

丁卯，過唐西。與内子書，與鄒蓉閣書。戌時至杭州，泊馬頭。

戊辰，日加巳，至詁經精舍。姚少泉來，聖因寺僧永清來。

己巳，入城拜客，見盧五峰方伯、吴引之廉訪、高滋園都轉、梁敬叔觀察、張仲甫丈、高辛才丈，又吴曉帆觀察、濮少霞觀察、孟蘭艇廣文。又至書局，見周鶴庭、陳蘭洲、施均甫、潘儀父。飯于許氏，見許八夫人。與内子書，與何子貞前輩書，與江小筠觀察書。

庚午，沈祖香來，孫遠香來，黄硯舫來，許子喬來。是日，閱定九月望課卷，發監院校官榜示于門。

附記課題及内課十八名：「尹吉」解；《周官》「司禄」考；《王制》兼虞夏殷周及晉文霸制考；「毋追、母追」訂誤；霜信賦，以「白鴈來而霜始降」爲韵；佛手柑；青女歌；擬陶淵明《謝王刺史送酒書》。胡元鼎、吴承志、許慶騏、曹樞斗、胡宗俊、袁秉彝、姜頤、潘鈵、陳灝、沈鼎、王嘉猷、陳殿英、俞光組、戴果恒、許郊、李昭延、李宗元、史鑑。

辛未，高滋園都轉、高辛才觀察均有餽。得王補帆同年九月廿九日書。

壬申，得紹萊婦書，得祖仁婦十一及十三日書，得王補帆九月廿二及廿五日書。得壬甫兄八月十八日書，得周少雲書，得徐誠庵書。是日，高辛才丈、蔡乂臣觀察來，周鶴庭來。潘鳳洲、陳藍洲、施均父來，遂與同飯于湖樓。談仲修來，王松溪來，張子虞來，許子社來。其夜雨。

癸酉，孟蘭艇來。

甲戌，秦澹如都轉來，濮少霞觀察來，沈蘭舫來。與内子書，與紹萊書，與王補帆親家書。

乙亥，吴引之廉訪來，林聽孫觀察來，劉聽襄前輩來，陳耐庵偉來。其夜雨。

丙子，馮孟香來，黄質文來。

丁丑，孟蘭艇、章輪香兩監院來，吴祁甫來，周鶴庭、潘鳳洲來。

戊寅，入城拜客，見楊石泉中丞、王清如前輩、林聽孫觀察、蔡乂臣觀察、陳伯敏太守、丁松生、潘儀甫。又至書局，見施均父、黄元同、許子社、周鶴庭。得江子平書。

己卯，入城拜客，見如冠九前輩、惲杏耘觀察、茂竹岩尚衣、吴曉帆觀察。是日，楊石泉中丞招飲，與者竹岩、冠九、杏耘三君，又有蔣君益清，乃香岩中丞之弟也。比歸湖樓，已戌正矣。

是日，高滋園都轉來，程瀫卿咸焯來，沈蘭舫來。得張少渠書，得蔡耘庭書。

庚辰，何青士、王清如兩觀察來。鍾桂溪、汪芙青來，黄元同來，袁孝宰來。與内子書。

辛巳，雨。

壬午，雨。與内子書，與潘季玉、吴平齋兩觀察書，與朱璞山書。沈蘭舫來。得壬甫兄九月廿三日書，得康矦八月廿一日書，得子高十月九日書，得蔡瑜卿書，得龐作人書，得王星府書，得二兒婦書。

癸未，得紹萊九月廿三日卅七號書，得祖仁婦廿三日書。是日，閱定望課卷。

附記課卷及内課十八名：虞夏商周建國多少考；「小國二卿皆命于其君」説；古者黄裳後世改用纁裳説；《春秋》非常異義論；焠兒賦，以「杭人削松木爲小片」爲韵；寒暑表，得「寒」字；回峰塔歌；蘇文忠在宋時曾從祀文廟應否復祀議。王士驤、馮一梅、吴承志、胡元鼎、沈豫、姜脩、王嘉猷、史鑑、李雲衢、王壽椿、沈鼎、陸壽民、姜頤、顧慶宇、闞鉞、沈家騏、許慶騏、許章燕。

甲申，雨止見日。周子雲來，姚子庚來，沈蘭舫來，丁松生來。是日，閱定龍湖書院十月望課卷。

附記課題：「子曰可與共學」一節；賦得「安得萬里裘」得「寒」字；「公孫丑曰詩曰」；賦得「風吹古木晴天雨」得「吹」字。

乙酉，晴。姚少泉來，吴君超來，汪芙青來，孟蘭艇來，章輪香來。與内子書，與王星府書。

丙戌，秦澹如都轉招飲，與者有吴碩卿工部、陳槐庭大令。餘非所識，故不書。遂拜客，見高滋園都轉、高辛才觀察、汪符卿。又至許宅，見八太夫人及子祥。

十一月

丁亥，汪符卿、吴畫郊來。得吴焕卿大令書。姚少泉來。是日大風，乃遷于樓下章監院之屋。

戊子，沈祖香來。與内子書。其夜余有疾。是日西湖冰。

己丑，得祖仁婦書，得壬甫兄十月十三日書。陳耐庵、孫遠香來。

庚寅，得祖仁婦初一日書、朱璞山書、張少渠書。陳槐庭大令鍾英來，許章卿來。

辛卯，孫瑛來，馮孟香來。西湖冰泮。

壬辰，入城，弔許緣仲觀察之喪，見許子祥及許八夫人與其子婦周季英甥女。又至吴曉帆觀察家，賀其贅孫壻。遂拜客，見楊石泉中丞、高滋園都轉、汪荇卿、姚少泉。又至書局，見周鶴庭、施均父、黄質文。

癸巳，茂竹巖尚衣來，盧五峰方伯來，姚朗山來。

甲午，與内子書。得祖仁婦初二日書。洪宜孫來。

乙未，姚少泉來，周仁卿來。是日，閲定清溪書院課卷。

丙申，入城拜客，見高辛才丈、何青士觀察，吴曉帆、濮少霞兩觀察，秦澹如都轉、高滋園都轉。又至書局，見周鶴庭、陳藍洲。得蔡厚齋書。是日，封清溪課卷，寄德清。

附記課題及超等十二名：「子曰可與共學」一章；賦得「掃壁有僧求醉墨」得「求」字；「雖違衆」；賦得「閒臨閣帖雜真行」得「臨」字。　蔡與齡、蔡鏡瑩、仲調璽、蔡兆驤、沈汝昂、朱浚、程光霽、朱賡元、俞北驤、袁陛賡、徐寶麟、沈霦。

丁酉，許子喬、子祥來，汪芙青來，孫萊仙鰲來，金忠甫庶常來。

戊戌，陳伯敏太守來，黄質文來，姚少泉來。

己亥，登舟還蘇州，泊唐西。是日，以友人所餽蚶二升許縱而活之河。

庚子，日加午，至德清，泊南埭。見諸兄諸子，遂展先曾祖及先祖之墓。

辛丑，移舟入城，易小舟，至金鵞山，展先朝議君之墓。回舟，飯而行，仍泊唐西。與蔡駿甫書、蔡月嶠書、鍾桂溪書、嵇又任書。其夜雨。

壬寅，陰。帆風行，泊一鼇卡前，不知名，過北雙橋十里矣。

癸卯，泊王江涇。

甲辰，泊平望。

乙巳，還蘇寓。得壬甫兄十月十七日書、勒少仲同年十月廿三日書、汪瘦梅十月廿一日書、吴平齋書、王康矦女壻十一月四日書、蔡芸庭書二、姚春伯十月十五日書、姚少泉書、潘儀甫書。

丙午，與潘儀父書，與洪宜孫書，上太恭人書，與壬甫兄書。

丁未，與李少荃節相書，與朱璞山書。江子平來。出拜客，見杜小舫、童際庭兩觀察、李薇生太守、許信臣撫部。

戊申，李薇生太守來，趙雨田來，蔡瑜卿來，葛瑞卿來，馮聽濤來。得紹棻十月廿三日卅八號書。與錢湘吟侍郎書，與汪瘦梅書，與陳子莊書，與高滋園書，與陸存齋書，與施均父書，與家晚林兄書。

附記：瘦梅在京寓四川營内棉花九條胡同中間路北。

己酉，許信臣前輩來，許季蓉來，杜小舫觀察來，馮少渠來，汪符卿來，王藹臣來。

庚戌，於關帝廟拈香。遂拜客，見恩竹樵方伯、陳少泉觀察、吴碩卿工部。又至靈鷲寺，弔汪小樵夫人之喪。童際庭觀察來。

辛亥，陳少泉觀察來，江子平來，顧駿卡來。得潘儀父書，得朱璞山書，得張少渠書。與勒少仲同年書，與戴子高書。得鍾桂溪書。

壬子，雨。陸君昀來。

癸丑，微雨。恩竹樵方伯來，江子平來，張少渠來。得書局談廷獻、董慎言、沈彤元、張預四君書，得孟蘭艇書。

甲寅，陶柳門來。

乙卯，雨。出拜客，見應敏齋廉訪、賈耘樵觀察、馮少渠大令。吴碩卿工部來。

十二月

丙辰，應敏齋同年廉訪來，江子平來，沈爾繩來，鄒蓉閣來，汪符卿來。與陸蔚庭庶常書。得高辛才丈書。

丁巳，江小雲觀察來，張少渠來，陶芑孫來。是日，閲定詁經精舍十一月望課卷，寄杭州。與孟蘭艇書，與高滋園書，與譚仲脩書，與潘儀父書。得高滋園書，得王補帆十一月十二日書，得潘儀甫書，得姚少泉書。

附記内課十八名并課題：「鳥夷」解；「作爲作詩」解；魯禘祫考；經籍次弟論；文

瀾閣賦；冬日田家雜詩；火鍋；擬杭人臘日祀萬回哥哥文。胡宗俊、史錫慶、陳偉、許慶騏、吴承志、馮一梅、袁秉彝、楊振鎬、胡元鼎、沈鼎、王壽椿、沈豫、李雲衔、王士駿、徐琪、王嘉猷、史鑑、俞光組。

戊午，與朱璞山書。江子平來，止之宿。趙雨田來，蔡瑜卿來。得壬甫兄十一月一日書，知嫂氏孫恭人於十月廿七日去世。

己未，上太恭人書，與壬甫兄書，與兒子紹萊書，與王星府書。陸連鍾山來，孫君彭年來。

庚申，潘玉泉觀察來，惲質夫彦彬、張幼樵佩綸兩庶常來，汪小樵封翁來，金立甫刺史來，趙幼卿來，張子中來。與家晚林兄書，與鍾桂溪書。得陸存齋觀察書。

辛酉，雨。閲定清溪書院十一月望課卷，寄德清。是課超等及課題均失記。與蔡駿甫書，與吴曉帆書。陶柳門來，沈書森來。

壬戌，與陸存齋書，與蔡芸庭書。得陳子莊書，得孟蘭艇書。

癸亥，出拜客，見何子貞前輩、江小雲觀察、鄒蓉閣縣尉。得壬甫兄十月十三日書。

甲子，惲質夫庶常來，張少渠來。與馮景庭前輩書。

乙丑，葛瑞卿來，姜君恩普來。得吴曉帆書，得吴牧騶書。

丙寅，吴平齋來，趙雨田來，張少渠來。與姚春伯書。

丁卯，沈韵初來，何受山觀察同年來。出拜客，見許信臣前輩、胡魯山。得蔡駿甫書。得王星府書，即復之，又得其書。

戊辰，祝韵梅來，胡魯山來。是日，閱定龍湖書院十一月朔望課卷。

附記課題及超等六名：吴球、費學黌、岳麟書、魯聯輝、朱昞基、費學謨。「恭寬信敏惠」至「信則人任焉」；賦得「晚來天欲雪」得「無」字；「夫子不言不笑不取乎」；賦得「能飲一杯無」得「新」字。

己巳，與王星府書。倪載軒觀察來，張少渠來。得壬甫兄十一月廿二日書。

庚午，與王補帆親家書，與高滋園都轉書，與孟蘭艇書，與黄質文書。得陸存齋觀察書，得許八夫人與内子書，與吴清卿太史書。其夜雪。

辛未，張少渠來，汪芙青來。與許八夫人書。得蔡月樵書，即復之。與吴牧騶太守書，與孟蘭艇書。

壬申，出拜客，見恩竹樵方伯、李薇生太守、何受山同年、丁經生大令、倪載軒觀察。得楊石泉中丞書，得鍾桂溪書，得少泉書。江子平去。

癸酉，潘玉泉觀察來，余子虔來，邵步梅來，馮少渠來。與少泉書。

甲戌，與楊石泉中丞書，與蔡月嶠書，與江子平書。

乙亥，汪柳門太史來。與馮景庭前輩書。

丙子，許康甫來，趙幼青來。得周鶴庭書，得潘儀父書，得戴子高書，得蔡芸庭書。

丁丑，何受山同年來。與戴子高書，上太恭人書，與壬甫兄書。得孟蘭艇、汪謝城書，得許子喬書，得朱璞山書、伯華書。與朱璞山書。

戊寅

己卯，徐雲士來。與勒少仲書，與錢子密書。得朱伯華書。

庚辰，得孫琴西同年書。

辛巳，雨。許康甫來，邵步梅來，馮聽濤來。是日，閱定龍湖書院十一月望課卷。

附記課題及超等三名：「子貢方人」三章；賦得「林烟漠漠鴉邊暗」得「林」字；「耆秦人之炙」二句；賦得「山骨稜稜雪外青」得「山」字。

壬午。周少雲來。得張少渠書。其夜祀神。

癸未。沈仲復觀察來，丁經生來，鄭君輿揚來。與張少渠書。

甲申。何小宋中丞來。得紹萊十一月廿四日卅九號書。

乙酉。出拜客，見何小宋中丞、徐雲士。其夕，敬縣先高祖以下畫像，設祭行禮。是歲，余行年五十有一，所著《弟一樓叢書》三十卷剞劂告成，又刻成《雜文》二卷，其《隨筆》《尺牘》刻而未竟。

同治十一年

歲陽在元黓，曆書作「横艾」。歲陰在涒灘。

正月小盡	丙戌朔	終陬
二月大盡	乙卯朔	極如
三月小盡	乙酉朔	畢病
四月大盡	甲寅朔	橘余
五月大盡	甲申朔	修皋
六月小盡	甲寅朔	圉且
七月大盡	癸未朔	厲相
八月小盡	癸丑朔	則壯
九月大盡	壬午朔	窒元
十月大盡	壬子朔	塞陽

十一月小盡　壬午朔　終辜

十二月大盡　辛亥朔　極涂

正月

丙戌，晴，日間見。客來不見例不書。

丁亥，晴。應敏齋廉訪來，江小雲觀察來，陶柳門來。得潘芝岑書。

戊子

己丑，雪。朱璞山來。得李少荃伯相書。與朱伯華比部書。

庚寅，晴。祀神，于先高祖以下畫像前設祭行禮，禮畢敬撤。出拜客，見張子青制府、何小宋中丞兩前輩，李薇生太守、鄒蓉閣縣尉。其夕，應敏齋廉訪同年招飲。是日，與王星府書，與高滋園都轉書，與吴焕卿書，與許子喬書，與王康矦女婿書，與許子原女婿及繡孫女書。

辛卯，許信臣前輩來，潘芝岑來，潘子浚來，汪芙青來，鄒蓉閣來，馮聽濤來。與紹萊書。

壬辰，朱璞山來，張少渠來，宗人伯成來。出拜客，見許信臣前輩、吴平齋。

癸巳，招朱璞山、張少渠于春在堂小飲。

甲午，與李少荃節相書。蔡芸庭來。得許子原女婿及繡孫女書，得沈蘭舫書，得施均父書。

附記：蘭舫住中扇子巷邵宅。

乙未，蒯士薌廉訪來，杜小舫、陳少泉兩觀察來，張少渠來。

丙申，出拜客，見恩竹樵方伯、杜小舫觀察、潘子浚、王星墀。與陳作梅觀察書。江子平來，止之宿。

丁酉，得許子原女婿書，知繡孫女于十二月十日未時舉一女。得許子喬書。俞君永高來。得紹萊十二月廿二日四十號書，得汪瘦槑十二月十六日書。

戊戌，倪載軒觀察來。江子平去館于倪氏。余有疾，趙兩田來，爲余處方。得高滋園都轉書。

己亥，趙雨田來，爲余及内子處方。汪柳門太史來，沈韵初中翰來。得嵇又任書，得李少荃節相書。

庚子

辛丑，雨。與陳子莊書。李質堂軍門來，王欣木孝廉來。

壬寅，葛瑞卿來。

癸卯，登舟如杭州，泊吴江。

甲辰，泊余家灣。

乙巳，泊寒山。

丙午，雨。過新市，易小舟至西栅。見鍾桂溪、蔡月嶠。還舟，泊唐西。與内子書。姚魯卿來。

丁未，雨。至詁經精舍，日加午矣。使人于潘儀父與周仲英甥女書。

戊申，風雨，繼以霰。入城拜客，見楊石泉中丞、丁濂甫學使、同年盧五峰方伯、秦澹如都轉、吴曉帆觀察、潘儀甫。又至書局，見周鶴亭、許子誦。飯于許氏，見許八夫人、周季英甥女。及歸湖樓已薄暮矣。沈蘭舫來。其夜雪。

己酉，姚少泉來，汪芙青來，孟蘭艇來。楊石泉中丞招飲，歸湖樓已上鐙矣。得二兒婦十九日書。

庚戌，晴。高辛才丈來，汪芙青來，姚少泉來，章輪香來，周鶴亭來，潘儀父來，許子頌來，姚朗山來，王松溪來，馮聽濤來，許子祥來。是日，孟蘭艇具酒食觴余于湖樓。與内子書。

余舊時所作記都已遺失，偶于敝簏中檢得一册，則同治十一年春閒自杭至閩省視太夫人起居事，頗完具，因録存之。豈足比歐公《于役志》乎？

辛亥，高滋園都轉來。是日，門下士蘭溪令吴焕卿司馬以余將之福寧，具舟來迎。

壬子，吴引之廉訪來，周子雲來。得伯蘭外姊書、仲英甥女書。飯後，坐小舟至湧金門，易輿而至江干登舟。途經敷文書院，駐輿游焉，登存誠閣。其地在萬松嶺，表裏江湖，一覽在目，望詁經精舍廜樓，如在咫尺焉。沈蘭舫、汪芙青均送至舟中而還。是日，與内子書，并留書與蒯士薌廉訪、周琳叔觀察。凡致書近者不書，此以留致書。

癸丑，發江干。余從前客授新安，每歲必溯錢唐江而上，今二十餘年。泊湯家步。

甲寅，過桐廬十里而泊。

二月

乙卯，微雨即止。過七里瀧，登岸觀于嚴先生祠。余往來祠下一十七次，未一登岸，今始游焉。祠燬于粤賊之亂，亂後重建，前人題詠都無一存，祠中亦無可觀覽。其南有客星樓，登樓平視，頗足俯視一切，覺帆檣皆在舄下矣。是日，出瀧而泊。其夜雨。

丙辰，有甚雨，日間見。泊三河。

丁巳，日加午，至蘭溪。吴焕卿大令來迎，見于舟，遂至署，飯焉而歸。與高滋園都轉書，與内子書。

戊午，吴焕卿來送，見于舟。遂易小舟而行，過金華八里泊。

己未，雨。泊武義縣城外，距城五里。

庚申，至永康，宿于應廣裕行。與高滋園都轉書，與内子書，與吴焕卿書，與汪符卿書，又與内子書。

辛酉，乘籃輿發永康，行五十里，宿于王碧家，或曰王竇街。

壬戌，飯于縉雲縣。遂登桃花嶺，宿于隘頭，行六十里。桃花嶺極高，輿丁頗以登涉爲勞。然山徑曲折，蒼翠萬狀，溪流瀌瀌有聲，視七里瀧更幽秀矣。

癸亥，微雨。至處州之厦河登舟。

甲子，雨。過石門洞，入觀瀑布，并瞻禮劉伯温先生像。泊峙川渡。

乙丑，日加午，至温州。與高滋園都轉書，與内子書。遂拜客，見方子穎觀察、裕昭甫太守、陳友三大令。其夕，飯于觀察署之且園。

丙寅，方子穎觀察來。是日，觀察及昭甫太守、友三大令觴余于曾氏之怡園。園有泉石花木之勝，以叢桂蟠曲爲杝，頗足觀覽。是夕，登夜航船遂發，有陳君仲珊來送，追及之于舟，立談而別。

丁卯，遲明至瑞安，見孫渠田前輩。遂行，渡飛雲渡。又坐小舟至平陽，飯而行。又乘小舟至錢倉，又過蕭家渡而宿。自平陽以南，山色甚佳，層巒壘嶂，蓋即所謂南雁蕩矣。自温州至蕭家渡，四易舟，忽水忽陸，行頗不易，共一百五十里。其夜雷雨。

戊辰，有微雨。坐小舟行三十里，至琳溪。壬甫兄使人以書來迎。復行至橋墩門而飯。飯後踰嶺，度分水關，乃閩浙分界處也。宿于半嶺塘，凡行一百里。

己巳，飯于巖前，行七十里，至白琳而宿。福鼎縣黄大令使人候于白琳，饋酒食。與方子穎觀察書，與高滋園都轉書，與内子書。

庚午，飯于蔣洋，行八十里，至楊家溪而宿。是日所行皆山嶺，而大王嶺尤危峻，輿行至此，頗極勞勩。初登輿時，四山雲氣迷濛，不可辨識。及登五蒲嶺，已有微雨。余默禱于神，旋即開霽，晴日杲杲，蓋神佛之助也。

辛未，度觀音嶺，于觀音閣瞻禮，小坐啜茗。遂行，飯于棗坑。日加未，至福寧府，兄子鼒堂、履卿〔一〕來迎。霞浦縣劉夙寅同年及府經歷宋君俱候于郭外。即入城，至郡署，謁見太恭人及吾兄，并見諸姪婦、諸姪孫，旋至嫂孫恭人靈前行禮。與王補帆書，與高滋園書，與内子書二。

壬申，羅景山總戎大春來。出至柏翠庵，致祭于嫂恭人之靈。遂拜客，見羅總戎、張小舫太守其曜、劉夙寅大令秉清。

癸酉，上官幹臣楨來，張小舫太守來，駱景山游府來。是日，與壬甫兄散步郡署之後圃，見大鐵錨二，或云官軍征蔡牽時所得，或云郡城象船形，以此鎮之也。又于三堂宅門外見石鼓二，其一鐫云：「至正五年，歲在乙酉，常住造。」未審所自來，附識于此。是日，黄少虞明經來，爲余灼艾治風疾。

甲戌

乙亥，黄明經來，爲治風疾。

丙子，孫萊山學使來。翠使適按臨福寧，是日試事畢也。出拜客，見學使，至試院小坐

〔一〕「卿」原訛「堂」，據《右台仙館筆記》卷十二及下文改。

而還。

丁丑，雨。

戊寅，羅景山總戎來。得王補帆同年書，即復之。

己卯

庚辰

辛巳

壬午，得黄仲和澍桂書。王友梅餽酒食，即招之共飯。

癸未，與黄仲和書。張小舫太守來。羅景山總戎招飲。

甲申

三月

乙酉

丙戌

丁亥，壬甫兄招同羅景山總戎、張小舫太守讌集于望海樓。樓在龍首山之麓，雖不甚高，而四山環抱，東南隅缺處望見海口，因有望海之名矣。福寧郡城橢園而曲，如一衣帶然，亦頗極登臨之勝。

戊子，張小舫太守仍招集于望海樓，談次述及湘鄉公有騎箕之信，爲之泫然。其夕雷雨。

己丑，雷雨，旋霽。與許崑士書。

庚寅

辛卯，雨。

壬辰

癸巳

甲午，與魏稼孫書。

乙未，得王補帆同年書，知湘鄉薨逝，其説塙矣。

丙申，與補帆書。出拜客，見羅景山總戎、張小舫太守、劉夙寅大令，告將行，已而皆來送。

丁酉，叩辭太恭人，還浙。壬甫兄及兄子黼堂、履卿皆出城送，新舊霞浦令劉夙寅、程九希兩大令皆出送于城外。是日，飯于棗坑，宿楊家溪。

戊戌，飯于蔣洋，宿于白琳。

己亥，于倪家地坐船行三十里。復輿行至福鼎縣而飯。拜客，見黄星楂大令。遣福寧之送者還。上太恭人書，與壬甫兄書。宿于半里塘。是日有小雨。

庚子，飯于橋斗門。自琳溪舟行，至蕭家渡而宿。

辛丑，過蕭家渡，自錢倉舟至平陽，飯焉。又舟至飛雲渡，渡飛雲渡而至瑞安。拜客，見孫渠田前輩、羅雨樵明府子森，飯於渠田所。遂登夜航船，羅大令來送，見於艦局，遂發。

壬寅，至温州。拜客，見方子穎觀察、裕昭甫太守、陳友三大令、徐石泉。遣福寧之輿者還。上太恭人書，與壬甫兄書。又上太恭人書，由子穎觀察寄福寧。

癸卯，既登舟，蕖田前輩使人以書來，并歸所遺扇囊及扇，又以楹帖屬書。乃即舟中書付之，并復之書。是日泊青田。

甲辰，過石門洞一遊，有林君宋齋讀書其中，遂導觀謝公詩刻石所在。老僧餽新茶，受之。乃行至五里亭，遇暴風，不可帆，危欲觸于石，遂泊舟，摇摇竟夕。

乙巳，至厦河，于逆旅小憩。遂發，宿巖泉。其夜雷雨。

丙午，飯於卻金館。大風雨。踰桃花嶺，至隘頭而宿。雨竟夕。

丁未，雨霽。飯于縉雲縣，遂至城隍廟，觀李陽冰碑。前縉雲令徐君熾烈字赤木，築室三楹以皮碑，即署曰「藏碣軒」。碑故完好，惟每行末一字泐矣。是日宿於王碧家，或曰王寶街。

戊申，雨。至永康縣，於牙行小坐。即登舟行，距武義縣五里泊。

己酉，至蘭溪。見吴焕卿大令，飯於其署齋。易舟而泊。與汪符卿書，與内子書。

庚戌，焕卿大令來，坐談許久而去。遂發，泊桐廬，夜將半矣。

辛亥，晴。至杭州，夜深矣，仍宿於舟，泊江干。

壬子，還詁經精舍。與内子書。沈蘭舫來。

余生平舟車所至，都不記憶。惟此役也，往返得絶句五十八首。山川風物，至今歷歷在目。而此日記一編又幸而未佚，遂使此行時日皆可覆按。事之顯晦，類如是也。光緒三年三月，曲園居士書。

癸丑。孟蘭艇來，汪芙青來。使人于楊石泉中丞、高滋園都轉，均與之書。得都轉復書。

四月

甲寅，王君禹堂、周君郇雨來，陳桂舟來。

乙卯，入城拜客，見楊石泉中丞、盧五峰方伯、蒯士香廉訪、靈蔚生都轉、高滋園都轉、何青士觀察，王清如、林聽孫、梁敬叔三觀察，黃漱蘭學士、姚少泉。又於書局見談仲修、王松溪、黃元同、周鶴亭。又於許宅見八夫人、三多外孫女及周季英甥女。又去吴宅，弔曉帆方伯之喪，見許君，未知其名。與王補帆同年書，上太恭人書，與壬甫兄書，與羅景山總戎書，與陳小舫太守書。歸精舍，得彭雪岑侍郎書，知余去年十月己未所與書由曾文正師五百里火票遞湖南，十四日而達。乃復書至，而文正騎箕天上矣，重爲泫然。

丙辰，王清如前輩、梁敬尗同年兩觀察來，飯于湖樓而去。劉聽湘前輩、黃漱蘭侍講、嚴緇生庶常、汪芙青、姚少泉來。與內子書。

丁巳，蒯士薌廉訪同年來，談仲修、王松溪、黃質文來，黃硯舫來。得二兒婦初一日書、紹萊二月二日書、繡孫及其婿子原正月廿七日書。是日，閱定二月望課卷。

附記課題及內課十八名：「格物」解；「六禽」「六獸」考；鄭注「甸稍縣都三分所去六而存一」說；祭用孟月或用仲月議；漢武帝遣使者束帛加璧聘墨子賦，以「事出葛洪神仙傳」爲韵；猫頭筍、哺鷄筍，不限體韵；蓑衣餅，五言古詩。史鑑、葛詠裳、吴承志、姚勳、王嘉猷、李熠、陳殿英、沈豫、孫樹義、屈元炘、王士駿、曹樞斗、馮松生、鄭祐泰、周善溥、嚴曾銓、沈守敏、張寶誠。

戊午，何青士觀察來，許子喬來。與曾劼剛小侯書，與應敏齋同年書，與內子書。其夕雨。得子原女婿書。

己未，入城，弔吴仲雲制府前輩之喪。遂拜客，見惲杏耘觀察、陳伯敏太守。得王補帆同年書，得王濟川書。林聽孫觀察聽彝來。王濟川在湖州西門外霅水橋分卡。

庚申，謝芹香、沈祖香來。閲定三月望課卷。

附記課題及内課十八名：「珠曰切」解；「逮事父母，則諱王父母」解；「屋漏」毛鄭異義辨；釋「鼃」；苑九錫賦，以「一院有花春晝永」爲韵；訪花神廟故址，不限體韵；擬龍井祀茶神文。葛詠袁、吴承志、史致中、鄭佑泰、史鑑、吴光宸、姚勳、曹樞斗、馮松生、胡元鼎、陳殿英、楊恭治、王嘉猷、孫樹義、嚴曾銓、屈元炘、何海、沈豫。

辛酉，晴。濮少霞來，江子平來，汪芙青來。

壬戌，盧五峰方伯來，秦澹如觀察來，惲杏耘觀察來，潘儀父來。是日，梁敬叔觀察招同蒯士薌廉訪、靈蔚生都轉、王清如前輩讌集于湖樓。其夕，又以汪芙青所餽肴覈招孟、沈兩監院小飲于便坐。

癸亥，高滋園都轉來，沈遠香來，汪芙青來，江子平來。得祖仁婦書，得王康侯二月廿七、三月初四日書，得許子原二月初十日書，得蔡芸庭書。與何小宋制府書，與恩竹樵中丞書，與吴焕卿書，與家晚林兄書，上太恭人書，與壬甫兄書，與燦祥侄書，與内子書，與許子原女婿及次女繡孫書。

甲子，錢唐令曾雨人來，吴祁甫來，嵇又任來，沈芳洲來。得祖仁婦初七日書，得戴子高書，得蔡瑜卿書。張君芝孫來，陳君家保來，章輪香來，高海槎鵬年來，劉聽襄前輩來，汪柳門太史來。

乙丑，張翼伯觀察來，金忠甫庶常來。入城拜客，見金少伯、高滋園。又至許宅，見八夫人及子祥。是日，盧五峰方伯、蒯士薌廉訪、靈蔚生都轉招飲于金衙莊，方子穎、張翼伯、惲杏耘三觀察俱。與王星府書。

丙寅，陶曉城來，姚少泉來。

丁卯，周子雲來。

戊辰，孫漁笙來，吴祁甫來。

己巳，得李少荃相國書，得沈仲復觀察書。得紹萊三月二日書，又一書不書月日，署第一號。得祖仁婦書，得盧聲甫書。與彭雪琴侍郎書，與沈仲復觀察書，與孫琴西、應敏齋兩同年書，與内子書。使人於盧五峰方伯，與之書。高海垞來，汪洛雅、汪芙青、汪柳門來，劉拙庵來。

庚午，金少伯來，樊介軒庶常來。

辛未，姚少泉來。

壬申，施均甫來，黄元同來，戴君穗孫字同卿來。

癸酉，行望課，兩監院以二三月課余未親至也，循開課故事，具酒食觴余于湖樓。是日雨。

甲戌，汪芙青來，吴引之觀察來，周鶴亭來，潘儀父來。得祖仁婦十八日書，得徐蕖生書，得俞勍叔書。

乙亥，李馥堂方伯桓來，黄硯舫來。薄暮，與沈蘭舫步至孤山及平湖秋月，小坐而還。得彭麗崧書。

丙子，晴。汪柳門、汪芙青來，吴焕卿來，謝敏齋來，陳藍田來，章容士來。

丁丑，雨。入城拜客，見楊石泉中丞、盧五峰方伯、蒯士薌廉訪、靈蔚生都轉、高滋園都轉，林聽孫、梁敬叔兩觀察、許子喬，書局中施均父、黄元同、戴同卿、潘儀父、王松溪。又於汪芙青處見汪柳門、吴焕卿。是日，飯于敬叔處。上太恭人書，與壬甫兄書，與内子書。

戊寅，雨。高辛才丈來，梁敬叔同年來，姚少泉來。

己卯，招汪柳門、汪芙青、吴焕卿小飲于湖樓。唐藝耕觀察來，張仲甫丈來，陶曉城來。

庚辰，靈蔚生都轉來，陳伯敏太守來，謝敏齋來，沈祖香來，高辛才丈來。

辛巳，登舟還蘇州，泊唐西。

壬午，泊北雙橋。

癸未，雨。泊王江涇。

五月

甲申，晴。還蘇寓。得紹萊四月書，得康侯書，得曾劼剛、栗誠書，得王補帆書，得徐梧生書，得蔡芸庭書。

乙酉，許季蓉來，汪柳門來，蔡瑜卿來，張少渠來。上太恭人書，與壬甫兄書，與曾樞元中丞同年書，與孟蘭艇、沈蘭舫書。

丙戌，與紹萊書。得姚少泉書。蔡瑜卿來。

丁亥，朱鏡香來，江子平來。與許子喬書。得朱璞山書，復之書。許信臣前輩來。

戊子，出拜客，見應敏齋同年方伯、杜小舫廉訪、賈芸樵觀察、李薇生太守、許信臣前輩、汪柳門太史及周伯英甥女。得汪芙青書，得沈仲復觀察書。此己丑日事，誤記。

己丑，恩竹樵中丞來，應敏齋廉訪來，江小雲觀察來，陶芑孫來，江子平來。陸博泉來，沈少巖來。是日，閱定龍湖書院兩次課卷。

附記課題此庚寅日事：「子曰視其所以」兩章；賦得「柳塘春水漫」得「春」字；「然則吾子與管仲孰賢」；賦得「花塢夕陽遲」得「遲」字；「所惡於右」；賦得「松風含古姿」得「含」字。

庚寅，出拜客，見倪載軒、陳仲泉兩觀察、殷補經前輩、邵步梅、潘子浚、沈書森、胡魯山。與王星府書。與蔡月樵書。此辛卯日事。

辛卯

壬辰，陳仲泉、倪載軒兩觀察來，葛瑞卿來，汪少黼來，高雲山來，張少渠來。得壬甫四月十日書，有趙雨田、汪芙青書。得孟蘭艇書。與陳伯敏太守書，與許子原女婿書。

癸巳，雨。許季蓉來，江子平來。與孟蘭艇、沈蘭舫書、汪芙青書。

甲午，殷譜經侍郎來。

乙未，鄒蓉閣來，許康甫來，陸博泉來。

丙申，馮少渠來，朱鏡香來。得汪蓮府兵部書，得汪芙青書。蓮府書言胡笠青明府爲之先。容記於此，備忘也。

丁酉，雨。朱璞山來。

戊戌，雨。得周鶴庭書。

己亥，朱璞山來。與周鶴庭書，與李少荃相國書，與朱脩伯宗丞書，與孟蘭艇書，與汪蓮府兵部書，與汪芙青書。

庚子，雨。朱璞山來。出拜客，見何子貞前輩、馮少渠、鄒蓉閣。得王康矦女婿書。

辛丑，汪柳門太史來，趙幼卿來，張少渠來，邵步梅來。與許子原女婿及繡孫書。是日始晴。

壬寅，王君紹燕來。得壬甫兄四月廿七日書。

癸卯，惲小山太守來。汪少黼來，爲祖仁治疾。得汪柳門書，言瘦梅卒於京師。與汪芙青書。是日復雨。

甲辰，潘子浚來。與許子喬書，與孟蘭艇書。得王綬堂烝書。

附記：寄王綬堂書，由上虞崧鎮中街慶豐南貨鋪轉寄槎浦。

乙巳，與王康侯女婿書。

丙午，朱璞山來。得江子平書。

丁未，出拜客，見惲小山觀察。是日，邵步梅、鄒蓉閣招飲，與者許信臣、殷譜經兩前輩，吴子浚庶常。得高海垞書。

戊申，祝詠梅來，陳仲泉同年來。與孫省齋前輩、孫琴西同年兩觀察書，與戴子高書。

己酉，朱璞山來。

庚戌，朱璞山來，恩竹樵中丞來，汪柳門太史來，陸博泉來。得紹棻五月四日書。

辛亥，趙幼清來。

壬子，吴子晉庶常來。與王補帆親家書，上太恭人書，與壬甫兄書，與高滋園都轉書，與高海垞書，與姚少泉書，與蒯士香廉訪同年書，與王星府書。是日，應敏齋方伯、杜小舫廉訪招飲，與者吴子晉庶常、盛勖人觀察。

癸丑，杜小舫餽檇李。與紹棻書。朱鏡香來。

六月

甲寅，朱鏡香來。

乙卯，賈芸樵觀察來。

丙辰，賈芸樵觀察來，朱康甫來。

丁巳，何子貞前輩來。是日，閲定龍湖書院兩次課卷，寄菱湖。與王星府書。

附記：「小人不可大受而可小知也」；「翠乾危棧竹」得「乾」字；「必文」；「紅膩小湖蓮」得「湖」字。　倪宗寬、孫其泰、潘福謙、吴球、楊文□。「子曰魯衛之政」三章；「名流古集典衣買」得「衣」字；「七十而從心」至「子曰無違」；「僻寺奇花貰酒尋」得「尋」字。　魯聯輝、孫炳熊、施榮綬、孫亶、潘福謙。

戊午，張少渠來。得壬甫兄五月廿日書，得黄仲和書。

己未，閲定詁經精舍五月望課卷。

附記課題及内課十八名：「能研諸侯之慮」解；「九穀」先後鄭異義説；養老一歲或三或五或七考；《經典釋文》引《説文》今本所無者考；唐李皋製兩輪戰艦賦，以「翔風鼓疾若挂帆席」爲韵；詠蠹魚；何處堪消夏，用白香山《何處難忘酒》體。王士駿、吴光宸、張穎、王國楨、葛咏裳、張篤、黄家宸、史鑑、史致中、吴承志、馮松生，曹樞斗、屈元炘、沈鼎、周郇雨、嚴曾銓、王嘉猷、唐寅亮。

庚申，與孟蘭艇、沈蘭舫書，與許子喬書。

辛酉，與李少荃爵相書。

壬戌，與梁敬叔同年書。

癸亥，得王康侯女婿書。是日雷雨。

甲子，朱鏡香來。與何小宋制府書，與楊石泉中丞書，與孟蘭艇書。

乙丑，得魏稼孫書。是日雷雨。

丙寅，得許子喬書。

丁卯，得姚少泉書。趙雨田來，陸博泉來。是日雷雨。

戊辰，趙幼卿來。與少泉書、周鶴亭書，與族子謙甫書。

己巳，出拜客，見杜小舫廉訪、汪柳門太史、朱定甫、張少渠。與陳子壯書。

庚午，潘子浚來。得謝夢漁同年書，夢漁寓珠巢街兵科。

辛未

壬申

癸酉，與沈仲復觀察書，與沈蘭舫書。得王星府書。

甲戌，王馥卿來，鄒蓉閣來。得秦澹如觀察書。與王星府書，寄去龍湖書院六月望課卷。

附記課題及内課六名：「子貢曰諾」至「叔齊何人也」；「三月不知肉味」至「飲水」；賦得「蒲葵能得幾多風」；「屋漏」毛鄭異義辨；蟬哀知雪賦，以「若蟬之不知雪」爲韵；何計堪銷夏用白香山《何處難忘酒》體。　孫炳熊、潘福謙、岳麟書、龐光燦、倪宗寬、王國楨。

小課第一孫炳熊。

乙亥，陳少泉觀察來，丁紫巢來。得周鶴庭書，得紹萊六月初二日書。汪柳門太史來，金立甫來。得許子原書。

丙子，許康甫來。與李少荃相國書，與許子原女婿、繡孫女書，與紹萊書。

丁丑，出拜客，未見一人，遇雨。自丁卯以後，無日不雨，此以遇而書。

戊寅，張少渠來，沈昀卿來。出拜客，見應敏齋同年。

己卯，趙雨田來，陸博泉來，潘子浚來，江小雲觀察來。與王星府書。

庚辰

辛巳，張少渠來。出拜客，見恩竹樵中丞、汪柳門太史。上太恭人書，與壬甫兄書，與沈仲復觀察書，與孟蘭艇書。

壬午，與彭雪琴侍郎書。得何小宋制府書，得沈蘭舫書。

七月

癸未，葛瑞卿來。得壬甫六月十一日書，得陳子莊書，得蔡月嶠書，得張小舫書。

甲申，朱鏡香來。與孫琴西同年書，得琴西書。與沈蘭艇書，與蔡月嶠書，與許子喬書。汪柳門太史來。

乙酉，祝韵梅來，趙幼卿來，張少蕖來。

丙戌，得王松溪書。

丁亥，孫遠香來。

戊子，得王星府書。其夜大雨。

己丑，閱定龍湖書院七月望課卷。

附記課題：「子曰士志於道」一章；賦得「素琴對黄卷」得「琴」字；「非曰能之」；賦得「卧將琴作枕」得「琴」字。

庚寅，朱定甫來，馮少渠來。與楊石泉中丞書，與靈蔚生都轉書，與王星府書，與蔡月嶠書。

辛卯，趙雨田來，爲紹萊婦治疾。得王補帆同年書、高滋園都轉書、許子喬書、鍾桂溪書。

壬辰

癸巳，趙雨田來。與李黼堂方伯書。

甲午，與高滋園都轉書，與方子穎觀察書。得江子平書。

乙未，與沈蘭舫書。

丙申，榮履吉來。與王補帆書，與高滋園書，與鍾桂溪書，與江子平書。

丁酉，趙幼卿來。

戊戌，朱酉山大史來。與魏稼孫書，與王綬堂書。得梁敬尗同年書，復之書。與張仲甫丈書。

己亥，得蔡駿甫、沈祖香書，復之書。與楊石泉中丞、盧五峰方伯書。

庚子，沈耘卿來。

辛丑，童際庭觀察來，汪柳門太史來。

壬寅，潘季玉觀察來，孫君元超來，馮景庭前輩來。孫君字讓卿。

癸卯，慶敏齋同年來。得戴子高七月十三日書。

甲辰，得李少荃相國書，得章輪香書。與朱璞山書、江子平書。

乙巳，趙雨田來，治内子疾。得壬甫兄七月八日書。陶柳門來。

丙午，出拜客，見張子青制府、李質堂軍門、汪柳門太史、潘季玉觀察、趙雨田大令。得周鶴亭書，復之書。得汪芙青書。

丁未，蔡君國熊來。得張仲甫丈書。得蔡駿甫書，復之書。與高滋園都轉書。

戊申，劉茆孫來。得紹萊七月二日書。

己酉，張子青制府前輩來，余子虔來。得高滋園都轉書。

庚戌，復之書。葛瑞卿來，張少渠來。趙雨田、沈義民并來，治内子疾。與姚少泉書。

辛亥，汪柳門來。得姚少泉書、趙幼卿書。

壬子，上太恭人書，與壬甫兄書，與紹萊書，與許子原女婿及繡孫書，與施均父書。得王康俟女婿書，知錦孫於七月十四日舉一女。邵步梅來。

八月

癸丑，許叔清太守、許季蓉大令來。得沈蘭舫書。與王康俟女婿書。得朱伯華書。出拜客，見恩竹樵中丞、應敏齋方伯、沈書森太守、劉茆孫别駕。

甲寅，恩竹樵中丞來，沈書森太守來，馮已亭大令來。與朱璞山書，與朱伯華書，與崇地山侍郎書。

乙卯，葛瑞卿大令來。

丙辰，陸博泉來。得沈蘭舫書。

丁巳，任莪軒來。寄孟蘭艇書，寄孫琴西書。得孟蘭艇書，得陳桂舟書，得施均父書，得汪謝城書，得許子原女婿七月三日書，得姚少泉書。

戊午，陳少泉、倪載軒兩觀察來，許季蓉來。得嵇又任書。

己未，趙雨田來，治内子病。

庚申，得錢子密書。是日，閲定詁經望課卷，寄杭州。與孟蘭艇書、沈蘭舫書、姚少泉書、陳訏堂明府書。

附記課題及内課十八名：「陰騭」解；「日用丁巳」解；「應上公」解；《士昏禮》夫婦對席對饌考；盂蘭盆占寒燠賦，以「視盆所倒而占寒燠」爲韵；鷹祭鳥歌；涼風至、白露降、寒蟬鳴，或七律或詞均可。吴承志、屈元炘、孫爾昌、王家治、周郇雨、胡元鼎、王國楨、袁秉彝、陳殿英、沈鼎、王士駿、范許瑃、徐琪、張篤、史致中、張寶城、沈守敏、何海。

辛酉，余有疾，謝客。

壬戌

癸亥

甲子，蔡芸庭來。汪子和來，飯而去。朱鏡香來，貝潤蓀來，陶芑孫來，陶叔甫來。得王補帆同年書。

乙丑，出拜客，見吴平齋觀察、許信臣前輩、鄒蓉閣。得高海垞書。

丙寅，張振軒中丞來，潘芝岑來，陶柳門來。

丁卯，朱西山太史來，馮聽濤來。得彭雪琴侍郎書，得楊石泉中丞書，得孟蘭艇書。

戊辰

己巳，余有疾，謝客。

庚午，力疾出弔楊母祝淑人之喪。遂拜客，見恩竹樵方伯。趙雨田來，遂請其爲余處方。

辛未，高辛才丈來。得戴子高書，得沈蘭舫書。

壬申，沈問梅大令來。得潘伯寅侍郎書。與王補帆同年書，與高滋園都轉書。得金眉生廉訪書。

癸酉，許季蓉來，顧駿叔來。得顧子山觀察書，得王星府書。與鍾桂溪書，與蔡月嶠書。出拜客，見高辛才丈又江小雲觀察、趙雨田大令。得沈仲復觀察書。是日雨。

甲戌，殷譜經侍郎來。與潘伯寅侍郎書，與王星府書，與周鶴庭書。是日，閱定龍湖書院望課卷，寄菱湖。

附記課題：「逸民」一章；「暴未有以對也」。

乙亥，沈仲復觀察來，蔡三星舅來，瑜卿來，潘子浚來。與孫琴西同年書，與許子原女婿書。

丙子，江小雲觀察來。

丁丑，許季蓉來，馮少渠來，陶柳門來。得鍾桂溪書。

戊寅，應敏齋廉訪來，朱璞山來，徐花農來。是日雨。

己卯，汪柳門太史來。

庚辰，朱璞山來，汪少黼來，潘子浚來。與金眉生廉訪書。得高滋園都轉書。

辛巳，出拜客，見章際庭觀察、汪少黼大令、蔡瑜卿，又見周伯英甥女。張少渠來。上太恭人書，與壬甫兄書。

九月

壬午，朱璞山來。與顧子山觀察書。宗人伯成來。

癸未，馮少渠來，曾君表來。是日，閱定詁經精舍八月望課卷。

附記課題及内課十八名：古天子駕四駕六考；「納夏」「夏納」考；鄭康成有無《爾雅注》考；「萬章」稱「萬子」説；迎寒賦，以「仲秋夜迎寒亦如之」爲韵；觀濤歌；「八月載績」「八月其穫」，各賦五古一章；「八月剥棗」「八月斷壺」，各賦詞一首。金炳輝、吴光宸、吴承志、陳翰藻、張大昌、王士駿、葛詠裳、張篤、嚴曾銓、曹樞斗、史致中、陳殿英、施浴升、王國楨、周善溥、鄭佑泰、胡元鼎、孫瑛。

甲申，與孟蘭艇書。朱璞山來。得曹竹書書。

乙酉，趙雨田來。得姚魯卿書，得周鶴庭書，得王康侯女婿書。

丙戌，潘子浚來。與沈仲復觀察書，與江子平書，與曹葛民書。得紹萊八月六日書。

丁亥，汪柳門來，汪子和來。與紹萊書。

戊子，得朱伯華書。

己丑，吴君秉衡來，鈕叔裳來，鄒蓉閣來，吴彤雲觀察來。出拜客，見張子青制府、恩竹樵方伯、何子貞前輩、馮聽濤。

庚寅，恩竹樵方伯來，陳仲泉觀察來。

辛卯，梁梅灣來，張少渠來，劉茆蓀來。得壬甫兄八月六日書。

壬辰，馮少渠來，徐花農來，余子虔來，蔡瑜卿來。

癸巳，登舟如杭州。汪少黼來舟，小坐而去。過寶帶橋時，適新修，停舟登橋一遊。有關廟一區，頗清浄可坐，以所齎蟹數十枚縱而活之湖。遂行，泊吴江。

甲午，泊渡船浜，距平望十八里。

乙未，過烏鎮失道，泊徐家兜。

丙申，過新市登岸，至西栅，見鍾桂溪、蔡月嶠，飯於桂溪所。回舟已亥初矣，遂泊。月嶠來。與沈仲復觀察書。

丁酉，泊唐西。與内子書。姚魯卿來。

戊戌，日加辰，至杭州詁經精舍。沈蘭舫來。得祖仁婦十四日書，得壬甫兄八月十七日書，得子原及繡孫八月十一日書。

己亥，孟蘭艇來，陳桂舟來。與内子書。

庚子，入城拜客，見楊石泉中丞、盧五峰方伯、靈蔚生都轉、何青士觀察、高滋園都轉，秦澹如、梁敬叔、唐藝農三觀察、張仲甫，又金忠甫庶常、周鶴亭、姚少泉、潘儀父、許子喬及許八夫人、周仲英甥女。與李少荃伯相書，與王補帆中丞書。得何小宋制府書、趙幼卿書。

辛丑，唐藝農觀察來，姚朗山來，周仲英甥女來。

壬寅，蒯士香廉訪來，孫遠香、何君鏞、袁君之京來，高海槎來，章輪香來，許子喬來，姚少泉來。得戴子高夫人凌書。

癸卯，靈蔚生都轉來，高滋園都轉來，何青士觀察來，姚季眉明府來，潘鳳洲來。與趙幼卿書，得趙幼卿書。

甲辰，丁松生來，王渠城來。

乙巳，惲杏耘觀察來，姚伯庸來，沈祖香來，汪芙青與其兄女怡孫來，王君詠裳來。得祖仁婦二十日書，得朱修伯宗丞書，得王濟川書，得蔡瑜卿書。與内子書，與朱璞山書。

丙午，秦澹如觀察來，王清如觀察來，王星府來，周鶴亭來。上太恭人書，與沈肖巖書。

丁未，張仲甫丈來，金忠甫庶常來，鈕常華來，姚少泉來，孫遠香來。

戊申，劉游府開明來，吴祁甫來，沈子菉來，陳蘭洲來。是日，閱定九月望課卷，發監院校官榜示於門。

附記課題及内課十八名：《師》「貞丈人吉」解；「發中權」解；《春秋》譏二名説；「湆」「湇」二字正俗辨；「燕壺似燕鴨」賦，以「是鄭餘慶非盧懷慎」爲韻；秋色四詠：鳳仙、鷄冠、老少年、秋海棠；傅延年傳。

是日，又閲定龍湖書院望課卷。

附記課題：「子曰道不行」一章；賦得「巢冷無留燕」得「巢」字；「焉用佞子使漆雕開仕」；賦得「秋晴有殘蟬」得「殘」字。

己酉，胡笠青明府永卓來，孫遠香漁笙來，周君郇雨來。得補帆同年十四日書。與内子書，與恩竹樵方伯書，與蔡瑜卿書。

庚戌，許子緩來，談仲修、許子社、黃元同、吴祁甫來，黃硯舫來，汪洛雅來，宋湘亭同年來。得俞勁叔書。張韵梅來。

辛亥，陳伯敏太守來，濮少霞、周琳叔兩觀察來，闞瑞生來，孫漁笙來。與内子書，與王星府書，與馮聽濤書。得祖仁婦廿六書。

十月

壬子，梁敬叔觀察來，高海槎來。章輪香廣文來，且以其子授室，爲酒食觴余于精舍。得祖仁婦廿九日書、紹莱九月二日書。

癸丑，雨。謝芹香來。

甲寅，劉君開明來，汪芙青來，李君雲銜來。

乙卯，潘儀甫來，孫漁笙來。

丙辰，姚朗山來。與内子書，與汪柳門太史書，與王補帆書。得孫省齋方伯書。

丁巳，馮鐵花太守來。

戊午，入城拜客，見蒯士香廉訪、靈蔚生都轉、何青耜觀察，高滋園都轉、陳伯敏太守、馮鐵花太守、濮少霞觀察、劉錫光參將、汪芙青鹺尹，又至劉宅弔聽襄前輩之喪。得恩竹樵方伯書、方子穎觀察書、許康甫書。上太恭人書，與壬甫兄書。

己未，洪宜孫來。得祖仁婦初四日書，得吴焕卿書。汪芙青、吴畫郊來。

庚申，風雨。楊石泉中丞來。與吴焕卿書。

辛酉，與内子書，與方子穎觀察書，與陸存齋觀察書，與張少渠書。

壬戌

癸亥，高辛才丈來，姚少泉來，孫漁笙來。與陶叔甫書。

甲子，盧五峰方伯來，袁孝宰來。得王補帆同年書。與内子書。

乙丑，姚少泉來。得祖仁婦初十、十一日書，得紹菉八月四日書，得勒少仲同年書。是日，偕沈蘭舫泛舟至三潭印月，小坐，復進錦帶橋至德生庵，又觀秦皇繫纜石，石佛像已無存，但存巖石而已。又有古郡王廟所奉之神，桑姓諱憲保，字仲才，未知何神也。又至多子塔院三處，皆無可觀覽。惟居湖上五年，此一路遊屐所未到，故聊一遊耳。

丙寅，入城拜客，見高滋園都轉、梁敬叔觀察、周縵雲前輩，高辛才、濮少霞兩觀察，陳子莊大令、鈕常華，并周觀於兩浙昭忠祠。又至董宅，弔董君仁甫之喪。與王補帆中丞書，與王濟川書，與内子書。得祖仁婦十三日書，得繡孫及女婿子原九月廿三日書。

丁卯，高海垞來，孫漁笙來。與内子書，與紹萊書，與子原及繡孫書。得祖仁婦十四日書。

戊辰，劉錫光來，劉拙庵焞來。與表姊伯蘭書。

己巳，汪芙青來。得祖仁婦十六日書，知内子病。

庚午，汪芙菁來。與内子書。

辛未，登舟還蘇州，泊唐西。與族姪謙甫書。

壬申，泊斗門。

癸酉，聞四鼓，即發。期是日至蘇，而逆風不能行，泊平望。夜大雨。

甲戌，還蘇寓。

乙亥

丙子，鄒蓉閣來，張少渠來，潘子浚來，趙雨田來，胡魯山來。得潘儀父書，得姚少泉書，得周小雲書，得沈蘭舫書。

丁丑，出拜客，見張振軒中丞、恩竹樵方伯、李薇生太守、許信臣前輩、季蓉明府、潘子浚、趙雨田、劉茆孫。與潘儀甫書，與沈蘭舫書，與姚少泉書，與周少雲書。得姚訪梅書、伯庸書。得周子雲書，得沈蘭舫書。劉茆孫來。

戊寅，出拜客，見何子貞前輩，杜小舫、吴退樓兩觀察，惲小山觀察。

己卯，張振軒中丞來，陳少泉觀察來，馮少蕖、丁紫巢兩明府來，惲君頌孫來，馮聽濤來，趙幼卿來，蔡瑜卿來。與蘭舫書、蔡月嶠書、鍾桂溪書。

庚辰，張子青前輩制府來，潘玉泉觀察來。得戴子高書。與姚訪梅書、姚伯庸書。附記：伯庸住嘉興南門大街餘慶堂。

辛巳，出拜客，見張子青制府前輩、李質堂軍門、張少渠及周伯英甥女。上太恭人書，與壬甫兄書，與戴子高書，與潘儀甫書，與王康矦書。得壬甫兄十月七日書、高滋園都轉書、王補帆同年十月十二日書、許子喬書、汪芙青書。芙青告知奉檄赴温州雙穗鹽局緝私。

十一月

壬午，汪柳門太史來，倪載軒觀察來，葛瑞卿、金立甫、張少渠來，陶芑孫來。得壬甫兄九月望日書。

癸未，應敏齋廉訪同年來，趙幼卿來。得孟蘭艇書。沈書森太守來。

甲申，葛瑞卿來，潘子浚來。得蔡芸庭書。

乙酉，恩竹樵方伯來，沈少巖來，柳質卿來。得沈蘭舫書。是日，閲定詁經精舍望課卷。

附記課題及内課十八名：「純離爲牛」解；「不履閾」解；「吾與點也」説；殺矢、戈戟異齊同工説；金鯽魚賦，以「我識南屏金鯽魚」爲韵；紅葉、黄葉，不限體韵；九里松訪寶大二年觀音尊勝幢，七古一首。　吴承志、王國楨、黄家宸、胡元鼎、嚴曾銓、鍾樾、袁秉彝、盛越、史鑑、許郊、屈元炘、沈豫、孫瑛、李炘、鈕承棨、陳浚、施浴升、沈鼎。

丙戌，英茂文觀察來，陳子莊來，吴時山來。與孟蘭艇書，與沈蘭舫書，與如冠九前輩書。得蘭舫書，得章輪香書。是日，閲定龍湖書院課卷：「使者出子曰使乎使乎」；賦得「觀書鄙章句」得「君」字；「不億不信」；賦得「衆山亦對窗」得「窗」字。

丁亥，出拜客，見張振軒制府、恩竹樵中丞、英茂文觀察。得王康侯女婿十月五日書。

戊子，張振軒制府來，恩竹樵中丞來，潘子浚來，趙雨田來，吴時山來，夏超墅來。得戴子高書。與王康侯書，與孟蘭艇書，與章輪香書。得許子喬書。

己丑，李眉生廉訪來，杜小舫觀察來，俞雲谿來，馮少渠來，張少渠來。與戴子高書。得王綬堂書。附記：王書寄崧鎮慶豐南貨舖轉交。

庚寅，張少渠來，陸博泉來，蔡瑜卿來。得汪芙青書，得姚少泉書，得沈蘭舫書，得江子平書，得徐蕖生書，得蔡芸庭書。與蔡芸庭書。

辛卯，是日之事誤繫庚寅。

壬辰，馮少渠來，吴時山來，胡魯山來。與孫琴西同年書。得紹萊十月廿四日書。

癸巳，鄒蓉閣來，汪少黼來。得汪芙青、胡苙青書。苙青告知委辦衢州府清湖釐務。與沈仲復觀察書，與沈蘭舫書。

甲午，陳子莊來，吴時山來。與許子喬書。與如冠九前輩書，即丙戌書也，由蘭舫寄還，易數語，寄子喬轉達。

乙未，潘子浚來，朱璞山來，馮聽濤來。得周鶴庭書。

丙申，江小雲觀察來，葛瑞卿來，張少渠來，陶柳門來。與蔡月嶠書，與周鶴庭書，與紹萊書。

丁酉，吴子郊庶常浚宣來。子郊亦字紫菽，問業於先舅氏姚平泉廣文者也。趙雨田來，趙幼卿來，孫讓卿來。與許子原女婿及繡孫書。得俞勁叔書。

戊戌，朱璞山來。

己亥，趙雨田來。得魏稼孫書。與沈旳卿書。

庚子，許康甫來，朱璞山來，朱鏡香來。得壬甫兄十一月二日書。與江子平書。

辛丑，馮少渠來，張少渠來。得許子社書，得許子喬書。

壬寅，張振軒制府來，朱璞山來，吴又樂來，馮聽濤來。與黔撫曾樞元同年書。

癸卯，出拜客，見李薇生太守、朱璞山、趙雨田、孫讓卿。弔陳太夫人之喪。貝潤孫來。

甲辰，朱璞山來，沈書森來，邵步梅來，顧駿叔來，蔡瑜卿來。

乙巳，暴君式昭來，乃同年暴大儒字梅邨之孫也。汪少黼招飲。

丙午，沈書森來，鄒蓉閣來，陳子莊來。

丁未，杜小舫觀察來，費又亭觀察來，楊太守永杰來，江少渠來，江子平來。是日，閱定詁經精舍望課卷。楊太守字卓庵。

附記課題及内課十八人：「飛遯」解；「歸異出同流」解；「使乎使乎」解；《周禮》注「風別」解；兒童冬學賦，以「據案愚儒卻自珍」爲韵；冬舂，冬釀，黄棉襖歌。史鑑、吴承志、徐鳳苞、王國楨、沈鼎、陳德咸、龔啓蘅、張實城、黄家宸、戴穗孫、衛梓材、許郊、許康濟、林真、屈元炘、章廷楨、張篤、許章燕。

戊申，微雨。出拜客，見恩竹樵中丞、杜小舫觀察。

己酉，晴。沈書森來，金苕人來，許季蓉來，江子平來。與孟蘭艇書。吳時山來。是日，閱定龍湖書院望課卷：「古者易子而教之」；賦得「寒谷待吹律」得「寒」字；「卿不同乎」；賦得「山明望松雪」得「松」字。

庚戌，陸費太守來，朱仲梧來，姚伯庸來。與丁松生書，與沈蘭舫書，與姚魯卿書。得程君祚昌書，乃門下士程令儀之子也。

十二月

辛亥，劉茆孫來，徐花農來。上太恭人書，與壬甫兄書，與王康矦女婿書，與高滋園都轉書。

壬子，暴方子式昭來。得孫琴西廉訪同年書，與琴西書，與張振軒制府書，與戴子高書。

癸丑，出拜客，見葛瑞卿。又至吴又禄寓，祝其母胡恭人壽。得王補帆親家書，得王康矦女婿書。

甲寅，趙幼卿來。與許子喬書，與王康矦書。

乙卯，出拜獅林寺，弔陳仲泉同年母湯太淑人之喪。是夜大風。

丙辰，雨雪。

丁巳，彭雪琴侍郎來。得吳桐雲觀察書。

戊午，暴方子來。與王補帆閩撫書，與高滋園都轉書，與鍾桂溪書，與沈蘭舫書。得子原婿及繡孫十一月初五日書，得壬甫兄十一月廿五日書。

己未，吳退樓來。得吳祁甫書。得蔡月嶠書，與之書。得高滋園觀察書。

庚申，童際庭觀察來，張少渠來，孫漁笙來。與高滋園書，與彭雪琴侍郎書，與沈蘭舫書，與五表妹書。

辛酉，雨。應敏齋方伯來。得周鶴庭書。

壬戌，孫漁笙來。得丁松生書。與高辛才丈書。

癸亥，得紹萊十一月初六日及十四日兩書。

甲子，大雨雪。高辛才丈來。得沈仲復觀察書。得鍾桂溪書，復之書。與周鶴庭書。

乙丑，恩竹樵中丞來，馮少渠來，朱公赤來。與沈仲復觀察書，與孫漁笙書。

丙寅，晴。朱璞山來，趙雨田來。得汪謝城書，得蔡月嶠書。

丁卯，大雨雪。出，至鼎泰錢店，見其筦事人陸君。與蔡月嶠書，與紹棻書。使沈貴至新市。

戊辰，得姚少泉書，復之書。與蒯士薌廉訪書。得高滋園都轉書。與吴彤雲觀察書。顧如田來，視祖仁疾。

己巳

庚午，沈書森來。

辛未，得江子平書。

壬申，得蔡月嶠書。得沈蘭舫書，得許子喬書。沈貴至自新市。張少渠來。上太恭人書，與壬甫兄書。

癸酉，朱璞山來。得曾樞元黔撫書。

甲戌，朱璞山來，鄒蓉閣來，趙幼卿來。得孟蘭艇書。其夜祀神。

乙亥，出拜客，見恩竹樵中丞、朱璞山。與楊石泉中丞書，與彭雪琴侍郎書。暴方子來。

丙子，朱璞山來，趙幼卿來，顧如田來。與李少荃相國書，與孫省齋方伯書。

丁丑，出拜客，未見一人。恩竹樵中丞來。得謝敏齋書。

戊寅，勒少仲廉訪同年來，張少渠、馮少渠來。得崇地山侍郎書。

己卯，得李少荃爵相國書。暴方子來。

庚辰，張少渠來，馮聽濤來。得紹萊十二月二日書。是夕，敬縣先高祖以下畫像，設祭行禮。是歲，余行年五十有二，寫定先祖南莊府君《四書評本》付梓。吾家自元末即居烏巾山之陽，潛德不耀。至南莊府君砥學礪行，子孫食其舊德，始稍稍振起。此書已垂及百年，卒顯於世，亦所謂「遠而彌芳，久而彌光」者乎？追惟祖德，爲之憬然。

同治十二年 太歲陽在昭陽，陰在作噩。

正月小盡　辛巳朔　畢陬
二月小盡　庚戌朔　橘如
三月大盡　己卯朔　修病
四月小盡　己酉朔　圉余
五月大盡　戊寅朔　厲皋
六月小盡　戊申朔　則且
閏月大盡　丁丑朔
七月大盡　丁未朔　窒相
八月小盡　丁丑朔　塞壯
九月大盡　丙午朔　終玄

十月大盡　丙子朔　極陽

十一月小盡　丙午朔　畢辜

十二月大盡　乙亥朔　橘涂

正月

辛巳，晴。張少渠來，馮聽濤來。其餘不見例不書。

壬午，杜小舫觀察來，陸博泉來。

癸未，沈昀卿來。

甲申，出拜客，見恩竹樵中丞、江小雲觀察。其餘不見例不書。得彭雪琴侍郎書。

乙酉，姚穀孫來，穀孫自去年之春學賈於唐仁豐之綢肆。其去也，余在閩，故失書，其後頻來，亦失書，兹補書之。與彭雪琴侍郎書，與沈蘭舫、孟蘭艇書，與高滋園都轉書。

丙戌，出拜客，見王星墀。與蔡月嶠書。

丁亥，汪柳門太史來，觀傀儡之戲。

戊子，陶柳門來。得王補帆同年十二月十三日書，得高滋園都轉書，得梁敬叔觀察書。得朱象瞻書，朱名徵吉，自云少居歙縣，得見先大夫，殆不甚足據，其書爲胡理齋綬清説項，更不知何許人也。與江子平書。是日，周伯英甥女來。

己丑，朱璞山來，蔡芸庭來。得姚少泉書，復之書。與高滋園都轉書，與王補帆同年書。得孫漁笙書。得戴子高書，子高言其叔母仲蘭外姊之棺厝於德清銘道基，問蔡氏名亭者可得其處。蔡君已物故，其子寅初茂才知之。「銘道基」實明道居。

庚寅，葛瑞卿來。是夕，招朱璞山及其第三子叔摺及蔡芸庭、張小渠小飲于春在堂。

辛卯，出拜客，見勒少仲同年廉訪。得許子喬書、許子原女婿及繡孫十一月二十九日書，得沈蘭舫書。

壬辰，與沈蘭舫書。得彭雪琴侍郎書，得胡笠青自衢州清湖鼇局書，得王濟川自湖州西門鼇局書，得趙舜卿晃州書。其夜雨。

癸巳，雨。得江子平書。

甲午，與沈蘭舫書，與胡笠青書。

乙未，上太恭人書，與壬甫兄書。朱璞山來。

丙申，出拜客，見許信臣撫部前輩、朱璞山。得壬甫兄十二月二十日書，得高滋園都轉書。

丁酉，得兄子黼堂、履卿十二月廿九日書。與壬甫兄書。

戊戌

己亥，與兄子黼堂、履卿書，與丁松生書。

庚子，與彭雪琴侍郎書，與沈蘭舫書，與鍾桂溪書。沈昀卿來。

辛丑，劉華軒副將來。得張振軒制府書，即復之書。得周小雲書、關瑞生書、沈蘭舫書。

壬寅，恩竹樵中丞來，朱璞山來，胡魯山來。得杜小舫觀察書。與顧子山觀察書，與英茂文觀察書。

癸卯，孫讓卿來，暴方子來。與周小雲書，與沈蘭舫書。

甲辰，朱璞山來，汪柳門來，潘季玉來，丁紫巢來，張少渠來。與紹萊書，與姚訪梅書。得沈蘭舫書，得汪六夫人書，得汪芙青温郡後垟鹽局書。

乙巳，勒少仲同年廉訪來，吴退樓來。得鍾桂溪書，得沈蘭舫書。

丙午，朱璞山來。

丁未，雨。趙雨田來，張少渠來。是夜始聞雷。

戊申，雨。與梁敬叔同年書，與沈蘭舫書。

己酉，晴。吴瓣香來。

二月

庚戌，上太恭人書，與壬甫兄書。朱璞山來。

辛亥，出弔倪太夫人之喪。遂拜客，見劉華軒副將、朱璞山。得沈仲復觀察書，得江子平書。潘觀察其鈐來，字莘田。

壬子，與張振軒制府書，與吴冠瀛書，與沈仲復觀察書，與紹萊書，與子原女婿及繡女書。得沈蘭舫書，得彭雪琴侍郎書，得潘儀父書，得施均父、陳蘭洲書。勒少仲同年來。

癸丑，與潘儀父書，與梁敬叔同年書，與沈蘭舫書，與如冠九前輩書。是日，登舟如上海，泊崑山。

甲寅，泊黄渡。

乙卯，至上海，宿于也是園湛華堂。賈雲階、鄭蓮君來，葉梅齋來。

丙辰，出拜客，見沈仲復觀察、劉芝田觀察、劉融齋前輩、王竹筷同年，飯于仲復所。遂至文廟敬觀習儀，以明日丁祭，故先習之也。得蔡駿甫書，得繡孫女書。與內子書。

丁巳，劉融齋前輩來，沈專三壬昌司馬來，葉顧之廷眷大令來，楊見山來，劉芝田瑞芬觀察來，黃純安錫蕃來，嚴伯雅錫康來，李少雲曾祐來，孫讓卿元超來，李生安曾、張生剛、蘇生紹基來。是日，吳彤雲觀察餽肴核，即留讓卿與其飡而去。王竹侯同年來。與蔡駿甫書。陶柳門來。

戊午，沈仲復觀察來，韓小波廣文來，許君之璟來，周鐵珊庶常晉堃來，葉梅齋春榮來。

己未，開課。沈仲復觀察、王竹侯方伯、韓小波廣文、賈雲階典簿均來。得祖仁婦書，得王補帆閩撫書，得高滋園都轉書。上太恭人書，與壬甫兄書，與陸存齋書，與許崑士書，與內子書。是日，書詁經精舍額，交沈觀察製扁縣於門，改所居湛華堂爲樸學齋。

庚申，出弔於鍾氏。遂拜客，見陶柳門、姚静巖。柳門招至市樓小飲，陸子如俱。得王康侯書，知與錦女同至吳下厲廬。得沈蘭舫書。與姚訪梅書，與王補帆同年書，與高滋園書，與內子書。葛子源來。

辛酉，風雨。得江子平書，得徐蕖生書，得潘儀父書。與內子書，與王康侯女婿書。

壬戌，吳桐雲觀察來。是日，閱定詁經精舍二月課。其夕，沈仲復觀察招飲于其署齋之絜園。

附記課題及内課廿四名：「每懷靡及」解；《春秋》二三月書王説；「伯益」「伯翳」是否一人考。　曹標、黄宗起、嚴良勳、朱駿、秦贊堯、劉至健、沈起元、張楨、童寶書、王煥星、馮純壽、曹毓銑、瞿慶元、朱林、郁鍾淦、宋光恩、朱樟、吴鍾史、沈祥龍、宋書升、袁康、王增禧、汪壽椿、徐頌增。

癸亥，至鐵廠，拜馮竹儒觀察，留飲于其局中歸厲園，洋鐘九下矣。是日，劉融齋前輩來，姚静巖來。得康矦女婿十三日書，得合肥相國書，得吴冠英書。

甲子，馮竹儒觀察來，賈孝廉勛來，謝芹香來，杜小彌文溥來，曹樸齋標來。與内子書。其夕，賈雲階典簿招飲于南園之太乙蓮舟。

乙丑，謝芹香來。劉芝田觀察招飲。

丙寅，得王康矦女婿書，得張振軒中丞書。劉融齋前輩招飲于一粟庵。嚴子猷良勳來，吴芳柏鍾史來。其夕，王竹鷗同年招飲。是日，朱子京庶常佐治來。

丁卯，出拜客，見劉芝田觀察、劉融齋前輩、王竹鷗同年。沈仲復觀察來，謝芹香來，姚静巖來，張子岡來，王紫明煥星來。與内子書。

戊辰，劉融齋前輩來，潘子浚來，陶柳門來，鍾子勤來。出拜客，見張子岡、孫讓卿、潘子浚。其夕，沈仲復觀察招飲于其衙齋，馮竹齋觀察俱。

己巳，沈仲復、馮竹儒兩觀察來。出拜客，見沈、馮兩觀察。竹儒留飲其局中。

庚午，賈雲階來。是日，登舟回蘇州，泊張家涇。雨。

辛未，雨，旋霽。泊陸家浜。

壬申，遲明風雨，旋霽。以風不順，行十餘里，泊千墩。

癸酉，大雨。帆風行，至蘇寓。見康侯女婿及錦女。得滋園都轉書，得張嘯山、唐端甫書、許子喬書。

甲戌，張少渠來，朱叔梧來。得高滋園書，得潘儀甫書、沈蘭舫書。與張振軒中丞書、梅筱巖方伯書，沈仲復、馮竹儒兩觀察書。與王星府書。

乙亥，與王補帆同年書，與高滋園都轉書，與繡女書。出拜客，見恩竹樵中丞，應敏齋方伯、勒少仲廉訪兩同年，杜小舫觀察，吴平齋觀察，張少渠甥婿及周伯英甥女。

丙子，趙雨田來，陳子莊來。得謝芹香書。與潘芝岑書。謝書寄上海鹹瓜街裕昌參號轉交。

丁丑，許信臣前輩來，勒少仲同年來，朱璞山來，史華樓來。與戴子高書，與張嘯山書、唐端甫書，與謝芹香書。得正月十七日壬甫兄書，黼堂、履卿書。得紹萊二月二日書。壬甫兄告知由本任加四級請二品封，紹萊亦稟知由道銜加三級請二品封，皆覃恩也。兄請封上及天因府君，紹萊請封上及南莊府君。

戊寅，恩竹樵中丞來，杜小舫觀察來，朱璞山來。與沈仲復觀察書，與王竹侯同年書，與許子原女婿書。得王星府書，得蔡芸庭書。王竹侯住上海西喬家浜。

三月

己卯，出拜客，見許信臣撫部前輩、劉卯孫、朱璞山、張少渠、趙雨田。

庚辰，暴方子來，沈少齋來。得蔡月嶠書。與沈蘭舫書。

辛巳，勒少仲同年來。與蔡月嶠書。

壬午，許季蓉來，陳子莊來，趙雨田來，馮聽濤來，徐花農來，朱璞山來。與紹萊書。勒和旃來，偕往見趙小峰，遂與同看幽蘭巷之屋。

癸未，吴時山來。出拜客，見朱璞山。

甲申，至張少渠處小坐。遂登舟如杭州，泊八尺。

乙酉，泊烏鎮。是日，閱定清溪書院二月望課卷。

附記題目及超等十二名：特等十名，前亦有花紅童生。正次八名中取五名，前亦有花紅。「子貢曰夫子自道也」合下一章；賦得「風輕粉蝶喜」得「輕」字；「若夫豪傑之士」；賦得「花暖蜜蜂喧」得「喧」字。高椿年、沈霦、沈蔚林、沈師錫、沈汝昂、袁乃欽、錢元璋、俞鴻藻、虞紹唐、沈思榮、陳冠群、徐士騏。

丙戌，至新市，登岸，見蔡月嶠、蔡駿甫、鍾桂溪。晚飯而歸，遂泊。

丁亥，過唐西。與內子書。日加酉，至詁經精舍。

戊子，彭雪琴侍郎來，遂同飯于樓。其暮，監院沈蘭舫、陳竹川以是日開課，具酒食，復招侍郎與俱。上太夫人書，與壬甫兄書，與內子書，與王補帆同年書，與伯蘭外姊、幼蘭外妹書。得補帆書。

己丑，入城拜客，見楊石泉中丞、盧五峰方伯、蒯士香廉訪，何青士、秦淡如、梁敬叔、吳引之四觀察，高滋園都轉，金忠甫庶常、沈蘭舫、許子頌、黃元同、施均父、孫子佩太守、許子祥、姚少泉及許八夫人、三多外孫女。歸遇風雨。與王補帆同年書。是日，知戴子高卒於金陵。

庚寅，雨。得壬甫兄二月初十及二十日書，得王竹矦同年書，得張嘯山、唐端甫書，得許崑士書，得祖仁婦書，得王星府書。陳子平、陳珊屏、徐昆山來。梁敬叔餽肴核。

辛卯，晴。楊石泉中丞招同彭雪琴侍郎遊雲樓，酒肉與蔬果雜陳。侍郎即席賦詩，余及中丞均有作，清談極歡。歸途復至六和塔下觀噴月泉，讀宋開寶年碑。

壬辰，入城拜客，見靈蔚生都轉，王清如、濮少霞、高辛才三觀察，梁寶卿大令琛。寶卿乃河南河内人，余視學所取士也。是日，唐藝農觀察招飲，與雪琴侍郎俱。得孫讓卿書。

癸巳，唐藝農觀察來，吴冠英來，許子頌來，陳耐庵、孫漁笙來，馮孟香來，孫君爾昌講修來，章輪香來。與内子書，與勒少仲書，與唐端甫、張嘯山書。得康矦十一日書，得祖仁婦十三日書，得許子原女婿及繡孫書。

甲午，微雨，旋霽。招雪琴侍郎作湖舫竟日之遊，沈蘭舫俱。其夕，閱定龍湖書院三月朔望課：「子貢曰夫子自道也」合下節；賦得「風輕粉蝶喜」得「輕」字；「若夫豪傑之士」；賦得「花暖蜜蜂喧」得「喧」字；「子曰士志於道」一章；賦得「高低桃錦紅相倚」得「桃」字；「必察焉衆好之」；賦得「輕重榆錢緑未匀」得「榆」字。

乙未，何青士觀察來，金忠甫庶常來，鈕常華來，陶曉城别駕來，丁溓甫學使同年來。王眉叔、黄元同、周潤卿來，姚少泉來，周少雲、子雲來，周篤甫來。得黔撫曾樞元同年書。高滋園都轉餽肴核。

丙申，入城，送吴曉帆方伯之葬。遂拜客，見高滋園都轉、杜蓮衢、丁濂甫兩同年，飯于蓮衢所。魏性之本存來，得魏稼孫書。

丁酉，雨。姚少泉來。彭雪琴侍郎饋漢米，云湖北半壁山崩，得米甚多，色黑而小，捻之即成粉，覆以甎，甎有「吴國江防」字，相傳爲吴魯肅屯軍糧處也，其米可治痢疾云。是日，閲定詁經精舍二月望課卷：《詩》序「太平君子」解；「簪，勤也」解；「閔子馬」「閔子騫」是否一人考；「庚弓」之「庚」讀爲「庚」説；相如入室賦，以「賈誼升堂相如入室」爲韵；擬恭進皇上龍飛親理萬幾頌。

胡元鼎、馮一梅、范許瑃、吴敬基、劉芬、吴承志、黄以恭、黄家辰、嚴曾銓、陳翰藻、史鑑、吕聰、梁葆仁、張濬、汪行忠、陳殿英、顧廷燮、吴俊卿。

戊戌，惲杏耘觀察來，唐墨齋來，周小雲來，潘鳳洲來，許子社來，梁西園、張雲渠、范璞臣、陳珊屏來。得沈仲復觀察書、姚訪梅書、陸存齋觀察書、蔡芸庭書、大兒婦十八日書。是日，孟蘭艇以嫁女餽酒食，即招沈蘭舫、陳竹川兩監院同飲。與伯蘭外姊書，與劉芝田觀察書。

己亥，入城拜客，見蒯士香廉訪、靈蔚生都轉、許子祥及許八夫人、三多外孫〔一〕。與吴焕卿書，與魏稼孫書。是日，丁濂甫同年學使招飲，杜蓮衢侍郎俱。

庚子，談仲修來，王松溪來，鍾桂溪來，施君浴升、吴君俊卿來。上太夫人書，與壬甫兄書，與内子書，與王星府書。陳桂舟來。

辛丑，高辛才丈來，王星府來。

壬寅，沈蘭舫、陳竹川兩廣文招作山中之游。自精舍乘籃輿先至龍井，寺已久廢，但有土神祠，亦無可觀。其旁有山農戚姓者，延入小坐，瀹茗待客絶佳。遂買茶葉少許而行。過九溪十八澗，清流一綫，曲折下注，虢虢作琴筑聲。四山環抱，蒼翠萬狀。余與沈、陳兩君下輿步行，履石渡水者十餘次，《説文》所謂「砅」也。遂至理安，有精舍三楹，老僧具伊蒲饌飯客。飯已別僧，行游煙霞、水樂、石屋〔二〕三洞。煙霞洞頗深邃，前洞奉佛像，後洞偪仄殊甚，有純陽真人像。水樂洞不甚寬，且地濕，不能久立，但水聲可聽耳。石屋洞軒敞如大屋，洞後有穴，上寬

〔一〕孫，下疑有「女」。
〔二〕屋，原作「室」，據《春在堂隨筆》卷六及下文改。

下窄，如螺形，署曰「滄海一螺」。兩旁拾級而升，右曰石樓，左曰石別院。石樓之前有一穴，日光穿漏，可容二筵，劉玉坡制府題曰「甕雲」。徘徊久之，始去。至虎跑泉，啜茗而歸。得康侯女婿廿二日書，有補帆親家書、暴梅邨同年書、顧子山觀察書。

癸卯，姚少泉來，手民鄭伯申來。得周少雲書，即復之書。

甲辰，楊石泉中丞來，陶曉城來，黃質文來，徐守銘克恭來。

乙巳，雨。高辛才丈、葉貞甫爾安來。與内子書，與王康侯女婿書，與暴梅村同年書。得王補帆同年三月十六日書，得蔡駿甫書。是日，閲定詁經精舍望課卷：

「示我周行」解；大夫祭五祀、祭三祀説；《春秋》二三月書王説；「伯益」「伯翳」是否一人考；疑訟令射賦，以「令下而人皆習射」爲韵；黄鶯笥歌；西湖裏六橋贊環碧、流金、卧龍、隱秀、景行、濬源。

王國楨、胡元鼎、馮一梅、林之豪、嚴曾銓、黄家辰、汪行忠、張濬、吴承志、查光華、陳殿英、孫瑛、孫庚揆、周善溥、許郊、屈元炘、程克振、張芝孫。

丙午，孫漁笙來，吴香補來。

丁未，盧五峰方伯來，吴引之、秦澹如兩觀察來，孫子佩太守來，吴祁甫來，姚少泉來。得二十五日紹萊婦書。與幼蘭外妹書。是日，閲定清溪書院三月望課卷：

「子曰士志於道」一章；賦得「高低桃錦紅相倚」得「桃」字；「必察焉衆好之」；賦得「輕重榆錢緑未匀」得「榆」字。陳冠群、高椿年、徐士騏、倪康年、趙之楨、胡槐森、陳瑞春、蔡兆驤、沈烈祖、黄文升、黄裔升、仲調璽、陳熙傑、蔡殿掄、徐鋒、金在鎔。童生正取十二名不録。

戊申，閲定五湖書院三月望課卷。蒯士香廉訪同年來，孟蘭艇、陳桂舟來，琦兄范允茂甥來。是日，得康侯書，由蘇厲專人來，驚悉壬甫兄於三月十七日巳刻卒於福寧郡署。與蔡駿甫書。

四月

己酉，梁敬叔觀察來，余古香太守來，姚少泉來，許子祥來，高海槎來。與沈仲復觀察書，與王星府書，與蔡月嶠書，與朱璞山書，與勒少仲觀察同年書，與内子書。得康侯書。又與内子書，與伯蘭外姊書。

庚戌，余如福寧，自精舍度西湖，登肩輿，度錢唐江，至西興，買舟而行。過錢清，已暮矣。是日命余德回蘇。與内子書。其日微雨，旋霽。

辛亥，遲明過紹興，日加未至蒿壩，于任宫賣牙行易船行，泊張家步。其日時有微雨。

壬子，晴。至山樹潭，水淺不可舟，輿而行，至嵊縣。與蒯士香同年書，與內子書。

癸丑，籃輿發嵊縣，飯于新昌縣郭外，宿于斑竹。

甲寅，微雨，旋霽。行經天姥山下，有天姥寺，小憩即行。飯于逆旅，不知地名，或曰五嶺，遂至天台縣，賃一葉小舟而宿。

乙卯，黎明即發，風不順，距台州二十里許而泊。

丙辰，過台州，見陳鹿笙太守，飯于其署齋。遂同至東湖書院，見山長陳竹泉孝廉，與俱登弟庵嶺，遲至郡齋而飧焉。太守送至舟，爲易舟，并飭紀綱及親兵護之行。是日，與蒯士香廉訪書，與內子書。

丁巳，過黃巖，孫明府憙字歡伯，留宿于其署齋。王蕖城孝廉、王吉人明經俱來見。因與孫明府、王孝廉同至九峰書院，見王子莊山長；又至委羽山觀，道書所謂「空明洞天」。與內子書。是日，定議由黃巖坐肩輿徑至福寧。

戊午，以治行未具，留黃巖，三王君皆來。其暮，蕖城孝廉招至廣文書院，與孫明府同飯。廣文書院以奉鄭虔，故名。虔曾爲台州司户也。

己未，發黃巖，歡伯明府、蕖城孝廉均送至城外，茶話于朱子祠而別。飯於白墺，其莫至于大荆鎮，宿于樂清丞黄君吉士之署齋。是行，孫明府具車徒送余行。

庚申，飯于虹橋，宿于樂清縣郭外。

辛酉，飯于管頭埠，乘舟溯甌江而上，至于温州府。遂登夜航船而行。是日，遣台州太守之送者歸。與鹿笙太守書，與蒯士香廉訪書，與靈蔚生都轉書，與内子書。

壬戌，平明，至瑞安縣，度飛雲渡，乘小舟至平陽，飯于逆旅。使人告知縣方大令，往來送及于途，相見于道旁神廟，爲具舟送至錢倉。又逾蕭家渡而宿。是日，雷雨間作。

癸亥，過琳溪，去歲壬甫兄使人來迎處也。風景不殊，曷勝泫然。飯于橋墩門。暴雨，度分水關，至半嶺塘而宿。

甲子，過福鼎縣，舟行至倪家地，飯焉。宿白琳。

乙丑，飯于蔣洋，宿于楊家溪。是日，使人以書告兄子黼堂、履卿。

丙寅，飯于棗坑。大雨。至福寧府，于試館謁見太夫人，哭于先兄中憲君之靈，見諸子諸婦。是日，霞浦令程九希迎于郭外。回憶去歲來此，不勝風景不殊之感。

丁卯，程九希大令來。出拜客，見徐少青、曼迪齋兩太守及程大令。是日，遣黄巖之輿者歸。與孫歡伯明府書，與内子書。得王補帆同年書。

戊辰，宋魁五總戎來，徐少青太守來，曼迪齋太守來，上官榦臣同年來，王友梅來，胡松亭遊府來。與王補帆中丞三書，與潘蔚如方伯書，與高滋園都轉書，與內子書二。

己巳，程九希大令來，爲太夫人處方而去。與傅星源觀察同年書。是日，距先兄之歿三十五日矣，釋氏所謂五七之期也，爲營佛事資冥福。

庚午

辛未，與王補帆中丞書，與內子書。出拜客，見宋魁五總戎、徐少青太守、胡松亭協鎮。

壬申，程九希大令來，許君元祉來，陳崑石來。與裕澤生觀察書。

癸酉，晴。奉太夫人發福寧。宋魁五總戎、徐少青太守、胡松亭協鎮、程九希大令及郡中文武官均出郭送，茶話而別。飯于河平，宿楊家溪。

甲戌，飯於蔣洋，宿白琳。

乙亥，至倪家地，乘舟至福鼎。黄星槎大令迎于郭外，遂入宿于桐山書院。出拜客，見黄大令。

丙子，發福鼎，黄大令送于郊。遂行，飯于分水關。平陽縣方春池大令使人來迎，宿于琳溪。

丁丑，三易舟，至于平陽。方春波大令來見；往拜，亦見。

五月

戊寅，再易舟，過飛雲渡，至瑞安。拜客，見羅雨樵明府、孫渠田前輩，已而皆來。薄暮登舟，羅明府來送，遂發。

己卯，平明至于温州，休于董氏逆旅。出拜客，見裕昭甫太守、陳友三大令。方子穎觀察有疾，見于其内之便坐。已而太守、大令皆來。徐石泉來，董慶瑞芝巖來，陶祖翼香圃來。友三大令爲具漁舟四，送至處州。方觀察以所具舟小，使人至處州促白舫歸。白舫者，觀察所自坐舟名也。

庚辰，以漁舟發，未至温溪，白舫來，遂奉太夫人登白舫，泊温溪。

辛巳，過青田縣，王大令來，迎見于舟。遂行，距青田三十里而泊。與裕昭甫太守書，與黄星槎、方春波、陳友三三大令書。

壬午，行九十里而泊，距處州三十里。是日，有暴風觸窗櫺，余傷于面。

癸未，至處州，彭澤之大令潤章來。入城拜客，見潘芸臺太守紹詒及彭大令。太守留飲于其署齋，大令俱。與内子書。

甲申，發處州，潘太守、彭大令皆來送，遂易舟而輿，宿于卻金館。

乙酉，飯隘頭，宿縉雲縣，朱疊冐大令廷梁來見；往拜，亦見。

丙戌，朱疊冐大令來送。遂行，飯于黄碧家，宿永康縣。趙舜臣大令來。

丁亥，飯于楊公，楊公者地名也。宿于下茭道。

戊子，飯于嶺下。至金華府。

己丑，飯于郵舍，不知名。至蘭溪縣，遂登舟。吴煥卿大令來。

庚寅，吴大令來送，遂發。未至嚴州三十里泊。

辛卯，泊桐廬。

壬辰，泊富陽。

癸巳，至杭州，泊江干。

甲午，大雨。奉太夫人至詁經精舍。與内子書。

乙未，入城拜客，見楊石泉中丞、蒯士薌廉訪、靈蔚生都轉，何青士、梁敬叔兩觀察、濮少霞觀察、汪柳門太史、高滋園都轉。又至書局，見陳藍溪、施均父。又至横河橋，見許八夫人及許子祥、三多外孫女。飯于柳門所。得王補帆同年書，與補帆書。得徐石史書。石史居上海艾家街。

丙申，高滋園都轉來。楊利叔、徐花農、姚少泉、周子雲來，飯而去。陳珊屏來，潘鳳洲來。與王補帆親家書。

丁酉，何青士、梁敬尗、濮少霞三觀察來，王渠城、王吉人來，李枚士來。周少雲來，以其兄子成官去，成官自福寧俱來者也。與伯蘭外姊、幼蘭外妹書，與沈仲復、馮竹儒兩觀察書。吴畫郊來。得吴煥卿書。

戊戌，靈蔚生都轉來，唐藝農觀察來，馮孟香、孫漁笙、何冶甫來，高海坨來，姚少泉來，許子祥來。

己亥，奉太夫人登舟，沈蘭舫送至舟。遂發，泊唐西。與鍾桂溪書，與王星府書，與內子書，與吴煥卿書。

庚子，泊石門灣。

辛丑，泊王江涇。

壬寅，泊英山橋。

癸卯，奉太夫人至蘇寓。謝芹香來。

甲辰，張少渠來。張芝田來，治姚穀詒疾。

乙巳，朱璞山來，倪載軒觀察來。與李少荃伯相書，與紹萊書。與許子原女婿及繡孫女書，與兄子黼堂、履卿書。蔡瑜卿來。

丙午，應敏齋廉訪同年來，杜小舫觀察來。閱定五湖書院四月望課卷。

丁未，陳仲泉觀察同年來，許季蓉、馮小渠兩明府來。

六月

戊申，張子青前輩來，丁紫巢、吴時山來，潘濟之來，汪柳門太史來，馮聽濤來。與鍾桂溪書，與蔡月嶠書。

己酉，沈書森太守來，暴方子來。

庚戌，吴平齋觀察來，朱璞山司馬來。是日内子生日也，兒子紹萊已爲請二品封，因于是日易命服。

辛亥，陶君錫恩來。張芝田來，治内子疾。是日閱定詁經精舍四月望課卷，寄杭州。與高滋園都轉書，與子原女婿書，與沈蘭舫書。

「每懷靡及」解；「老彭」解；《考工記》是否先秦古書考；春秋時人援引經義見于内

外傳者詳考；牡丹戲貓圖賦，以「《宣和畫譜》載有此圖」爲韵；春衫，春扇，不限體韵。吳承志、許郊、吳敬基、陳殿英、張濬、王國楨、孫庚揆、屈元炘、沈鏡煌、嚴曾銓、胡元鼎、黄以恭、楊振鎬、王維翰、史鑑、裘譽駿、張篤、林文蔚。

壬子，趙幼青來，張少渠來，陸博泉來。閲定上海廣方言館卷。是日日加午，長女錦孫舉一女。

癸丑，邵步梅來，楊敏齋來。出拜客，見張子青前輩、李質堂軍門、吳平齋觀察、杜小舫觀察、沈書森太守、邵步梅刺史、倪載軒觀察。

甲寅，出拜客，見張振軒中丞、恩竹樵方伯、應敏齋廉訪，何子貢、許信臣兩前輩、童際庭觀察、李薇生太守。

乙卯，李薇生、姚少鐸兩太守來，朱脩庭來。

丙辰，黄次蓀庶常崇惺來。與沈蘭舫書，與伯蘭外姊書。得李雨庭制府書。是日閲定上海詁經精舍三四兩月課卷：

「老彭」解；春秋時人援引經義見外内傳者考；《曲禮》大夫祭五祀、《祭法》大夫立三祀説。曹棡、陸麟年、朱樟、郁鍾淦、袁康、盛愷華、王朝輔、馮純壽、沈祥龍、朱駿、褚振學、童寶善、秦贊堯、沈起元、嚴良勳、程宗濂、林曾望、徐頌增、姚文枏、賈勛、蔡爾康、李安曾、姚元鈺、吴鍾史。

「五十以伯仲」解；《卜師》「四兆」説；《左傳》《國語》是否皆左丘明所作考。　沈祥龍、曹檩、嚴良勛、盛愷華、李安曾、朱樹新、郁鍾淦、楊德鑅、王朝輔、劉鴻、黄晉、王萃祥、朱駿、袁康、吴鍾史、賈勳、宋書升、沈起元、童寶善、馮頤昌、李廷楨、劉至健、郭學汾。

丁巳，張少渠來。與沈仲復、馮竹儒兩觀察書。

戊午，馮少渠來，童階庭觀察來，張振軒中丞來，汪韵和昶來，許康甫來。

己未，潘子浚來，馮聽濤來。是日閱定詁經精舍五六月併課卷：

「五十以伯仲」解；「公追戎于濟西」説；《左傳》《國語》是否同出于左丘明考；但祈蒲酒話昇平賦，以題爲韵；　楊梅；　石榴。　胡元鼎、王士駿、吴承志、周德慶、章脩黼、葉書、史鑑、龔啓芝、黄家辰、沈守敏、鍾樾、馮一梅、嚴曾銓、陳殿英、屈元炘、林文蔚、王國楨、孫瑛。

庚申，貝潤蓀來，張任庵同年來，鄒蓉閣來，葛瑞卿來。

辛酉，出拜客，見朱璞山、趙雨田、徐誠庵。是日閱定五湖書院卷。與洪琴西同年書，與錢子密吏部書，與王星府書，與沈蘭舫書。

壬戌，趙雨田來。與蒯子範太守書，與紹萊書，與黼堂、履卿書。得周少雲書，由周太僕廟吳淞江鼇局來。

癸亥，與周少雲書。得王補帆同年書、潘芸臺太守書并樟樹梨六枚。得高滋園都轉書。

甲子，潘季玉觀察來。與劉芝田觀察書，與高滋園都轉書，與王補帆同年書，與沈蘭舫書。

乙丑

丙寅，得王補帆同年書。與楊石泉中丞書。

丁卯，得徐花農書，復之書。與伯蘭外姊及少雲書，與潘儀父書。

戊辰，高辛才丈來。得沈蘭舫書。

己巳，出拜客，見高辛才丈、鄒蓉閣、汪柳門、王景之。得馮竹儒觀察書。

庚午，葛瑞卿來，鄒蓉閣來，汪維卿來。得黼堂、履卿六月初十日書。與潘芝岑書。趙雨田來。

辛未，與黼堂、履卿書，與許省齋書，與陸存齋觀察書，與梁敬叔同年書，與姚少泉書，與鍾桂溪書。許信臣前輩來。

壬申，沈仲復觀察來，高辛才丈來，張少渠來。是日閱定上海詁經精舍卷：「夫圭田無征」解；「禁原蠶」説；古大夫士有樂無樂考。曹樞、童寶善、沈祥龍、黄晉、沈銛、朱保英、劉至健、馮頤昌、袁康、姚文枬、朱樟、凌鵬飛、唐鴻藻、瞿慶白、李廷楨、嚴良勛、吴鍾史、賈勛、朱駿、曹基鏡、程宗濂、胡嬴、沈光琮、沈起元。

癸酉，恩竹樵方伯來，汪柳門太史來，樓壽之來，張少渠來。與沈仲復觀察書，與馮竹儒觀察書。

甲戌，葛瑞卿來。

乙亥，得楊石泉中丞書、沈蘭舫書，得王補帆同年書。

丙子，倪載軒觀察來，李眉生廉訪來。與補帆書，與高滋園都轉書，與黄質文書，與蔡月嶠書，與徐石史書。

閏月

丁丑，高辛才丈來。得姚魯卿書。

戊寅，出拜客，見陳仲泉同年、朱修庭、趙雨田。得潘儀父書，得蔡駿甫書，得鍾桂溪書。

得馬君廷楨書，乃故人馬讌香孝廉之孫。

己卯，閱定清溪書院課卷。陳仙海來。

庚辰，閱定龍湖書院課卷。與王星府書，與沈蘭舫書，與蔡駿甫書，與鍾桂溪書，與馬君廷楨書。

辛巳，與李筱荃制府書，與李少荃相國書。

壬午，沈義民來，治太夫人疾。

癸未，沈義民來。

甲申，沈少齋來，葛瑞卿來，汪維卿來。

乙酉，得紹萊六月九日書。

丙戌，女婿王康矦去揚州。

丁亥，與伯蘭外姊書。得趙舜卿書。

戊子，沈少齋來。出拜客，見恩竹樵方伯、劉卯孫、葛瑞卿、朱璞山、沈少齋。汪柳門太史來，許季蓉來。

己丑，葛瑞卿來，朱修庭來。得紹萊書、姚訪梅書。

庚寅

辛卯，與王補帆同年書，與高滋園都轉書，與姚訪梅書，與紹萊書。得周少雲書，得王星府書。

壬辰，得洪琴西同年汝奎書。與王星府書。得沈蘭舫書。

癸巳，得裕昭甫太守書，得黄賀文書。朱璞山來，高雲山來。

甲午，出弔潘子浚司馬之喪，見其母太安人。遂拜客，見朱璞山。與葛瑞卿同看屋一區。潘芝岑來。得潘芸臺太守書。與沈蘭舫書，與潘儀父書，與黄賀文書。

乙未，徐花農來。

丙申，馮聽濤來，陳子莊來。

丁酉，得李少荃伯相書，得高滋園都轉書。

戊戌，杜小舫觀察來，朱璞山來。與洪琴西同年書，與錢子密書，與許子原女婿及繡孫女書。張芝田來，治阿牛、阿龍疾。治疾不書，余見之則書。

己亥，出拜客，見許信臣前輩、孫竹堂觀察。

庚子，出弔同年丁濂甫太僕之喪。遂拜客，見陳仲泉同年、孫庶常汝瓚、趙雨田、沈少齋。

與王康侯女婿書，與顧子山觀察書。

辛丑，劉謇衡司馬來。與楊石泉中丞書，與沈仲復、馮竹儒兩觀察書。得紹萊閏月一日書。顧冠卿來。

壬寅，葛瑞卿來。

癸卯，陶柳門來，沈少齋來。得康侯二十三日書。

甲辰，與康侯書，與潘芸臺太守書。

乙巳，恩竹樵方伯來。

丙午，得王星府書。

七月

丁未，閱定龍湖書院課卷。與王星府書。

戊申，出拜客，見趙子方觀察。遂與葛瑞卿大令看福星橋之屋。張芝田來，治外孫女重慶疾，余亦請其處方。得沈蘭舫書，得黄質文書。

己酉，朱璞山來。得吴煥卿書。吴廙西太平巷戴宅。得錢子密吏部書，復之書，并與洪琴西觀察書。

庚戌，許信臣前輩來，葛瑞卿來，汪唯卿來。

辛亥，恩竹樵方伯來，陳仲泉觀察來，李薇生太守來，葛瑞卿來。是日，閲定詁經精舍七月八月合課卷：

「夫圭田無征」解；古大夫士有樂無樂考；《月令》土數五獨舉成數説；登蟾宫賦，以「自唐宋來以比登科」爲韵；八夕詞；鄉試雜咏。馮一梅、童修黼、吴承志、王國楨、史鑑、劉芬、查光華、黄家辰、周善溥、嚴曾銓、楊振鎬、胡元鼎、許士洪、俞炳若、林真、陳灝、陳翰藻、汪丙熙。

壬子，馮巳亭來，朱璞山來，蔡瑜卿來。

癸丑，張少渠來，葛瑞卿來，葛蕃甫來。是日閲定清溪書院課卷，寄德清。與吴焕卿書，與姚少泉書，與鍾桂溪書，與沈蘭舫書。得族姪燦祥書，知先兄嫂之柩已於初四日至杭州，停緋湖莊。

甲寅，與顧子山觀察書。

乙卯，倪載軒觀察來，許康甫來，趙雨田來，余蓮村、曹蓮舫來。

丙辰，得潘儀父書。張少渠來，唐端甫來。

丁巳，蔡瑜卿來。

戊午，李眉生廉訪招飲。遂拜客，見李薇生太守。與紹萊書。

己未，陶柳門來。得鍾桂溪書。

庚申，唐鶚安來，陸博泉來。汪少黼來，治阿龍疾。得梁敬叔觀察書，得高滋園都轉書，得沈蘭舫書，得姚少泉書。

辛酉，是日事誤書於庚申。

壬戌，趙雨田來，即請之治阿龍疾。葛瑞卿來。與劉融齋前輩書，與王竹筷同年書，與梁敬叔同年書，與沈蘭舫書。得紹萊閏月二書。

癸亥，汪柳門太史來，凌縣丞其震來。得許椒畦書。

甲子，得黼堂、履卿書。趙雨田來。與許子祥書。

乙丑，與黼堂、履卿書。得黼堂書，得馮竹儒觀察書。與鍾桂溪書，與沈蘭舫書。

丙寅，與黼堂書，與沈仲復、馮竹儒兩觀察書，與許子祥書。張少渠來。得王補帆同年書。

丁卯，出弔何子貞前輩之喪。遂拜客，見任秋亭。秋亭來。得周少雲書。與陝撫邵汴生同年書。

戊辰，趙雨田來，治阿龍疾。

己巳，得沈蘭舫書。

庚午，蔣春生太守來，陸子如來，蔡瑶卿來，沈畇卿來。與王補帆同年書，與高滋園都轉書，與沈蘭舫書。

辛未，與王康矦書。

壬申，出拜客，見汪柳門太史。高雲山來。得王補帆同年書，得高滋園書，得王渠城書，得鍾桂溪書。其夜大雷雨。

癸酉，與王補帆書，與高滋園都轉書，與孟蘭艇書，與王渠城書，與沈仲復書，與鍾桂溪書。

甲戌，汪柳門太史來。

乙亥，許信臣前輩來。

丙子，得康矦書，得蔡月嶠書，得周少雲書，得李筱荃制軍書。時香圃來，治阿龍疾。

八月

丁丑，蔡瑞卿來。與李筱荃制府、少荃相國書，與姚訪梅書，與紹萊書。

戊寅，葛瑞卿來，暴方子來。是日，因孫兒阿龍久病不愈，從吴俗爲之宣卷。

己卯，陸博泉來，張少渠來。得孫歡伯書。與沈蘭舫書，與周少雲書，與蔡月嶠書，與王星府書。

庚辰，是日事誤繫己卯。

辛巳，朱璞山來，趙幼卿來。得李黼堂方伯書。得陳仙海書，復之書。

壬午，邵文伯來。得沈蘭舫書。馮巳亭來。

癸未，邵文伯來，朱璞山來，葛瑞卿來。出拜客，見恩竹樵方伯。是夕張振軒中丞招飲，與者許信臣撫部、李眉生廉訪、汪柳門學使。

甲申

乙酉，周梅仙庶常福清來，金眉生廉訪來。

丙戌，太夫人生日，張少渠饋清音，朱璞山、馮少渠、葛瑞卿、蔡瑜卿均來祝。

丁亥，出拜客，見張振軒中丞。

戊子，張中丞來，張通甫來，馮巳亭來。與孫歡伯大令書。

己丑，得王竹筷同年書。

庚寅，陳仲泉觀察來。與王竹筷同年書。

辛卯，得黄質文書，得許子祥書。

壬辰，與黄質文書，與梁敬卡書，與許子祥書。吴誼卿、汪柳門來。

癸巳，朱璞山來，趙雨田來。

甲午，許信臣前輩來。

乙未，陸博泉來。

丙申，出拜客，見許信臣前輩、陳仲泉同年、朱璞山、吴誼卿。與沈仲復觀察書，與兄子黼堂、履卿書，與沈蘭舫書。

丁酉，杜小舫觀察來，潘祖謙濟之來，張子中來。

戊戌，邵文伯來。得高滋園都轉書。

己亥，鄒蓉閣來。

庚子

辛丑，雨。

壬寅，得謝敏齋書，得汪芙卿書。

癸卯，應敏齋廉訪來。

甲辰，許信臣中丞來。趙雨田、張芝田來，治太夫人疾。

乙巳，會集諸同鄉致祭於徐莊敏公祠。朱小舫來，治太夫人疾。

九月

丙午，朱小舫來，治太夫人疾。余有疾，不夕食。

丁未，甘語香來。得許子原及繡孫書，得王星府書，得謝敏齋書。

戊申，張芝田來，治余疾。朱璞山來。

己酉，邵步梅來，張少渠來。

庚戌，汪柳門太史來，趙幼卿來，徐子敬來。得德静山尚衣書。張芝田來，治余疾，兼治内子疾。

辛亥，與沈蘭舫書，與王星府書，與王補帆同年書。

壬子，張芝田來，治余疾。吴仲英來，馮少渠來，沈畇卿來。

癸丑，大雨。出弔何子貞前輩之喪。遂拜客，見沈少齋畇卿。

甲寅，與德静山尚衣書。

乙卯，許叔清、沈書森兩太守來。萬小庭大令葉封來。

丙辰，汪柳門太史來。

丁巳，得紹萊八月廿六日書，知已受代回省厲七聖庵。沈羲民來，治内子疾，兼治阿龍疾。得王補帆同年八月廿三日閩闈書，得高滋園書。兄子黼堂至。又得補帆書，得蘇少伊瑞書〔一〕書。

戊午，邵文伯來，馮少渠來，徐魯山來。

己未，出拜客，見張振軒中丞、恩竹樵方伯、張少渠，兼弔徐誠庵之喪。與高滋園都轉書，與王補帆同年書，與姚魯卿書。

〔一〕瑞書，原訛「瑞奎」，據《民國同安縣志》及下文改。

庚申，邵文伯來。

辛酉，黼堂如德清。與羅景山軍門書，與潘偉如方伯書。恩竹樵方伯來。

壬戌，出拜客，見李薇生太守、朱璞山司馬、倪載軒觀察。

癸亥，季生讓卿來，馮巳亭來，陳仲泉、倪載軒兩觀察來。

甲子，朱璞山、張少渠來。

乙丑，雨。潘季玉觀察書[一]，言次女婿許子原中順天鄉試一百六十三名。

丙寅，李薇生太守來，許季蓉來，唐端甫來，蔡芸庭來，任秋庭來。與許八夫人書。與沈蘭舫書。趙雨田來，馮少渠來，許康甫來。沈羲民來，治内子及阿龍疾。出拜客，見陳仲泉。

丁卯，出拜客，見許信臣前輩、白季生觀察。遂登舟如上海，泊進義。

戊辰，泊四江口，距黃渡十八里。

己巳，泊周太僕廟。周少雲來，遂與登岸，見杜小珊刺史，爲余處方。已而小珊來，少雲飯而去。

[一] 潘，前疑有「得」字。

庚午，至上海。拜客，見沈仲復觀察，留宿于其署齋。劉融齋前輩來。出拜客，見融齋前輩、劉芝田觀察、鍾子勤山長、沈専山司馬、葉顧之明府。上太夫人書，與内子書，與王補帆同年書，與高滋園都轉書。

辛未，胡小石來，鍾子勤來。出拜客，見王竹矦同年、馮卓儒觀察，飯于卓儒所。與許子原女婿書。

壬申，出拜客，未見。至二馬路縵雲閣，見姚静巖，與偕至和記廣貨店，買物而回。與内子書，與施均父書。是日閲定上海詁經精舍試卷：

「王若曰孟侯」解；《周易·序卦》六門説；《月令》「中央土」獨舉生數説。趙蘭、曹槱、胡嬴、馮純壽、凌鵬飛、朱樟、吴鍾史、嚴良勛、曹其鏡、袁康、曹毓銑、周鏡涵、章光旦、童寶善、黄晉、馮頤昌、劉至健、秦贊堯、艾承禧、楊德鑅、賈勛、徐頌增、沈祥龍、唐鴻藻。

癸酉，黄純安來。與馮巳亭書。得王康矦女婿書，得黄質文書，得姚訪梅書，得王星府書。

甲戌，王蕖城來。與黄質文書。與孫琴西廉訪同年書。

乙亥，出拜客，見張子剛、王渠城。與内子書。沈仲復、馮竹儒兩觀察招飯于署齋。

十月

丙子，嚴伯雅來，汪子和來，姚静巖與王麗生來。上太夫人書，與内子書。

丁丑，徐薇垣來，陸壽門來。出拜客，見劉融齋前輩、馮卓儒觀察。

戊寅，出拜客，見劉融齋前輩、張子綱。是日，劉芝田觀察招飲于一粟庵。

己卯，劉融齋前輩、馮介安觀察、王竹矦同年來，張子剛來。至石路訪醫者紀潤千，爲余處方。遂發上海，泊周浦。與内子書。

庚辰，守風周浦。

辛巳，泊儻來廟。

壬午，泊張涇灣，距嘉善六里。

癸未，泊嘉興。

甲申，泊石門。

乙酉，泊唐西。與内子書。

丙戌，至德清，泊南埭。見奇兄及族中諸子。遂展先曾祖及先祖之墓。

丁亥，欲移舟入城，水淺不可。遂易小舟至金鵝山，展先通奉君之墓。遂拜客，見汪黼卿大令及蔡駿甫。仍回舟，泊三里塘，汪大令及駿甫皆來。

戊子，至杭州。

己丑，至詁經精舍。沈蘭舫來。得朱璞山書。與内子書。得黼堂書。與王星府書。

庚寅，陳竹川來。

辛卯，入城拜客，見蒯士香廉訪、盧五峰方伯、何青士觀察，梁敬叔、惲杏耘、吴引之三觀察、高滋園都轉、高辛才丈、金忠甫庶常、姚少泉、許八夫人及周季英甥女，飯于許氏。與潘芸臺太守書。得王補帆九月二十一及十月三日書。

壬辰，盧五峰方伯來，吴焕卿來，姚少泉來，汪景仙來，徐花農來，孟蘭艇、章輪香來，陳桂舟、孫漁笙來。與沈蘭舫至友莊省視先兄嫂之柩，遂至三潭印月觀彭雪琴侍郎退省庵。得二兒婦初七、十三日兩書，得黼堂書，得許子原女婿及繡孫女九月廿五日書，得蔡駿甫書，得趙雨田書，得履卿九月廿四日書。是日閱定詁經精舍卷，發監院校官榜示：

「賞地參之一食」解；《春秋》「通濫」説；「九族」考；黄菊飄零滿地金賦，以「秋花不比春花落」爲韵；獅蠻糕歌；「九月授衣」「九月築場圃」二題，不拘體韵。　黄家辰、馮一梅、吴承志、陳灝、林文豪、劉芬、周德慶、朱贊湯、徐琪、孫瑛、林真、陳殿英、梁葆仁、胡元鼎、孫庚揆、陳壽宸、孫樹義、盛起。

癸巳，惲杏耘觀察來，龔菊田來，周子雲來，李枚士來。　與内子書，與恩竹樵方伯書。

甲午，入城拜客，見學使胡筱泉前輩、濮少霞觀察、江小雲觀察、徐子佩同年、白季生觀察。

乙未，蒯士香廉訪同年來。　入城拜客，見蔡乂臣觀察。　是日梁敬叔同年招飲。　得紹萊九月廿一日書，得朱璞山書，得胡笠青書，得姚訪梅書。

丙申，陳訏堂、徐子佩兩同年來。　姚少泉來，潘儀父來。　與内子書，與沈仲復觀察書。

丁酉，李黼堂方伯、高滋園都轉來。　唐藝農觀察招集湖舫。

戊戌，招胡笠青、吴焕卿兩明府、汪柳門太史、沈蘭舫、陳竹川同飲于湖樓。　得十九日祖仁婦書，得王康矦揚州書，得恩竹樵方伯書。

己亥，入城拜客，見唐藝農觀察、白季生觀察、胡笠青明府。　是日蒯子範廉訪同年招飲。　得張少渠書。

庚子，入城拜客，見金少伯，又見許八夫人。　是日吴引之觀察招飲。　得邵文伯書。　與恩竹樵漕帥書。

辛丑，唐藝農、吴引之兩觀察來，姚少泉、李枚士、何冶甫、孫漁笙來。得二兒婦二十四日書，得張少渠書。

壬寅，高海垞來，沈祖香來，黄質文來。是日閱定詁經精舍望課卷：「朋盍簪」解；「冬祀井」説；《論語》魯讀考；擊壤賦，以「其形如履以木爲之」爲韵；烘豆、炒栗，不拘體；彭雪琴侍郎《退省庵記》。王國楨、吴承志、孫瑛、徐琪、汪行忠、黄以恭、章廷楨、陳灝、李雲銜、張大昌、潘鋆、孫禮煜、陳壽宸、周召、王亨兆、張篤、褚成煒、倪茹。

癸卯，與内子書，與謙甫姪書，與張少渠書。沈肖巖來，關瑞生來，姚少泉來。

甲辰，入城拜客，見楊石泉中丞、蒯士香廉訪、靈蔚生都轉、李黼堂方伯、梁敬叔觀察。是日沈肖巖招飲。與恩竹樵漕帥書，與紹萊書。

乙巳，楊石泉中丞來，胡焕卿來，胡笠青來，孫漁笙來，吴祁甫來。與彭雪琴侍郎書。得丁麗生庶常書。

十一月

丙午，李黼堂方伯來，秦澹如觀察來，白季生觀察來，高海澥來，沈祖香來，蔡勖甫來。得蔡駿甫書二。

丁未，樊鴻甫來。與內子書，與汪柳門太史書，與王補帆閩撫書，與汪蓮府兵部書。

戊申，樊介軒庶常來。與蔡駿甫書。

己酉，得錢子密書，得二兒婦初一日書。

庚戌，入城拜客，見高滋園都轉、濮少霞觀察、靈蔚生都轉，梁敬叔、王清如兩觀察及許八夫人、許子祥。是日，盧五峰方伯招飲。得張少渠書。與內子書。

辛亥，靈都轉來，梁寶卿來，潘儀父來，胡蘇亭來。得邵文伯書。

壬子，余古香太守來，張仲甫丈來，許子祥來，孫漁笙來，孟蘭艇來，程桂舟來，姚少泉來。

癸丑，至友莊，致祭於先兄福寧君、先嫂孫淑人之柩前，告遷焉。遂奉移至武林門外馬頭登舟，還德清。沈蘭舫、陳竹川兩監院送至舟，泊十二里港。

甲寅，至德清，泊南埭，見奇兄、福昌姪及族中諸子。范佩蓀來。

乙卯，奉先兄先嫂之柩至薛家閣墳地。其地壬山丙向兼亥巳。余因太夫人倚閭之望，不得與畚揭之役，廬其事于福昌姪字謙甫舍，遂還舟，泊唐西。

丙辰，雨。泊石門。

丁巳，風雨。泊石門灣。

戊午，雪止，仍大風。泊陡門。

己未，霽。泊王江涇。

庚申，大風。行二十里，泊平望。

辛酉，行五里，冰合不能行。適有小舟觸余舟，碎玻璃窗，免其償，使前行打冰。踰八尺十里泊。

壬戌，使人致書於震澤縣許重容明府，許不在署，其尊甫信臣撫部前輩使紀綱來。

癸亥，信臣前輩使人以輿來，遂乘之至署，飯焉而歸。與內子書。是日伐冰開道而行，未至吴江一里泊。

甲子，募夫廿人，伐冰開道，未至英山橋一里泊。

乙丑，仍伐冰行，至蘇州，逾盤門卡而宿，時加子矣。

丙寅，還寓。得紹萊十月二十一日書。

丁卯，出拜客，見張振軒中丞、應敏齋方伯、方蘭坨太守、張少渠。得江子平書，由新市來。寄江書由新市益和京貨店何贊襄轉交。

戊辰，方蘭坨來，董勉齋來，徐花農來，張少渠來，朱修庭來，沈少齋來。與黔撫曾樞元同年書。得唐少蘭外姊書。

己巳，王景之來。與沈仲復觀察書二，與孟蘭艇、陳竹川各一，與謙甫姪書。

庚午，朱璞山來，夏子儀來，馮少渠來，邵文伯來。與沈蘭舫書，與許季容書，與王星府書，與紹萊書，與錦、繡二女及王、許兩婿書。

辛未，出拜客，見張子青前輩制府、李質堂軍門、邵步梅。得兒子履卿書，告知航海北旋。

壬申，李眉生來，杜小舫觀察來。與鍾桂溪書，與履卿書。

癸酉，與孫兒阿龍至寶積寺，見衡峰和尚。拜客，未見一人。張振軒中丞來，應敏齋方伯來，趙雨田來，沈義民來。

甲戌，張少渠來。與沈仲復觀察書，與洪琴西、勒少仲兩同年觀察書，與錢子密同年書，與李雨亭制府書。

十二月

乙亥，馮展雲學使來，馮聽濤來，張瀚堂來。得潘芸臺太守書，得高滋園都轉書。

丙子，閱定詁經精舍望課卷，寄杭州，與沈蘭舫書。張子青制府同年來，部荻洲觀察來，戴笠青來。

「正歲年以叙事」解；《中庸》「大經大本」解；古書叚借舉例；冬至地上行三萬里賦，以「地常動而人不知」爲韵；手鑪；歲寒三友傳。　武家駿、吴承志、林真、吴敬基、衛梓材、王國楨、張篤、俞光組、宗能徵、孫瑛、鍾樾、孫禮煜。

丁丑，余子虔來。得方鏡湖書。出拜客，見童際庭觀察、朱璞山。與沈仲復觀察書。

戊寅，樊介軒庶常來。與繡孫女書。趙雨田來，治紹萊婦病。與李少荃伯相書，與孫省齋方伯書。

己卯，與潘芝岑、葛瑞卿兩大令書，與楊石泉中丞書，與陳竹川書。得王康侯女婿十一月廿五日書。

庚辰，張任庵同年來。與孟蘭艇、丁松生書，與蔡月嶠書。

辛巳，童際庭觀察來，丁紫巢來，朱璞山來，邵步梅來。得梁敬叔觀察書。

壬午，得紹萊十一月廿一日書。與高滋園書，與方子穎書。

癸未，萬小庭大令來，謝蓉閣來，吴仲雲來。

甲申，樊叔和來，邵文伯來，趙幼卿來。得馮竹儒觀察書。

乙酉，與沈仲復、馮竹儒兩觀察書，與黄質文書。

丙戌，衛静瀾廉訪來，劉茆孫來。與丁松生、沈蘭舫書。

丁亥，出拜客，見張少渠。得蔡月嶠書，復之書。得兄子履卿書，復之書，又與之書。與江子平書，與唐藝農觀察書，與王星府書。得王補帆同年書。

戊子，與王補帆同年書，與高滋園都轉書，與胡笠青書。得王補帆書、高滋園書。

己丑，與王補帆、高滋園書，與沈漁笙書。

庚寅，張少渠來。與許子祥書。

辛卯，沈義民來。得陸存齋觀察書。

壬辰，與履卿書，與胡笠青書，與沈蘭舫書，與黃質文書。

癸巳，陳仲泉同年來，何硯孫來。

甲午，出拜客，見張子青前輩、潘偉如方伯。得黼堂十一月廿六日書。

乙未，蔡瑜卿來。得李雨亭制府書。與王補帆中丞書、陸存齋觀察書、錢子密京卿書。倪載軒觀察來。

丙申，應敏齋方伯同年招至滄浪亭喫蔬菜，李眉生廉訪俱。遂拜客，見倪載軒觀察。得沈仲復觀察書。

丁酉，與李雨亭制府書，與楊石泉中丞書。是日大雨。

戊戌，得高海垞書。

己亥

庚子，張少渠來。

辛丑，江子平來，董勉齋來。是夜祀神。

壬寅，馮聽濤來，汪小樵封翁來。得顧子山觀察書。

癸卯，英茂文觀察來，朱璞山來。與陳仙海書、吳友樂書。

甲辰，張少渠來。是夕，敬縣先高祖以下畫像，設祭行禮。是歲余行年五十有三，奉老母姚太夫人自福寧北旋，得依膝下，此十餘年來之至願，不離夢想者也。又以兒子紹萊爲請二品封，忝然易章服，以子叔疑爲老萊子。戚黨傳説，或以爲榮，自愧亦自幸矣。

同治十三年

歲陽在閼逢，歲陰在閹茂。閼，《律書》作「焉」。

正月小盡　乙巳朔　修陬
二月小盡　甲戌朔　圉如
三月大盡　癸卯朔　厲寎
四月小盡　癸酉朔　則余
五月大盡　壬寅朔　窒皋
六月小盡　壬申朔　塞且
七月大盡　辛丑朔　終相
八月小盡　辛未朔　極壯
九月大盡　庚子朔　畢玄
十月大盡　庚午朔　橘陽

十一月大盡　庚子朔　修辜

十二月小盡　庚午朔　圉涂

正月

乙巳，客來不見不書。

丙午，與恩竹樵漕帥書，與蔣春生太守書。

丁未，雨。江子平孝廉來。

戊申，雨。出拜客，見張振軒中丞、衛静瀾廉訪、方蘭坨太守。餘不見不書。

己酉，祀神。李質堂軍門來，倪蘭生來。

庚戌，張少渠來，陳仲泉觀察來。

辛亥，倪載軒觀察來。得履卿二十七日書。

壬子，出拜客，見吴退樓。得履卿書。

癸丑，蔡芸庭來。得李雨亭制府書，得紹萊十二月廿一日書。

附記：紹萊厲保定省城秀水胡同斌升堂。

甲寅，祝詠梅來，朱璞山來，馮林一前輩來。得子原女婿及繡孫女十二月五日書。

乙卯，出拜客，見張子青制府、李質堂軍門。與恩竹樵漕帥書。陳仲泉觀察來。

丙辰，雨。出拜客，見朱璞山、任秋亭、沈少齋、沈昀卿。

丁巳，聶子颺來，方子箴都轉前輩來，任秋亭來，陶柳門來，潘芝岑來。

戊午，馮竹儒觀察來。出拜客，見朱璞山。兒子履卿來。

己未，張少渠來，馮聽濤來，邵步梅來，徐花農來。與陳訏堂書。得沈蘭舫書。兒子履卿偕其婦秦來。

庚申，潘莘田觀察來，方蘭坨太守來。與高滋園書，與江子平書。

辛酉，張振軒中丞來，朱修庭來，高伯足明府來，陸博泉來。得沈蘭舫書，得吴祁甫書。

壬戌，張振軒中丞招飲。與紹棻書。

癸亥，出拜客，見陳鹿笙觀察。師竹庵觀察來。

甲子，潘季玉觀察來，葛茂甫來。

乙丑，吴彤雲觀察來。是日，沈昀卿茂才來館，授孫兒陛雲讀。適汪子和來，共飲而去。得高滋園都轉書。是夕大雷雨。

丙寅，林篤甫庶常來，趙幼青來，陶柳門來。

丁卯，出拜客，見林庶常國柱。與許子原女婿書，與繡女書。

戊辰，潘偉如方伯來，孫萊山學使來，朱叔和來。

己巳，朱璞山來，張少渠來。與孟蘭艇書，與江子平書。

庚午，沈仲復觀察使人以書來，復之書。

辛未，同鄉林篤甫庶常娶同年惲次山中丞之女，往賀，飯於庶常之行館。邵步梅來。

壬申，楊見山來，陶柳門來。

癸酉，得恩竹樵漕帥書，得王紫明焕星書。

二月

甲戌，得彭雪琴侍郎書，得勒少仲同年書。江子平、徐蕖生兩孝廉來，飯而去。得胡子繼書，自寧國府學來。

乙亥，兄子履卿來。與潘鳳洲書，與江稼軒書。

丙子，與袁孝宰書，與姚静巖書。得陳訏堂同年書。

丁丑，與沈仲復觀察書，與沈蘭舫書，與伯蘭外姊書。王濟川來。得子原女婿書。夜大雪。

戊寅，雪未止，甚寒。得紹萊書，自廣通信局來，正月四日發。履卿去新市。與蔡駿甫書，與蔡月嶠書，與鍾桂溪書。附記：廣通信局在山塘橋正大差局。

己卯，雨。黄仲陶來，陶柳門來。

庚辰，雨。姚少鐸來，鄒蓉閣來。

辛巳，張少渠來。得王康矦女婿書。

壬午，得高滋園都轉書，得王補帆中丞書。勒少仲同年來。

癸未，出拜客，見應敏齋方伯、李薇生太守。與紹萊書。

甲申，姚少鐸來。是夕敏齋方伯招飲。與楊石泉中丞書。與彭雪琴侍郎書。

乙酉，李薇生太守來。

丙戌，得紹萊正月廿一日書，并領到誥軸三幅。

丁亥，張少渠來。與袁孝宰書，與蔡芸庭書。

戊子，李薇生太守來，許信臣前輩來。

己丑，葛瑞卿來，朱璞山來。

庚寅，出祝杜筱舫觀察之壽。遂拜客，見李薇生太守。

辛卯，陳仙海司馬來，許季容大令、葛瑞卿大令來。

壬辰，葛瑞卿來，朱璞山來。與袁筱陽閣學書。

癸巳，得王補帆同年書，得高滋園都轉書，與紹萊書。

甲午，王補帆同年來。出拜客，見補帆、朱璞山。是夕璞山及張少渠來，飯而去。

乙未，張安圃太史來。招補帆來，飲于春在堂。

丙申，張振軒中丞招飲。

丁酉，登舟如杭州，風過大，至盤門而泊。

戊戌，過平望十餘里泊，不知地名，或曰吉慶。

己亥，雨。帆風行，泊石門灣。

庚子，泊唐西。上太夫人書，與内子書。姚魯卿來。

辛丑，日加未，至詁經精舍。濮少霞來，沈蘭舫來。

壬寅，入城拜客，見盧午峰方伯、靈蔚生都轉，梁敬叔、王清如、唐藝農、吴引之、惲杏耘五觀察、李黼堂中丞、金眉生廉訪、高滋園都轉、濮小霞觀察、江小雲觀察、許子喬及許八夫人、姚少泉、黃質文。飯于滋園所。

三月

癸卯，何青士、唐藝農兩觀察來，黃質文來，孟蘭艇來，邵文伯來，姚少泉來，孫漁笙、陳桂舟、馮孟香來，夏超墅來，陳竹川來，許子社來，鄭伯升來。與内子書，與吳焕卿書，與王濟川書。

甲辰，蒯士香廉訪來，余苹皋來，胡笠青來，汪芙青來，吳仲耆來。

乙巳，秦澹如觀察招集湖舫，修禊事也。得大兒婦廿七日書，寄來楊石泉中丞書、吳祁甫書。

丙午，入城拜客，見孫子佩太守，錢子奇、汪黼卿兩大令。是日，蒯士香廉訪同年招飲于其署齋。與顧子山觀察書。惲杏耘觀察來。與許子原女婿書。

丁未，吳引之、張翼伯、王清如三觀察來，章輪香來，吳祁甫來，駱稺清以張少渠書來。與王補帆親家書，與内子書。

戊申，雨。季佑申來。入城拜客，見善厚庵將軍、楊石泉中丞、沈肖巖、汪符卿、程履新。

己酉，濮少霞觀察招飲。遂拜客，見蒯士香廉訪、高滋園都轉。歸而遇楊石泉中丞于湖，蓋中丞見訪不值而去也。遂過其舟坐談，至湧金門而還。得恩竹樵漕帥書，得王補帆中丞同年上巳日書，得王康矦女婿二月二十日書，得許子原女婿及繡女二月十七日書，得祖仁婦三月三日書，得周少雲書，得汪芙青書。

庚戌，上太夫人書，與內子書，與陳仲泉同年書。陳伯敏太守來，錢子奇大令來，方大令來，杜杕華來，王星府來，汪符卿來，程履新來，姚少泉來，吴康甫來，夏超墅來，黄質文來。

辛亥，陳謌士來，沈肖巖來。得紹萊婦初七日書。

壬子，補行二月望課，監院循開課故事觴余于湖樓。張仲甫丈來，陳桂舟來，高海垞來。與內子書，與杜筱舫、洪琴西兩觀察書，與方子箴都轉書，與沈仲復觀察書，與姚静巖書，與蔡月嶠書，與汪小樵封翁書。

癸丑

甲寅，上太夫人書，與內子書。其夕與沈蘭舫坐小舟至三潭印月、湖心亭觀月。

乙卯，偕蘭舫坐籃輿至天竺禮佛，遂踰棋盤嶺，歷九溪十八澗，飯于理安，茶于法相而歸。

陳竹川來。得王補帆書。

丙辰，入城拜客，見高滋園都轉、秦淡如觀察、陳伯敏太守、陳訏堂大令、孫子佩太守、張仲甫丈、金少伯、吴康甫、許子衡，飯于子佩處。與杜蓮衢侍郎書。汪符卿、程履新、朱蓉裳來。得紹萊書。

丁巳，許藕卿來，黄叔和來，徐古香工部來，姚少泉來，馮孟香、孫漁笙來，蔡駿甫來。得王補帆同年書。

戊午，盧午峰方伯來，沈肖巖來。

己未，閱定二月詁經精舍望課卷。其夕僧永清具素食，招余與沈蘭舫同飯。

「言曰從」解；「丈夫之冠也父命之」解；「駉駉牡馬，在坰之野」古今本異同考；二十八宿度數考；愛花须築避風臺賦；詠蜂、蝶，各一首；西湖懷古詩。　吴承志、馮一梅、孫瑛、胡元鼎、孫庚揆、嚴曾銓、孫以鏉、吴慶坻、周善溥、沈守敏、俞光組、李炘、陳殿英、勞敬典、許賓傳、陳梓敬、孫毓騏、張篤。

庚申，唐藝農觀察招飲。遂拜客，見靈蔚生都轉、金少伯、方紫庭。與内子書，與王補帆同年書。

辛酉，得祖仁婦十三日書，得鄭玉軒書。唐藝農觀察來。

壬戌，金少伯來，王梅叔來，石雨臣來，黄叔和來。

癸亥，許子喬來。

甲子，雨。姚少泉來。得金眉生書。

乙丑，晴。朱笏山太守來。胡笠青、汪芙卿、程履新、孫漁笙來，飯而去。俞策軒同年譜昌來。得祖仁婦十八日書，得王補帆同年書。與許信翁書，與補帆書，與杜蓮衢同年書，與楊石泉中丞書。

丙寅，登舟如上海，雨，泊唐西〔一〕。

丁卯，晴。泊北雙橋。是日閱定詁經精舍望課卷：《周易·序卦》六門説；「左旋右抽」解；「西陸朝覿」解；鄒衍劉向説五德孰是議；如赤縣神州者九賦，以題爲韵；天台藤杖歌；西湖建阮文達公專祠議；《賣花聲》詞一闋。孫以鑅、馮一梅、孫庚揆、許郊、吴承志、胡元鼎、楊振鎬、盛起、孫瑛、李雲衢、孫

〔一〕西，原訛「雨」，據上下文改。

仁興、汪行忠、林真、孫禮煜、勞敬典、龔啓蘅、俞光組、張宗延。

戊辰，泊嘉善。

己巳，泊周浦。

庚午，日加辰，至上海，廌也是園之樸學齋。與内子書，與王補帆同年書，與楊敏齋書，與沈蘭舫書。出拜客，見沈仲復、劉芝田兩觀察，劉融齋、鍾子勤兩山長、王竹溪同年、李小雲。

辛未，賈雲階來，張子剛來，沈仲復觀察來，劉融齋前輩來，葉顧之大令來，謝敏齋來，黄純安來。出城至鐵廠，見馮竹儒、鄭玉軒兩觀察。王竹僎同年來。

壬申，馮竹儒、鄭玉軒兩觀察來，李小雲來，謝芹香來，鍾子勤來，馮一梅來。是日王竹僎、賈雲階、鄭蓮君招集一粟庵蔬食。

四月

癸酉，至二馬路，未見客而還。得王補帆親家、康侯女婿書。曹叔培來，張子剛來，汪子和來，釋懷德來。是日閱定上海詁經精舍三月課卷：

《周禮》「九貢」解；五常分配五行考；二十八宿度數考。嚴良勳、姚文枏、金國楨、周鏡涵、曹檦、汪鳳池、李安曾、曹日新、趙蘭、沈祥龍、李廷楨、吴鍾史、邵鐘淦、張寶琪、沈福同、袁康、曹基鏡、王焕星、朱樟、秦贊堯、曹受圻、李文炳、劉至健、童寶善。

甲戌，周鐵珊庶常來，謝敏齋來，姚静巖來。得祖仁婦書。與内子書，與王補帆親家、王康侯女婿書。

乙亥，劉融齋前輩來。出拜客，見沈仲復觀察、融齋前輩。與恩竹樵漕帥書。

丙子，張子剛來，李安曾來，秦贊堯來，周則心、謝芹香來，徐石史來。

丁丑，至二馬路，見姚静巖。得紹萊三月十日書。

戊寅，上太夫人書，與内子書，與王補帆書。韓小坡廣文來。得祖仁婦書。得吴焕卿、汪芙青書，芙青告知移居瑞石亭。

己卯，雨。出城至鐵廠，見馮竹儒、鄭玉軒兩觀察。得補帆書。

庚辰，與内子書，與補帆同年書。馮竹儒、鄭玉軒兩觀察來，汪子和來，姚静巖來。

辛巳，得補帆書，即復之。出拜客，見沈仲復、劉芝田、吴彤雲三觀察，劉融齋前輩，飯于融齋所。仲復、芝田、彤雲來，謝芹香、敏齋來，張子剛來。

壬午，與盧五峰方伯書。登舟回蘇州，泊黄渡。

癸未，日加申，過崑山，帆風行甚疾。亥初，至蘇州，泊婁門。

甲申，還廡。與沈仲復、馮竹儒兩觀察書，與沈蘭舫書，與丁松生書。得蒯子範太守書。

乙酉，出拜客，見王補帆同年、潘偉如方伯、倪載軒觀察、沈書森太守。

丙戌，與聶子颺司馬書，與蔡駿甫、蔡月嶠書，與鍾桂溪書，與兄子履卿書，與徐子襄書。

丁亥，出拜客，見張振軒中丞、童濟庭觀察、朱璞山司馬。

戊子，倪載軒、陳仲泉兩觀察來，陸博泉、沈少齋來，馮聽濤來。

己丑，梁敬叔、高辛才兩觀察、鄒蓉閣、馮少渠來。

庚寅，出拜客，見敬尗同年、辛才丈、王補帆親家、張子青前輩。得方子箴都轉書。得聶子颺司馬書，即復之書。

辛卯，趙幼卿來，張少渠來，沈義民來。

壬辰，馮少渠來，邵文伯來。與高滋園都轉書，與王濟川書，與謝芹香書，與吴焕卿書，與汪芙青書，與鍾子勤書，與沈蘭舫書，與履卿書。

癸巳，邵步梅來。

甲午，得李少荃爵相書。與蒯子範太守書。馮少渠來。

乙未，張子青前輩來，駱潄清來。

丙申，出拜客，見邵步梅、劉茆孫。與沈仲復觀察書，與沈蘭舫書，與王康矦女婿書。張少渠來。

丁酉，馮少渠來，劉茆孫來，馮巳亭來，蔡瑜卿來。與履卿書。得蒯子範太守書，得勒少仲同年書，得高滋園都轉書。是日閱定五湖書院課卷。與聶子颺書。瑜卿言中州有關楠生，乃余視學所取士也，今得拔貢，感昔年一日之知，寄聲存問。附記于此。

戊戌，馮少渠來。

己亥，出至高師巷看屋。陶升甫來。得沈蘭舫書。

庚子，童濟庭觀察來，譚敘初太守來。出至嚴衙前，偕馮少渠看王氏之屋。得胡笠青書，得沈蘭舫書。

五月

壬寅，與李雨庭制府書，與楊石泉中丞書，與高滋園都轉書，與孫子佩太守、胡笠青大令書，與沈蘭舫書。應敏齋方伯來。

癸卯，杜小舫觀察來，沈書森太守來，徐花農來。

甲辰，得紹萊四月十日書，與紹萊書，與姚訪梅書，與沈仲復、馮竹儒兩觀察書，與許信臣前輩書。吴香補來。是日閲定詁經精舍四月望課卷：「醴泉膏露」解；「西至邠國」解；春秋卿大夫多美謚説；三代取士之制考；「延英引對綠衣郎」賦，以題爲韵；探花宴歌；擬方干《賀弟子李頻及弟書》；擬薛逢贈新進士詩。孫以鑅、吴承志、胡元鼎、汪嗣濟、鍾樾、龔啓芝、嚴曾銓、張寶城、孫禮煜、陳灝、孫瑛、勞敬典、梅和羹、陳德成、盛起、孫仁興、陳謳。

乙巳，出拜客，見李薇生太守、吴退樓。與紹萊書，與沈蘭舫書，與蔡月嶠書，與姚魯卿書。

丙午，張少渠來。與沈蘭舫書。

丁未，出拜客，見李薇生太守、吴退樓。與紹萊書。

戊申，陸子如來，馮巳亭來。

己酉，朱璞山來。

庚戌，出拜客，見衛静瀾廉訪、鄭愛廬封君。得孫琴西書。與紹萊書。

辛亥，衛廉訪來，姚春伯外兄來。得許子原女婿書，知已於五日回杭。

壬子，得沈仲復觀察書，得英茂文觀察書，得鍾子勤孝廉書。與許子原女婿書，與沈蘭舫書，與姚少泉書，與鍾桂溪書，與履卿書。王藹臣來，朱修庭來。得馮竹儒觀察書。

癸丑，與楊石泉中丞書，與沈蘭舫書。是夕與春伯與張少渠小飲。

甲寅，江稼軒來。

乙卯，張任庵太守來。

丙辰，得王康侯女婿書。與補帆親家及康侯書，與高滋園都轉、孫子佩太守、胡笠青大令書。

丁巳，得沈蘭舫書，得履卿書，得蔡月嶠書。

戊午，得李雨亭制府書，得吴祁甫書。得蔡駿甫書，復之書。與蔡月嶠書。

己未，吴退樓封翁來。得王補帆同年五月七日書、康侯女婿書，得高滋園都轉書。

庚申，與楊石泉中丞書，與高滋園都轉書。與王補帆親家及康侯女婿書，與吴祁甫書，與許子原女婿書，與沈蘭舫書。得周少雲書，得姚少泉書。

辛酉，姚春伯外兄去，之臨平。馮少渠來。

壬戌，汪小樵封翁來，出看屋。是日閲定清溪書院四月望課卷。與高滋園都轉書。

癸亥，閱定龍湖書院三月朔課卷。與吴時山書，與沈蘭舫書。

甲子

乙丑

丙寅，葛瑞卿、丁紫巢兩大令來。是日閱定五湖書院二次課卷。

丁卯，吕庭芷同年來，飯而去。得黄質文書，得吴時山書。與梁敬尗觀察書。

戊辰

己巳，出拜客，見吕庭芷同年。得高滋園都轉書，與之書。閱定龍湖書院四月望課卷。與吴時山書。是日沈羲民同年來，治太夫人疾。得盧午峰方伯書。李薇生太守來。

庚午，得楊石泉中丞書、沈蘭舫書。

辛未，沈書森太守來。得姚訪棋書。

六月

壬申，王補帆同年來，張少渠來。與吕庭芷同年書。

癸酉，王補帆同年來，朱璞山來，邵誠伯來。得楊石泉中丞書、吴仲宣制府書、張香濤學使書，薛覲唐中丞書，得沈蘭舫書。

甲戌，王補帆同年來，吕庭芷同年來。與楊石泉中丞書，復仲宣、香濤、覲唐三公書，與沈蘭舫書，與阮君孝傳書，與靈蔚生都轉書，與汪芙青書。吴質甫來。得王子莊書。

乙亥，出拜客，見張振軒中丞、朱璞山。得紹萊五月九日書。與王補帆書二，與沈仲復觀察書，與沈蘭舫書。

丙子，閱定龍湖書院四月望課卷。

丁丑，與康侯女婿書，與紹萊書。潘玉泉觀察來，暴方子來。得孫漁笙書。

戊寅，與楊石泉中丞書，與周少雲書。與康侯書。

己卯，與蔡芸庭書。

庚辰，與江子平、徐蕖生兩孝廉書。得高滋園都轉書。

辛巳，與沈仲復、馮竹儒兩觀察書，與姚静巖書，與王子莊孝廉書。

壬午，姚少鐸來，馮旺濤來。得蔡駿甫書，復之書。

癸未，出拜客，見邵步梅。得王補帆同年書。與吕庭芷書。

甲申

乙酉，閱定清溪書院五月望課卷，寄德清。

丙戌，寄詁經精舍沈蘭舫書。

丁亥，張子中來。

戊子，倪載軒來，沈羲民來。閱定龍湖書院六月望課卷。

己丑，與徐花農書、孫漁笙書。

庚寅

辛卯，朱叔和來。得沈仲復觀察書。

壬辰，與王補帆、蔣薌香兩中丞書，與沈仲復觀察書，與呂庭芷同年書，與沈蘭舫書，與姚静巖書，與履卿書。得康侯十五日書。

癸巳，與沈蘭舫書。

甲午，朱修庭來。得紹萊六月八日書，得子原二十一日書，得姚静巖書。是日閱定龍湖書院六月望課卷。與馮申之、培之昆仲書。

乙未，吴香補來。

丙申，出拜客，見朱璞山。得馮竹儒觀察書。

丁酉，萬小庭大令來。沈羲民同年來，治太夫人疾。

戊戌，與唐藝農觀察書，與許子原書。

己亥，得沈蘭舫書。

庚子，出拜客，見馮少渠、丁紫巢。黄叔和來。

七月

辛丑，張少渠來。是日閲定詁經精舍五六月合課卷。得黼堂書。與盧午峰方伯書。

「藻率鞞鞛」解；「其蟲倮」解；《周易·師》初六釋王注義；《樂記》分篇考；螺舟賦，以「舟行似螺沈行海底」爲韵；詠西瓜；荷花生日致語口號；彙刻周秦諸子議。吴承志、孫瑛、馮一梅、孫以鑅、楊振鎬、陳德成、胡元鼎、薛受采、孫庚揆、龔啓芝、陳諨、武家駿、陳灝、梁葆仁、林真、嚴曾銓、李雲銜、屈元爔。

壬寅，閲定清溪書院六月望課卷。與沈蘭舫書，與蔡駿甫書，與蔡月嶠書，與高辛才丈書，與履卿書，與吕庭芷同年書。

癸卯

甲辰，郭遠堂中丞來。

乙巳，出拜客，見郭遠堂前輩。

丙午，與康侯書。

丁未，與子原書，與沈蘭舫書。

戊申，朱叔和來。

己酉，得蔡月嶠書，得履卿書。

庚戌，與内子出看倉米巷蓮溪坊屋兩區。

辛亥，趙惠青來。

壬子，出拜客，見衡峰和尚。潘芷生來。得許子原書。

癸丑，與子原書。得陳子莊書，得趙舜卿書，得姚少泉書。潘芷生、潘小卿來，與之偕看西偏地。葛瑞卿來。

甲寅，趙惠青來。

乙卯，與楊石泉中丞書，與補帆同年書，與沈仲復觀察書，與姚静巖書，與沈蘭舫書，與黼堂書。張少渠來。

丙辰，得王補帆同年書，得高滋園都轉書。蔡仲然來，趙惠青來，馮聽濤來，衡峰和尚來，潘莘田觀察來。

丁巳

戊午，張任庵同年來。與蒯子範太守書。是日買馬醫巷西頭地一區。

己未，出拜客，見李薇生、張任庵兩太守、吴平齋。

庚申，招衡峰和尚相度新買地。劉蕙卿太守來。

辛酉，與蒯子範太守書，與恩竹樵漕帥書，與顧子山觀察書。馮少渠來。

壬戌，得梁敬叔觀察書。

癸亥，得楊石泉中丞書，得鍾桂溪書。杜筱舫觀察來，暴方子來。是日閱定五湖書院七月卷。

甲子，沈義民來，治太夫人疾。王竹筷同年來，姚春伯外兄來，釋真川、衡峰來。

乙丑，與鍾桂溪書，與沈蘭舫書，與關瑞生書。任秋亭來。

丙寅，釋真川來。得英茂文觀察書。

丁卯，得顧子山觀察書，得紹萊七月十一日書。是日閱定龍湖書院本月望課卷。

戊辰，與李雨亭制府書，與英茂文觀察書，與王康侯女婿書。是日許子原女婿及繡孫女至自杭州。與吴時山書。

己巳，出拜客，見顧樂泉。與顧子山觀察書。

庚午，趙雨田來，江稼軒來。

八月

辛未，應敏齋方伯來。得康侯書，知錦孫於七月廿二日子刻舉一女。得沈既生中堅書。

壬申，閱定清溪書院七月望課。

癸酉，與王補帆親家書，與高滋園都轉書，與沈仲復觀察書，與蔡駿甫書，與姚魯卿書，與趙惠青書。

甲戌

乙亥，張少渠來。出拜客，見張振軒中丞，杜小舫、童際庭兩觀察，劉蔚卿太守，張任庵同年，馮申之主事。得趙惠青書。

丙子，李薇生太守來。

丁丑，與趙惠青書，與履卿書，與福昌書。張子中來。

戊寅，方蘭坨太守來，張少渠來，暴方子來，馮巳亭來。

己卯，顧樂全來。

庚辰，太夫人生日也，慈命謝客。與張少渠甥婿、許子原女婿、姚穀孫表姪小飲于春在堂。

辛巳，出謝客，均不見。見張任庵、馮巳亭。是日朱頻花來。

壬午，邵步梅招于張公祠。

癸未，與紹萊書。得徐花農、孫漁笙、馮孟香書。任秋亭來。

甲申，閱定詁經精舍七月望課卷。秦澹如觀察來。

「立容德」解；「方以類聚，物以群分」鄭注《易》《禮》不同説；《左傳》引《兔罝》詩釋義；問《尚書》越幾日有二例宜何從；秋禊賦，以「素秋二七天漢指隅」爲韻；七夕、中元即事，不拘體韻；古書、古劍、古琴、古鏡，各七律或五律。沈文元、馮一梅、吴慶坻、胡元鼎、吴承志、戴果恒、徐琪、孫毓騏、孫庚揆、周德慶、許郊、陳殿英、薛受采、鍾樾、汪行恭、汪嗣濟、陳灝、周元瑞。

乙酉，與高滋園都轉書，與吴焕卿書。

丙戌，丁麗生庶常來。出祝葛太恭人之壽。

丁亥，孫漁笙來。

戊子，與王康侯書。

己丑，許子原女婿去杭州。孫漁笙來，張少渠來。

庚寅，得王補帆同年書。與吕庭芷同年書，與高滋園都轉書。

辛卯，得馮孟香書，得沈蘭舫書。

壬辰，得黄質文書，復之書。與孟香書、蘭舫書。

癸巳

甲午，孫漁笙來。與王補帆同年書，與高滋園書，與沈仲復觀察書，與馮竹儒觀察書，與黼堂書。得德清縣唐明府書。明府名熙春，號師竹。

乙未，出拜客，見張任庵同年、衡峰和上。潘芷生來。

丙申，朱采蓀來。得陳子莊書，自桐鄉來。

丁酉

戊戌，杜小舫觀察來，邵步梅來，包子莊來，蔡芸庭來。

己亥，萬小庭大令來。得康矦女婿書。

九月

庚子，得高滋園都轉書。與康矦書，與謝敏齋書。是日閱定龍湖書院八月望課。

辛丑，余萍皋來。是日閱定清溪書院八月望課。

壬寅，姜曉湘來。

癸卯，於馬醫巷西頭破土興工。得馮竹儒書。

甲辰，彭雪琴宫保來。

乙巳，出拜客，見應敏齋方伯。與馮竹儒書，與五表妹書。

丙午，得楊石泉中丞書，得恩竹樵漕帥書。

丁未，劉茆生來，魯少峰聯輝來。

戊申，朱璞山來。是日閱定詁經精舍八月望課：

《内宰》「以作二事」解；「恒亨以濟三事」解；「思兼三王以施四事」解；荀卿年歲考，春秋戰國時長壽人考；萬里同陰晴賦，以「中秋晴雨萬里皆同」爲韵；漢文帝罷營露臺頌；詠中秋故事四首：武夷君宴縵亭、唐明皇游月宮、趙知微登天柱峰、文蕭遇吴綵鸞。

吴承志、徐琪、胡元鼎、孫仁興、孫以鑅、屈元爔、嚴曾銓、周善溥、陳殿英、梅和美、孫禮煜、孫毓驥、汪嗣濟、薛受采、俞光組、潘德炳、周德慶、勞敬典。

己酉，吕庭芷同年來。

庚戌，邵步梅來。

辛亥，朱適庵庶常來。得暴君驥遠書。

壬子，沈仲復觀察來，許季蓉來。

癸丑，潘濟之來。得王補帆同年書。

甲寅，朱叔梧來，馮巳亭來。與補帆書，與高滋園書，與吕庭芷書。由白馬橋陳昇連香店。

乙卯

丙辰，馮巳亭來。與蔡瑜卿書。

丁巳，登舟如杭州，泊平望。

戊午，泊陡門。

己未，泊石門。

庚申，過唐西。與沈蘭舫書，與内子書。其暮至德清，泊南埭。福昌姪來。

辛酉，展先曾祖、先祖之墓。移舟入城，坐小舟至金鵝山，展先通奉君之墓。遂拜客，見唐師竹明府、蔡駉孫。蔡寅初明府來，蔡瑜卿、蓉卿來，嵇又任來，沈竹坪芳洲來。回泊南埭。

壬戌，移舟至薛家閣，展先兄福寧君之墓。遂發，薄暮至杭州詁經精舍。

癸亥，與内子書，内有上太夫人書。乘舟至三潭印月，訪彭雪琴侍郎，周覽其退省庵，遂登一寄樓，因偕侍郎同歸，小坐而去。子原婿來，汪芙青來。

甲子，入城拜客，見楊石泉中丞、盧午峰方伯、靈蔚生都轉、唐藝農觀察、陳伯敏太守、許信臣前輩、濮少霞、姚少泉、孫子佩，又見許八夫人及子原女婿。得唐師竹明府書。

乙丑，潘儀父來，黄質文來，姚少泉來，陳桂舟來，陳竹川來。與内子書，與唐師竹明府書。

丙寅，陳薀源太史來，馮夢香來，孫信矦來，李枚士來，黄叔和來。得次女繡孫書，得陳子莊書，得張少渠書，得履卿書。

丁卯，入城拜客，見胡笠青、馮夢香、汪芙青。是日楊石泉中丞招飲。童仔丞太守來。得繡女書，得夏超墅書，得潘儀父書，得履卿書，得周少雲書。

戊辰，與内子書，與紹萊書，與姚訪梅書，與張少渠書。得沈書森書。唐藝農、惲杏耘、梁敬叔三觀察來，談仲修來，何治甫來，許子原女婿及子喬來。是日閱定詁經精舍九月望課卷：「西南其户」解；「地載神氣」四句解；《周禮》是否周公所作考；周秦兩漢金價考；朱登遺張敞蟹賦，以「敞報書有儒者意味」爲韵；帝女花歌；賞菊四詠：老圃、疏籬、瓦盆、銅瓶。吴承志、徐琪、孫以鑅、武家駿、嚴曾銓、孫毓騏、許郊、楊振鎬、胡元鼎、周元瑞、勞敬典、王慶霖、薛受采、鍾樾、孫禮煜、章炳森、潘鋳、沈守敏。

己巳，沈肖巖來，姚少泉來，沈墨莊前輩來，馮一梅來，潘儀父來，王眉叔來。與内子書。是日閱定上海詁經精舍課卷：「西至汃國」解；《公羊》「通濫」説；成周取士之制考。

十月

庚午，上太夫人書，與内子書，與沈仲復觀察書。王清如前輩來，胡笠青來，彭雪琴侍郎來。

辛未，蒯士香廉訪來，樊介軒太史來，張藴梅庶常來，汪芙青來。得唐師竹明府書，即復之書。

壬申，得紹萊九月初七日書。江小雲觀察來，阮移卿來。楊石泉中丞來，遂與偕至退省庵，訪彭雪琴侍郎。

癸酉，入城拜客，見蒯士香廉訪，高滋園都轉，王清如、秦澹如、唐藝農三觀察，許信臣撫部前輩，子原女婿，江小雲觀察。得王康矦女婿書，得徐蕖生書，得王濟川書，得蒯子範太守書，得繡孫書。

甲戌，焦盛周松來，乃庚戌同年焦晴江春宇之子，將如福州，爲作書，與補帆、許信臣前輩來。遂偕至退省庵，訪彭雪琴侍郎，飯而歸。是日閲定五湖書院卷。與内子書，與蔡駿甫書，與唐師竹大令書，與沈竹坪書。

乙亥，沈祖香來，姚朗山來，詹黼臣鴻謨、諸起齋可炘兩庶常來。

丙子，楊小齋明府來，樊介軒太史來，汪芙青來，秦澹如觀察來。與王補帆閩撫書，與宗湘文太守書，與内子書。

丁丑，得繡孫初三日書，得蒯子範太守書。

戊寅，得繡孫初七日書，得恩竹樵漕帥書，得蔣薌香中丞書，得陳仙海書，得吴煥卿書。與夏超墅書。周縵雲前輩、金少伯、高宰平來，汪芙青、吴畫郊來，朱笏山來。

己卯，富蘭生都統來，樊介軒太史來，杜杕華來。與内子書，與黼堂書，與吴焕卿書。

庚辰，入城拜客，見富蘭生都統、盧午峰方伯、陳伯敏、余古香兩太守、靈蔚生都轉、許信臣中丞、子原女婿、汪芙青、姚少泉。得繡孫書，得洪琴西書，得吴退樓書。

辛巳，盧午峰方伯來，龐小雅刑部慶麟來，姚少泉來。與内子書，與吴焕卿書。

壬午，梁敬叔觀察來，許子原女婿來，潘鳳洲來，樊介軒來。與方子穎觀察書。族姪鄧鰲來。

癸未，吴康甫來。

甲申，馮夢香、王硯雲來。至退省庵訪彭雪琴，遇大風雨，侍郎命親兵送歸。

乙酉，濮少霞來。得孫漁笙書，述知太夫人氣體違和。漁笙乃余門下士，留寓中課孫兒女讀書者。

丙戌，大雨雪。彭宫保來。與内子書，與履卿書。

丁亥，沈肖巖來。登舟回蘇州，泊大關。

戊子，泊石門。

己丑，泊王江涇。

庚寅，還蘇寓，而戌正矣。

辛卯，顧春生來，治太夫人疾。

壬辰

癸巳，與呂庭芷同年書。

甲午，李樸存來，治太夫人疾。次女繡孫歸杭州。

乙未，李樸存、張小林來，治太夫人疾。

丙申，李樸存來，治太夫人疾。

丁酉

戊戌，李樸存來，治太夫人疾。

己亥，閱定龍湖書院課卷。

十一月

庚子

辛丑，閱定清溪書院課卷。與蔡駿甫書，與繡女書。

壬寅，太夫人疾有閒。

癸卯，兄子履卿來。出拜客，見吴子健中丞、應敏齋同年方伯、任秋庭、張任庵、吴平齋、顧晋叔。

甲辰，出拜客，見李薇生太守，倪載軒、陳仲泉兩觀察，邵步梅、包子莊。

乙巳，包子莊來，應敏齋同年來，劉芝田、馮竹儒兩觀察來，倪載軒來，劉雅賓庶常傳福來，馮少渠來，潘季玉來。

丙午，張子青制府來。閲定詁經精舍十月望課卷：「載十一征」辭；十二分野古説異同考；蘜蘜辨；説臘；小炷留燈悟養生賦，以題爲韵；小春詞：　趙公隄、楊公隄。　汪行恭、馮一梅、嚴曾銓、吴承志、周德慶、張鋆、胡元鼎、孫禮煜、孫庚揆、鍾樾、沈文元、徐琪、孫以鑅、龔啓芝、陳灝、武家駿、陳殿英、許郊。

丁未，履卿去無錫。與楊石泉中丞書，與彭雪琴宫保書，與孫子佩太守書，與孟蘭艇、沈蘭舫書。李友蘭大令宗蓮來。

戊申，出拜客，見沈書森太守。得王補帆親家書。

己酉，與沈仲復觀察書，與吴康甫書，與王康侯女婿書。

庚戌

辛亥，鄭玉軒觀察來。出拜客，見朱璞山、蔣心香。與楊石泉中丞書、盧午峰方伯書，與沈蘭舫書，與許子原書，與樊介軒太史書，與沈肖巖書，與蔡月嶠書。

壬子，得紹萊十月十二日書。

癸丑，劉蔚卿太守來，汪芙青來。

甲寅，出弔許叔青太守之喪。是日閱定龍湖書院十月望課。

乙卯，雨。與吳時山書，與陳子莊書，與蔡芸庭書，與梁敬叔書。

丙辰，得劉芝田觀察書。

丁巳，朱璞山來，暴方子來。

戊午

己未，得王眉叔書。

庚申，得沈仲復觀察書。邵步梅來。

辛酉，與沈仲復、馮竹儒兩觀察書，與高滋園都轉書、王補帆同年書，與王眉叔書，與楊石泉中丞書。鄭伯升來。

壬戌，陳仲泉觀察來，汪小樵封翁來。

癸亥，潘順之前輩來。與李少荃相國書，與孫省齋方伯同年書，與紹萊書。是日閱定五湖書院課卷。

甲子，與陳子莊書，與許季蓉書。

乙丑，與陸存齋書。

丙寅，閱定詁經精舍十一月望課卷。

馮一梅、徐琪、沈文元、陳灝、吴承志、汪行恭、周德慶、孫禮煜、孫庚揆、龔啓芝、孫以鑠、汪行忠、胡元鼎、俞光組、張嫯、鍾樾、姜頤、潘鈉。「文言」解；「參之以九藏之動」解；「稷曰明粢」句古本有無考；問諸子真僞；「八分煙水二分人」賦，以「西湖風景今昔不殊」爲韻；詠福橘；黄棉襖子歌；冬日雜詠。

丁卯，倪載軒觀察來，張少渠來，姚静巖來，王濟川來。

戊辰，汪子和來。

己巳，得蒯子範太守書。戴崇甫來。得汪芙青書。附記：芙青寓無錫西門城根緝私局。

十二月

庚午，與鄭西屏書。得姚少泉書，復之。附記：姚寓在杭州斷河三橋金剛寺巷八卦牆門内。

辛未，黄霽川太史來。

壬申，出拜客，見李薇生太守、張少渠。

癸酉，得紹萊十月廿二日書。與孫歡伯書。得陸存齋書，即復之。

甲戌，朱璞山來，張少渠來。

乙亥

丙子

丁丑，黄霽川太史來，任秋亭來。

戊寅，應敏齋方伯來，陸耕瑶來。

己卯，閱定清溪書院課卷。

庚辰，閱定龍湖書院課卷。與馮竹儒觀察書。萬小庭大令來。

辛巳，得楊石泉中丞書。出拜客，見邵步梅。

壬午，邵步梅來。得王補帆親家書，得李筱荃知府書。

癸未，應敏齋招同金銷英蔬食於大雲庵，遂至流水禪居小坐。已而又至金獅巷，訪五柳園故居。

甲申

乙酉

丙戌

丁亥，與王補帆書。

戊子

己丑

庚寅

辛卯

壬辰，費又亭觀察來。得勒少仲同年書，得孫歡伯大令書。

癸巳，出拜客，見李薇生廉訪，倪載軒、陳仲泉兩觀察、張任庵。

甲午

乙未

丙申

丁酉，得紹萊初八日書。

戊戌，得黄質文書。是日懸先高祖以下畫象，設祭行禮。是歲，余行年五十有四矣。於馬醫巷西頭買得潘氏廢地，築室二十間，擬明年移居焉。余其長爲吴下阿蒙乎？

光緒元年

正月

己亥

庚子

辛丑

壬寅，與沈羲民書。

癸卯，得吕庭芷同年書，即復之。與陳子莊書。

甲辰，得陳仙海書。陳仲泉同年來。得康侯書，得馮竹儒觀察書。

乙巳，陸鳳石殿撰來，馮松生來。與康侯書。

丙午，得履卿書。

丁未，與紹萊書。

戊申，與黼堂書。

己酉，與履卿書。

庚戌，得蒯子範太守書。張少渠來，蔡芸亭來。

辛亥，與靈蔚生都轉書，與陳訏堂同年書，與子原書。得徐花農書。與沈蘭舫書，與仲英甥女書。

壬子，得黼堂書。

癸丑，大雨雪。

甲寅，得蔡月嶠書。

乙卯

丙辰，倪載軒觀察來，汪槐堂來。

丁巳，與高滋園都轉書，與梁敬叔觀察書，與許子原書，與黄質文書，與履卿書。得子原書，知繡孫女於十七日巳時舉一男。

戊午，恩竹樵方伯來，葛瑞卿、馮少渠來。與紹萊書，與康侯書，與子原書。得蘇君瑞書書，蘇字少伊。

己未，潘儀甫來。

庚申，與楊石泉中丞書，與許星叔學使書。得吴康甫大令書，得許子原書。與彭雪琴侍郎書。吴康甫乃平湖縣丞，住杭之四條巷。

辛酉

壬戌，與吴康甫書，與沈蘭舫書。

癸亥

甲子，榮君俊業來，暴方子來，任秋亭來。

乙丑，得紹萊正月十二日書。

丙寅，朱璞山來。與丁雨生中丞書，與沈仲復廉訪書，與馮竹儒觀察書，與高滋園都轉書，與王補帆中丞書，與康侯女婿書。得高宰平監院書。寄高書由杭城佑聖觀巷同善堂。與黼堂書。

丁卯

戊辰，陳仲泉同年來。

二月

己巳，陸存齋觀察來，馮聽濤來，高丹林來。得富蘭生都統書，得高滋園觀察書，得沈仲復廉訪書。

庚午，邵步梅來。陶明經然以書來，視余以雷君浚所著《説文外篇》。

辛未

壬申

癸酉

甲戌，與高宰平書。得沈蘭舫書，得彭雪琴侍郎書。

乙亥，沈書森太守來，惲仲清來。

丙子，汪枚甫鼎未來。

丁丑，出拜客，見吴子健中丞、恩竹樵方伯、應敏齋廉訪、李薇生、沈書森太守、朱璞山司馬。

戊寅，出拜客，見潘順之前輩、邵步梅、張任庵。

乙卯

庚辰，出拜客，見張問泉大令紹渠、顧晉尗、衡峰和上。問泉弟紹軒述南，乃余視學河南所取士也。劉雅賓庶常來。

辛巳，傅里千來。

壬午，陳仲泉觀察來，趙幼卿來。

癸未，出拜客，見衡峰和尚。

甲申，與高滋園都轉書。

乙酉，與孫歡伯書，與張少渠書。吴仲英來。

丙戌，得馮竹孺觀察書。

丁亥

戊子

己丑，與紹萊書。

庚寅

辛卯

壬辰，方子箴都轉來。

癸巳，出拜客，見方都轉及恩竹樵方伯、吴退樓。

甲午，登舟如杭州，泊八尺。

乙未，泊烏鎮。

丙申，過新市，登岸見鍾桂溪、蔡月嶠，又至兄子履卿所寓室，飯于月嶠所而歸。履卿隨至舟，小坐乃去。與謙甫書。

丁酉，過唐西。與内子書。至詁經精舍，日之夕矣。得彭雪琴侍郎書。

三月

戊戌，朱星潛來，何治甫來。至退省庵見彭雪琴侍郎。沈蘭舫來，彭侍郎來。

己亥，入城拜客，見楊石泉中丞、高滋園都轉、何青士、秦澹如、梁敬叔、吴引之、濮少霞、江小雲六觀察、富蘭生都護、孫子佩太守、周縵雲前輩、蘇少伊太守、姚少泉、許子原及許八夫人。又至書局，見王眉叔、黄元同諸君、高辛平監院。

庚子，周琳粟、江小雲兩觀察招集湖舫。許子原來。

辛丑，蘇少伊太守來，姚少泉來，徐花農來。彭雪琴侍郎來，遂招至退省庵雅集。得紹萊二月十日書。

壬寅，入城拜客，見盧五峰方伯、靈蔚生都轉、陳伯敏太守、高滋園都轉、孔檢齋同年、吴康甫大令。與内子書。

癸卯，蒯士薌廉訪同年來，少泉來。濮少霞、高滋園諸君招至三潭印月退省庵，陪彭雪翁雅集。得張朗齋軍門書。

甲辰，靈蔚生都轉來，陳訏堂同年、沈澄之兩大令來，吴祁甫來，王二琴孝廉仁厚來，彭雪琴宫保來。

乙巳，朱笏山來。與彭雪琴侍郎入山，至龍井，歷九溪十八澗，飯于理安，并謁于少保祠墓，至法相瞻長耳和尚遺蜕，同遊者蔡練江、沈蘭舫。得王補帆同年書。

丙午，盧午峰方伯來，蘇少伊來，許子原、子祥來，丁松生來，孫子晉來。與内子書，與吴時山書，與鄭愛廬書。

丁未，補二月望課。高宰平、朱星潛兩監院循故事觴余于湖樓。彭雪琴侍郎來，黄元同、王眉叔來，高海坨來，沈琢香來，徐花農、馮孟香來，孫曜先來。得吴平齋、陸存齋書，得周少雲書，得汪芙青書。

戊申，王夢薇庭鼎來，何子英銘彝來，吴引之觀察來。乘小舟至三潭印月，訪彭雪琴侍郎，歸而遇楊石泉中丞來，遂同至湖心亭，小坐而别。沈蘭舫來。與内子書，與履卿書，與謙甫書，與范允茂書。

己酉，入城拜客，見蒯士香廉訪、富蘭孫都護、方子穎、濮少霞觀察、許子原女婿。與王補帆同年書，與張朗齋軍門書，與内子書。是日之午，梁敬叔同年偕書局同人招飲于金衙莊。其暮楊石泉中丞招飲于節署。及歸湖廔，更鼓再嚴矣。

庚戌，姚少泉來，高丹臨來。鄒君問達來，乃鄒蓉閣之子，兩淮鹽經歷。高宰平來，沈蘭舫來，鄭伯升來。上太夫人書，與内子書，與馮竹儒觀察書，與金眉生廉訪書。得蔡駿甫書。

辛亥，樊介軒太史來，許子原來，陳竹川來，吴康甫來。與内子書。是日閱定清溪書院二月望課卷，寄德清。與蔡駿甫、月嶠書。

壬子，徐花農來。至三潭印月，訪彭雪琴侍郎，未見，已而侍郎來。與方子箴都轉書。

癸丑，沈蘭舫來。與方子穎觀察書。登舟如上海，泊唐西。

甲寅，泊北雙橋。是日，閱定詁經精舍二月望課卷：

「何天之衢」解；「伊陟原命」解；八卦應八風考；「古文篆書一簡八字」說；西湖裏外六橋賦，以「春花鶯花十二橋」爲韵；桃花、李花、杏花、梨花，各七律一首；蒨桃墓志。

馮一梅、馮惟一、黄家辰、吴承志、嚴曾銓、劉芬、孫庚揆、徐琪、翁瑞琛、胡元鼎、黄以恭、姜頤、汪行恭、孫以鑅、周召、周德慶、俞光組、胡謙。

乙卯，泊嘉善。

丙辰，泊楓涇。

丁巳，守風，不行。

戊午，仍守風。

己未，帆而行，縴而行，行復止。夜而行，泊閔行，柝聲三。

庚申，日加酉，至上海，泊馬頭。與内子書，與王補帆同年書，與高滋園書，與高宰平書，與吴平齋書，與潘季玉書。得陛雲書，得張少渠書。

辛酉，至也是園，廌樸學齋。出拜客，見劉庸齋前輩、王竹矦同年、鍾子勤山長。與内子書。

壬戌，出城，至二馬路縵雲閣，見姚静巖，偕其友朱君買玻璃一箱而歸。馮竹儒觀察餽酒食，遂招劉庸齋前輩、李小雲、鄭蓮君同飲于樸學齋。竹翁來，王竹筷來。

癸亥，鍾子勤孝廉來，李勉林、鄭玉軒兩太守來，姚静巖來，張子剛來，童、章兩明經、兩李生來。是日閲定五湖書院課卷。

甲子，劉庸齋前輩來，劉峴莊制府來。出拜客，見李雨亭制府、李勉林、鄭玉軒兩太守、李眉生。上太夫人書，與内子書，與鄭愛廬書，與張少渠書，與紹萊書。

乙丑，劉庸齋前輩招飲。沈専三司馬來，莫仲武來，馮竹儒觀察來。

丙寅，出至二馬路，見姚静巖。李雨亭制府來，張篠峰來。出拜客，見馮竹儒觀察。

四月

丁卯，葉顧之大令來。

戊辰，開精舍課。馮竹儒觀察來，王竹筷、賈雲階來，韓小坡來。與内子書。其夕竹筷、雲階招飲于太乙蓮舟。

己巳，出拜客，見劉芝田觀察、劉融齋、鍾子勤兩山長、王竹筷同年。得許子原女婿書、王濟川書。劉融齋前輩來。登舟還蘇州，泊老閘。

庚午，泊黄渡。

辛未，泊崑山。許子原女婿來。與陶柳門書。

壬申，還蘇寓。與王補帆書、高滋園書、沈藺舫書、吴友樂書。

癸酉，出拜客，見吴平齋、潘和甫。與鍾桂溪書，與徐花農書，與履卿書。

甲戌，杜筱舫觀察來，祝吟梅來，潘季玉來。

乙亥，閲定詁經精舍三月望課卷：

《連山》《歸藏》説；「矧惟若疇圻父」三句解；何劭公以《論語》説《公羊》考；《大學》一篇何人所作考；「隄畔畫船隄上馬」賦，以題爲韵；留春、送春，各七律一首；春色、春聲、春愁、春夢，各詞一闋；金衣公子傳。　吴承志、馮一梅、胡元鼎、馮惟一、黄家宸、王壽松、陳灝、汪行恭、黄以恭、嚴曾銓、鍾樾、許章燕、周元瑞、周德慶、汪行忠、屈元爔、徐鴻年、汪丙熙。

得紹萊三月十三日書。附記：　紹萊住保定省城倉門口。

丙子至甲申，事冗，失記。

乙酉，移寓新屋，是屋也于去年九月興工，至是始畢，苟完苟美而已。　得徐花農書，得吴焕卿書，得王夢薇書。陳仲泉觀察來，任秋亭來。

丙戌

丁亥，閱定上海詁經精舍課卷。

戊子，與馮竹儒觀察書，與高滋園都轉書，與唐藝農觀察書，與秦淡如觀察書，與王夢薇書，與徐花農書，與馮夢香書，與姚訪梅書。

己丑，出拜客，見吴平齋、陸存齋、陳仲泉三觀察、朱璞山、張任庵、任秋亭。與李筱荃制府書，與邵汴生中丞書，與蒯子範太守書，與紹萊書。

庚寅，沈蘭舫來。與梁敬尗書，與黄質文書。是日爲外孫許引之鬌頭，生百日矣。

辛卯，杜筱舫觀察來，朱璞山來，趙雨田來，邵步梅來。

壬辰，與蘭舫、漁笙諸君小集春在堂。

癸巳，潘偉如方伯來，汪小樵封君來。

甲午至丙申，無事，不書。以後有事書，無事不書。

五月

丁酉，閱定詁經精舍望課卷：「各奏爾能」解；「享頫有璋」解；「禮或損之而益」考；「巧言令色足恭」本無「子曰」説；「號萬石者五家」賦，以「其詳見《困學紀聞》」爲韵；金婆楊梅歌；用西洋法照象，詩以紀之。劉芬、徐琪、馮一梅、黄家宸、吴承志、馮惟一、錢起、屈元爔、黄以恭、汪行忠、胡謙、林樹芬、王壽松、鍾樾、胡元鼎、孫庚揆、許郊、孫以鑅。

戊戌，張子青前輩來，馮少渠來。與王補帆同年書、康矦女婿書，與胡笠青大令書，與潘芸臺太守書，與高滋園都轉書，與王夢薇書，與高辛平書，與兄子黼堂、履卿書。

己亥，童際庭觀察來。

庚子，陳仲泉觀察來，李薇生太守來。

辛丑，得王補帆同年書。

壬寅，出拜客，見潘偉如方伯、沈仲復廉訪、沈書森、邵步梅〔一〕，并弔倪載軒之喪。

癸卯，潘季玉觀察來，雷君浚來。與沈蘭舫書、周少雲書，與履卿書，與吕定子同年書。出拜客，見吴子健中丞、恩竹樵方伯、應敏齋廉訪、李薇生太守、衡峰和尚。

甲辰，陳仲泉同年來，沈書森來，葛瑞卿來。

乙巳，閱定清溪書院四月望課卷。李眉生廉訪來。沈羲民同年來，治内子疾。

丙午，應敏齋廉訪同年來。與勒少仲同年書。

丁未，顧子山觀察來，湯伯述來。楊葉航庶常欽琦來。

戊申，吴子健中丞來，萬小庭大令來，張子中來。

己酉，出拜客，見顧子山觀察。馮竹儒觀察來。得王眉叔書。

庚戌，與高滋園都轉書，與王補帆中丞書，與王眉叔書。

辛亥，李眉生廉訪來。

壬子，邵步梅來。

〔一〕梅，原脱，據上下文補。

癸丑，得黼堂書。

甲寅，潘順之前輩來。得王康矦女婿書。

乙卯，與康矦書。

丙辰，得徐花農書，與吕定子書。

丁巳，與紹萊書。

戊午，張通甫來。

己未，陳仲泉觀察來。

庚申，得紹萊四月十四日書。閱定五湖書院課卷。

辛酉，汪芙青來，孫信矦來。得康矦十四月書。與徐花農書、沈蘭舫書。

壬戌，出拜客，見潘順之前輩、沈仲復廉訪、邵步梅。

癸亥

甲子，方蘭坨來，王芑孫來。

乙丑

六月

丙寅，得李筱荃制府書。許子衡來，顧子山觀察來。

丁卯，沈仲復廉訪來。閲定詁經精舍課卷：

夏殷六卿考；《周禮》七名《儀禮》五名考；「五齊三酒」用法考；八音次第考；「夏獵爲苗」賦，以「孫炎郭璞注義不同」爲韵；竹醉日、分龍日，二題，不限體韵；擬閏人祭始影星祝詞。　黄家宸、馮一梅、徐琪、嚴曾銓、孫禮煜、吴承志、汪行恭、黄以恭、劉芬、胡元鼎、鍾樾、陳灝、周德慶、周召、林樹芬、俞光組、盛起、孫庚揆。

戊辰，得富蘭生都護書。許子原女婿還杭州。

己巳，與劉峴莊制府書。

庚午，宋小舫來，治太夫人疾。是日閲定龍湖書院三月朔課卷。

辛未，閲定清溪書院卷。與方子箴都轉書。

壬申

癸酉，出拜客，見杜小舫、朱璞山、方蘭坨。

甲戌，邵步梅來。

乙亥，得徐花農書，得子原書。

丙子，與楊石泉中丞書，與王眉叔書。

丁丑，吴平齋來，杜小舫來。

戊寅，與姚少泉書。

己卯，出拜客，見恩竹樵方伯、李薇生太守。與子原書，與陶柳門書。

庚辰，得王補帆中丞書，得高滋園都轉書。

辛巳，朱修庭來。

壬午，閱定龍湖書院三四月望課卷。與吕庭芷書。

癸未，得吕庭芷同年書。張少潭庶常礽杰來。

甲申，出拜客，見邵步梅、潘濟之。

乙酉，與康侯書。

丙戌，與高滋園書。潘芝岑來，詹希伯庶常、時蓬仙比部來。

戊子，葛瑞卿來，馮聽濤來。

己丑，得盧午峰方伯書。

庚寅，得徐花農書。

辛卯，得蒯士香廉訪同年書。謝芹香來。

壬辰，與盧午峰方伯書，與蒯士香廉訪書。

癸巳

甲午，沈蘭舫來。

七月

乙未，陳仲泉來，姚少鐸來。

丙申，出拜客，見劉蔚卿。

丁酉，得紹萊六月十五日書。邵步梅來。

戊戌，葛瑞卿來。

己亥，馮巳亭來。

庚子，得吴引之觀察書。

辛丑至乙巳，事冗，失記。

丙午，恭逢慈安皇太后萬壽，臣工咸蟒服。是歲八月十日爲太夫人九十正壽，因值國恤，衣服不能從吉，乃移前一月于是日稱觴。自吴子健中丞、恩方伯、應廉訪以下諸君成集，而兄子黼堂、履卿又皆來會，亦春在堂第一次吉祥善事也。

丁未，出謝客。

戊申，諸同人咸集，爲太夫人益壽。

己酉，出謝客。

庚戌，蔣香生太守來。得張少渠書，得紹萊六月十九日書并參一斤。

辛亥，沈蘭舫、許子原、兄子黼堂、履卿均去。

壬子，閲定清溪書院課卷。

癸丑，張芝田來，治内子疾。金立甫來。

甲寅，閲定龍湖書院課卷。

乙卯，張芝田來，治太夫人疾，兼治内子疾。閲定上海詁經精舍課卷。

丙辰，得高滋園都轉書。

丁巳，趙幼卿來，陸博泉來。得劉峴莊制府書，復之書。得王康侯女婿七月十日書。是日閱定杭州詁經精舍卷：

「物與无妄」解；「驟歌北風，又歌南風」解；「社祭句龍、稷祭后稷」説；建旗、建旟、建旐圖考；瓜牛廬賦，以「退藏只合卧蝸廬」爲韵；風亭、月榭、回廊、曲室、鑿池、疊石、栽花、種樹，各七律一首。馮一梅、孫以鑅、汪行恭、楊振鎬弟五、蔣學溥、黄以恭、許章燕、徐琪、嚴曾銓、胡元鼎、吴承志、周德慶、章脩黼、周官禮、周元瑞、龔啓蘅、黄家辰、孫庚揆弟四。

戊午，與高滋園都轉書。

己未，得王康侯女婿揚州來書。

庚申，兄子黼堂來。與子原女婿書，與孫漁笙書，與靈蔚生都轉書，與鍾桂溪書，與孫歡伯書。

辛酉，邵步梅來，偕金立甫來。

壬戌，李璞存來，治太夫人疾。

癸亥，得高滋園都轉書。

甲子，與李子和制府書，與盧藝圃觀察書，與高滋園都轉書，與李黼堂方伯書，與徐花農書。金立甫來。

八月

乙丑，兄子黼堂如京師。與曾樞元中丞書。

丙寅，得王補帆同年六月二十四日書，即復之書。盧實甫明府來，治太夫人疾。

丁卯，出弔倪載軒觀察之喪。遂拜客，見陸存齋。得唐藝農觀察書，得紹萊七月二十日書。陳仲泉同年來。

戊辰，與許子原書。

己巳，葛瑞卿來。得馮竹儒觀察書。

庚午，得蔣香生太守書。

辛未，陸子如來，汪芙青來。

壬申，與方子箴都轉書，與孫省齋觀察書，與紹萊書。

癸酉

甲戌，是日爲太夫人正生辰，家庭小宴。

乙亥，出拜客，見顧子山觀察、楊見山太守。張少渠來。

丙子，治作浮梅檻。招張少渠、金立甫小飲。少渠交來紹萊書并上太夫人壽禮。又得姚訪梅書，即復之。

丁丑，潘順之前輩來。

戊寅，與紹萊書，與唐藝農觀察書，與高滋園都轉書。

己卯，得馮竹儒觀察書，與錢子密書。得勒少仲同年書。

庚辰，出拜客，見潘順之前輩、李薇生太守。與馮竹儒觀察書。雷甘杞來。

辛巳，得姚春伯書。住河南省城行宫角十字北口路西多寶齋。楊葆光古云以紹萊書來，朱璞山來。

壬午，與劉峴莊制府書，與勒少年仲同年書。嚴緇生庶常來。

癸未，得寶應及杭州來書，知王親母劉夫人、許親母盧夫人均卒。吴彤雲觀察來，姚少鐸太守來。與康侯書。

甲申，繡女歸杭州。與王補帆同年書，與高滋園書。潘季玉來。又與補帆書，交其差官齎回。與子原書。

乙酉，與履卿書。

丙戌，與康侯書。陳仲泉來，金立甫來。

丁亥，應敏齋同年來。

戊子，吴又樂來。與孫琴西同年書。得魏稼孫書及其子性之書。得汪芙青書，告知奉檄赴廣信弋貴分局。

己丑，與王眉叔書。

庚寅，王夢薇來，朱璞山來。

辛卯，周縵雲前輩來，葛瑞卿來。得王補帆七月廿七日書，得紹萊八月十日書。

壬辰，盧實夫來。

癸巳，邵步梅招飲張公祠。

九月

甲午

乙未，楊峴山招飲。金眉生廉訪來。與楊石泉中丞書。

丙申，出拜客，見恩竹樵方伯、姚少讀太守。與履卿書。與紹萊書。

丁酉，恩方伯來，汪惟卿來，吴仲英來。

戊戌，王樸人來。

己亥，沈書森來。盧實夫來，治太夫人疾。

庚子，朱璞山來。

辛丑

壬寅

癸卯，與馮竹儒觀察書。

甲辰，吴子健中丞來。

乙巳，出拜客，見吴子健中丞、王樸臣。與勒少仲廉訪書。

丙午，與方子箴都轉書。得劉峴莊制府書。謝芹香來，陸博泉來。

丁未，馮少渠使人來，告知其子聽濤茂才舉於鄉。

戊申，徐花農書來，告知舉於鄉。出拜客，見馮少渠、汪小樵、沈書紳。與花農書。

己酉，馮聽濤來，顧竹人來，李薇生太守來。

庚戌，登舟如杭州，泊八尺。

辛亥，泊嘉興。

壬子，泊石門。

癸丑，至德清，泊南埭。

甲寅，展先曾祖先祖之墓，移舟入城，易小舟至金鵝山，展先通奉君之墓，仍泊南埭。

乙卯，展先兄福寧君之墓而行，及杭州大關而泊。

丙辰，至西湖精舍。　上太夫人書，與内子書。　沈蘭舫來。

丁巳，入城拜客，見楊石泉中丞、盧午峰方伯、蒯士香廉訪、如冠九、何青士、方子穎、秦淡如、吴引之五觀察、富蘭孫都護、孫子佩太守、吴煥卿、梁寶臣兩大令、姚少泉、高宰平、黄質文、王眉叔、黄元同、沈組齋。　又弔許八夫人之喪，見子原昆仲於其苫次。

戊午，入城拜客，見靈蔚生都轉、吴時山。　王葆齋來，姚少泉來，吴祁甫來。　陳竹川、陳藹卿來，王夢薇來，朱星潛來。

己未，張翼伯觀察來，陳訏堂、吴煥卿大令來，章輪香來，高宰平、陳桂舟、葛逸仙來，王夢薇來，汪子喬、徐花農來，馮夢香來。

庚申，奎心齋主考來，蒯士香廉訪來，丁松生來，徐花農、汪少甫來，汪班生來，富蘭生都統來，靈蔚生都轉來。是日盧五峰方伯招陪奎心齋讌於湖舫。是日閱定詁經精舍九月望課卷。是日得二十一日、二十三日蘇厲來書。

「天球」解；「寓屬」「禺屬」解；《帝告》以下五篇舊解是《夏書》説；冕制考；「夕餐秋菊之落英」賦，以題爲韵；晚桂、早菊，不限體韵；擬朱登餽張敞蟹書；擬王弘送陶潛酒書。孫以鑅、黄以恭、吴承志、嚴曾銓、孫庚揆、翁瑞琛、黄家辰、馮一梅、孫禮煜、龔啓芝、馮惟一、蔣學溥、陳灝、章脩黼、胡元鼎、褚成煒、劉芬、俞光組。

辛酉，如冠九前輩來。高滋園都轉來，飯于湖樓。賀敬吉來，吴康甫來，蔣澤山來。

壬戌，入城拜客，見楊石泉中丞、蒯士香廉訪、高滋園都轉、高辛平及子原婿。飯于滋園所。與内子書，與履卿書。

癸亥，楊石泉中丞來，秦澹如觀察來，王眉叔、黄質文來，高君冶源來，黄夢薇來，丁脩甫來。得周少雲書。

十月

甲子，何青耜、吴引之兩觀察來，汪班生來，沈肖巖來，張冠臣太守來，黄元同、黄竹齋來，龔厚田來。

乙丑，楊理庵太守來，濮少霞來，吴焕卿、梁賓臣來，馮聽濤來。與内子書，與馮竹儒觀察書，與汪小樵封翁、柳門少司成書，與王葆齋書。

丙寅，與蔡駿甫、月嶠書，與江稼軒書，與吴平齋書。是日閲定清溪書院課卷。

丁卯，王清如前輩來。吴焕卿來，與飯于湖樓而去。延小舫來。

戊辰，入城拜客，見蒯士香廉訪、王清如觀察、江小雲觀察、書局諸君、吴焕卿、徐花農、姚少泉、許子原。與内子書。

己巳，江蓀生來。

庚午，孫子佩太守來。許子原女婿偕繡女來，飯于湖樓。高白叔來。

辛未，登舟回蘇州，泊王家莊。

壬申，泊石門灣。是日過唐西。與沈肖巖書，與謙甫書。

癸酉，泊平望。

甲戌，至蘇寓。得方子箴都轉書。

乙亥，出拜客，見吴子健中丞、恩竹樵方伯、勒少仲廉訪、李薇生太守、朱樸山司馬。

丙子，吴子健中丞來。與方子箴、高滋園兩都轉書，與履卿書。

丁丑，顧子山觀察來，孫渭百來，馮作儒觀察來。是日沈仲復觀察招飯。

戊寅，勒少仲同年廉訪來。與紹萊書。

己卯，潘偉如方伯來，陳仲泉同年來，朱璞山來，陸博泉來，聶子颺來。

庚辰，恩竹樵方伯來。

辛巳，與鍾桂溪書，與高滋園都轉書。

壬午，與許子原書。

癸未，汪小樵封翁來，楊敏齋來。

甲申，登舟如上海，泊唯亭。

乙酉，帆風行，泊張家涇。

丙戌，日加巳，至上海，寓也是園之樸学齋。拜客，見馮竹儒、劉芝田兩觀察，劉融齋、鍾子勤兩山長、王竹篌同年。與楊石泉中丞書，與沈蘭舫書，與內子書。

丁亥，馮竹儒觀察來，王竹篌同年來，劉融齋前輩來，鍾子勤孝廉來，賈雲階來。與內子書，與甘雨亭明府書。是夕竹儒觀察招飲于其署齋。

戊子，出拜客，見方蘭坨太守、姚静巖、張子祥。

己丑，馮竹儒觀察來，招同劉融齋、鍾子勤兩山長，王竹篌同年、郁正卿同飲于樸學齋。得王夢薇書、徐花農書。

庚寅，至鐵廠拜客，見李勉林太守。與王補帆同年書，與應敏齋、沈仲復兩廉訪書，與高滋園都轉書，與高仲英書，與周少雲書，與內子書。

辛卯，劉融齋前輩招集于龍門書院。馮竹儒觀察言閩撫王補帆同年親家卒於官，未知其日。得陛雲書，得張少渠書。與高滋園都轉書，與徐花農書，與靈蔚生都轉書，與朱璞山書，與內子書。

壬辰，馮竹儒觀察來，述其祖子皋先生諱賡颺者，先君丙子同年也。姚静巖來。與何青士觀察書，與王康矦書。

癸巳，馮竹翁招飲于其署齋。

十一月

甲午，馮竹儒觀察來，劉融齋前輩來。其莫王竹侯、郁正卿招飲于郁氏，并遊其宜園。酒闌，至新聞登舟還蘇，以小輪船曳之行。亥正發，卯初泊黄渡。

乙未，戌正至蘇州婁門而泊。

丙申，還蘇廨。閲定上海詁經精舍卷。

丁酉，朱璞山來。與馮竹儒觀察書。

戊戌，釋衡峰來。是日閲定浙江詁經精舍卷。得徐花農書，得高滋園都轉書，得李黼堂同年書。

離爲乾卦解；《大車》之詩爲息夫人作説；《春秋》賢潞子嬰兒説；晝夜百刻考；「正擬身全木鴈中」賦，以題爲韵；殘菊；早梅；鼻煙。吴承志、孫庚揆、馮一梅、翁瑞琛、胡元鼎、張大昌、孫以鏫、褚成煒、陳灝、馮惟一、嚴曾銓、孫禮煜、周德慶、孫以錕、林樹芬。

己亥，與高滋園都轉書，與李黼堂同年書，與高宰平書，與黄質文書，與履卿書。張少渠來，丁月湖來。

庚子，汪子喬孝廉來。是日閱定清溪書院卷。

辛丑，恩竹樵方伯來，蔣澤山孝廉來，葛瑞卿大令來。與高滋園都轉書，與蔡駿甫書，與陸存齋觀察書，與沈蘭舫書。得蘭舫書，得楊石泉中丞書，得高滋園書，得陝撫邵汴生同年書，得黼堂書，與李黼堂中丞書，與呂定子書。

壬寅，閱定龍湖書院卷。

癸卯，與楊石泉中丞書，與高滋園都轉書，與何青耜廉訪書，與唐藝農觀察書，與高宰平、沈蘭舫書，與王葆齋書。

甲辰，出拜客，見朱璞山[一]。得趙君潤彥書，得徐君琨書。

乙巳，杜筱舫觀察來，邵文伯來，雷甘杞來。

丙午，張少渠來。

丁未，出拜客，見張子青前輩，并弔其姊之喪。又見英茂文觀察、楊敏齋、邵步梅。是日吴

[一] 山，下原衍「書」，據文例删。

子健中丞招飲。

戊申，鈕覲唐、鄭麗堂孝廉來，姚小讀來。與王康侯書。得唐藝農書，得高滋園書。

己酉，張少渠來。

庚戌，與張冠臣書。得紹萊十月十二日書。

辛亥，出拜客，見顧子山觀察、邵文伯、沈笏山。得紹萊十一月初六日書。

壬子，出拜客，見吴退樓、李薇生、衡峰和尚。勒少仲同年來。

癸丑，朱叔和來。

甲寅，馮聽濤來，邵文伯來。

乙卯，與楊石泉中丞書，與高滋園書，與秦澹如觀察書，與履卿書。得汪芙青書，回信寄玉山縣生字官鹽棧馮華甫轉寄貴溪分局。

丙辰至己未，失記。

庚申，林錫三學使來。

辛酉，張少渠來。

壬戌，陳蓉齋來，俞勁尗來。出弔劉張宜人之喪。遂拜客，見沈仲復廉訪，遊其耦園。得康侯女婿二十日書，又得十七日書，知錦女於十三日舉一男。

癸亥，趙幼卿來。與康侯書，與高滋園書。

十二月

甲子，與履卿書，與周少雲書。

乙丑，張少渠來。得高滋園書，得子原書。

丙寅，與高滋園書，與唐藝農書，與蔡駿甫書。吕庭芷同年來，童際庭觀察來，謝芹香來。

丁卯，與子原書。是日閱定詁經精舍十一月望課卷：《論語》解十六條：「人不知而不愠」，「傳不習乎」，「賢賢易色」，「爲力不同科」，「無所取材」，「而有宋朝之美」，「五十以學《易》」，「必有寢衣」，「居必遷坐」，「先進後進」，「皆不及門也」，「誠不以富」二句，「必也正名乎」，「果哉〔一〕末之難矣」，「有馬者借人乘之」，「吾豈匏瓜也哉」；「滕六降雪」賦，以「天上長留滕六住」爲韻；銷寒四詠：風帽、棉鞋、手爐、煖

〔一〕哉，原訛「者」，據《論語·憲問》改。

鍋，各七律一首；却寒香、却寒犀，各七古一首。翁瑞琛、馮惟一、胡元鼎、馮一梅、孫以鑅、孫庚揆、吴承志、汪行恭、戴果恒、張大昌、倪茹、嚴曾銓、鍾樾、龔啓芝、俞光組、許章燕、褚成煒、孫禮煜。

戊辰，閲定龍湖書院卷。馮聽濤來，李薇生太守來。

己巳，馮少渠來，俞敬甫來。與靈蔚生都轉書。得吴焕卿書。

庚午，出拜客，見童際庭觀察。

辛未，大雨雪。

壬申，雪止而雨。

癸酉，與履卿書。

甲戌，與吴焕卿書，與鄭西平書。蔣澤山來。得徐花農書。

乙亥，與楊石泉中丞書，與唐藝農觀察書。孫漁笙去杭州。

丙子

丁丑，與孫歡伯書，與蔡月嶠書。是日雨止。

戊寅，閲定清溪書院卷。林篤甫太史來。

己卯

庚辰，張少渠來。得李少荃相國書，知紹萊攝北運河同知。

辛巳

壬午，與李少荃爵相書，與何青耜廉訪書。

癸未，出拜客，見恩竹樵方伯、劉茀孫、張問泉。得紹萊十二月十五日書，告知署務關廳。作書復之，待明日發。

甲申，邵步梅來，潘霞客來，王濟川自上虞來。得王綬堂書。

乙酉，與高滋園都轉書。與馮竹儒觀察書，與陳訏堂書，與沈蘭舫書，與張少渠書，與謝敏齋芹香書，與王康矦、許子原兩女婿書。葉小庭明府來，邵文伯來。

丙戌，與張子中書。得顧竹城書。朱璞山來。

丁亥，得高滋園都轉書、富蘭生都護書，即復之書。得康矦十七日書，得孫歡伯書。

戊子，出弔恩竹樵方伯夫人之喪。

己丑，得楊石泉中丞書。徐花農孝廉來。得子原書。與靈蔚生都轉書，與秦澹如、馮竹儒兩觀察書。

庚寅，得楊性農同年書并其文詩集。是日祀神。

辛卯，勒少仲廉訪同年來。

壬辰，杜小舫觀察來。與孫琴西方伯同年書，與高謙之、汪班生書。是日縣先高祖以下畫像，設祭行禮。是歲，余行年五十有五，吴中卜築初成，自號曲園居士。老母年登九十，神明不衰。兒子紹萊攝務關司馬，可望即真，亦不得謂非幸民矣。

光緒二年

正月大　癸巳
二月大　癸亥
三月小　癸巳
四月小　壬戌
五月大　辛卯
閏月小　辛酉
六月小　庚寅
七月大　己未
八月小　己丑
九月大　戊午

十月大　戊子

十一月小　戊午

十二月大　丁亥

正月

癸巳，雪。

甲午，風。

乙未，霽。蔡芸庭來。其餘不見不書。

丙申，出拜客，見吴子健中丞、勒少仲廉訪、吴平齋、朱璞山、邵步梅。其餘不見不書。是夕中丞招飲于其署齋。

丁酉，祀神。與高滋園都轉書，與許子原書，與沈蘭舫書，與履卿書。邵步梅來。

戊戌，出弔英茂文觀察那拉氏之喪。

己亥，徐花農來，吴退樓來，陳仲泉來。

庚子，出拜客，未見一人。與靈蔚生都轉書。

辛丑，李質堂軍門來，邵文伯來，蔣澤山來，鄭玉軒觀察來。與陳六笙太守書，與沈蘭舫書。得錦孫長女書。

壬寅，陸博京來，劉培夫來。出拜客。得李子和制軍書，得唐藝農觀察書。與郁君鍾淦書，與王夢薇書。勒少仲廉訪來，邵文伯來。得子原書，得何青耜廉訪書。

癸卯，祖仁婦歸寧於唐西姚氏。得丁雨生中丞書，得馮竹儒書。

甲辰，與翁玉甫中丞書。葛瑞卿來，朱梧岡來。孫漁笙至自杭。

乙巳，許季蓉來。得履卿書，得汪蓮府駕部書。

丙午，邵文伯來，飯于春在堂，孫漁笙、王濟川俱。

丁未，張少渠來。得金梅生書。與沈蘭舫書，與康侯書。

戊申，與楊石泉中丞書，與沈蘭舫書。朱小舫來，治太夫人疾。得孫琴西、楊性農兩同年書，得高滋園書，得姚魯卿書。

己酉，陸存齋觀察來。出拜客，見勒少仲同年。

庚戌，龐省三、馮竹儒兩觀察來。朱小舫來，治太夫人疾。

辛亥，顧棣園前輩來。許英甫來，治太夫人疾。

壬子，得紹萊正月五日書，告知題署石景山同知。與祖仁婦書。

癸丑，得祖仁婦書。

甲寅，姚少鐸來，陳仙海來，宗姪敬生來。與顧竹城書。

乙卯，邵文伯來，張少渠來，吕庭芷來。與姚訪梅書。得富蘭生都護書、高滋園都轉書。

丙辰，與高滋園書，與馮竹儒書，與沈蘭舫書，與許子原書，與紹萊書。

丁巳，嚴緇生庶常來。兄子履卿來，即去之無錫。

戊午，與高滋園書，與馮孟香書，與二兒婦書。

己未，張少渠來。

庚申，邵步梅來，馮由之來，趙又卿來，惲君桂孫來，嚴緇生來。得正月二十日王康矦書。與子原書、子雲書，内有與伯蘭姊書。

辛酉，金眉生來。得紹萊正月十三日書。信局來告昨寄杭州書爲盜劫去，補與之。

壬戌，出拜客，見恩竹樵方伯、顧棣園前輩、劉茆孫。是日張少渠招集滄浪亭。

二月

癸亥，朱璞山來，張少渠來，蔡蓉卿來，蔡芸庭來。

甲子，與高滋園書，與許子原書，與鍾桂溪書。

乙丑，李薇生太守來，潘順之前輩來，樊仲和來。與嚴緇生書。劉�生來。

丙寅，陳仲泉同年來。

丁卯，金眉生來。出拜客，見陳仲泉、朱璞山。

戊辰，邵步梅來，蔡芸庭來。

己巳，朱君明道來，姚少讀來。

庚午，與方子箴都轉書。

辛未，恩竹樵方伯來。

壬申，得謝芹香書。回信寄上海〔一〕新北門内輪記甎瓦行。孫漁笙去杭州。

〔一〕海，原脱，據下文補。

癸酉，與楊石泉中丞書，與馮夢香書。

甲戌，劉松南前輩來。

乙亥

丙子，二兒婦至自唐西。姚魯卿、晉卿來。

丁丑，出拜客，見李薇生太守。

戊寅，趙雨亭來，陸子如來。招同姚魯卿、晉卿、蔡芸庭飲于春在堂。

己卯，張少渠來。

庚辰，登舟如上海，泊崑山。

辛巳，守風不行。

壬午，行，泊四江口。

癸未，風不順，未至周太僕廟八里而泊，其夜丑時又行。

甲申，日加未，至上海。拜客，見王竹侯同年，遂寓於也是園之樸學齋。馮竹儒觀察來。

乙酉，王夢薇來。出拜客，見馮竹儒、劉芝田、如冠九三觀察、沈書森太守、鍾子勤山長。

其夕李春生太守招飲于也是園。

丙戌，出拜客，見李小雲。遂至城外縵雲閣見姚静巖，適謝芹香來，遂同至市樓招邵文伯來，共飲而歸。張經甫來，如冠九前輩來，朱雲甫觀察來。

丁亥，沈敷三司馬來，姚静巖來，李小雲、賈雲階來，郁正卿來。得徐花農書，得王濟川書，上太夫人書，與内子書。

戊子，王竹矦來，沈味腴來。是日邑中諸君子招同馮竹儒觀察讌於也是園。得沈蘭舫書，得楊石泉中丞書。

己丑，出城至浦東，遊徐氏花園，觀西人火輪車路。邵文伯招飲于市樓。其莫，吴彤雲觀察招飲。

庚寅，葉顧之觀察來。得陛雲書。

辛卯，出拜客，見馮竹儒觀察。遂至浦東觀西人火輪車。馮竹儒觀察來。與内子書，與杜小舫觀察書，與高滋園都轉書，與吴焕卿書，與陶柳門書。得紹萊二月十一日書，得朱伯華書。

壬辰，沈書森、余古香兩太守來，韓小坡廣文來，楊振甫同年來，楊濱石太常來。其暮竹儒觀察招飲。

三月

癸巳，賈雲上來，馮啓撰殿臣、啓勛建侯來，姚静巖來。出拜客，見王竹篵同年。

甲午，拜客，見馮竹儒觀察，遂登舟如杭州。與内子書，與邵步楳書，與朱伯華、徐花農書。竹儒觀察至舟相送，命小輪船曳之，行一百二十里，泊德勝。

乙未，至嘉興，遣輪船還。與馮竹儒觀察書。遂行，泊陡門。

丙申，泊南雙橋。

丁酉，過唐西。與内子書。至詁經精舍，日加酉矣。

戊戌，高宰平來，沈蘭舫來。

己亥，入城拜客，見張翼伯都轉、高滋園都轉、陳伯敏觀察，秦澹如、王清如、吴引之、惲杏耘四觀察，濮少霞觀察、應敏齋同年、富蘭生都護、丁松生、沈蘭舫、吴康甫。又至書局，見余莘皋、王眉叔、孫漁笙、黄質文，飯于許氏，繡女見。見周少雲、子雲。得徐花農書二。

庚子，江小雲觀察來，招至湖舫雅集。得馮聽濤書，得蔡駿甫書，得周少雲書，得陛雲書。

辛丑，王清如、惲杏耘兩觀察來，汪班生來，馮夢香來，黄叔和來，梁寶臣來，周少雲來，謝敏齋來。

壬寅，高謙之來。秦澹如觀察招飲于其廙園。遂拜客，見楊石泉中丞。是日至富蘭生都護行館，弔其夫人薩克達氏之喪。孫漁笙來，黄元同來。

癸卯，劉君啓翰來。楊石泉中丞來，遂與之乘舟至退省庵三潭印月，徘徊良久，送至湧金門而歸。沈祖香來，方家穀修六來，周篤甫來，鍾眉生來。得陛雲書，得翁玉甫中丞書，得徐君鋹書，得潘儀父書，得王廉泉書。是日閱定清溪書院二月課卷。

甲辰，靈蔚生方伯來，何青士廉訪來，陳伯敏觀察來，龔幼安太守來，應敏齋同年來，金少伯樞部來，丁松生來，何治甫來，孫漁笙來。是日高宰平、沈蘭舫兩監院觴余于湖樓。與内子書，與蔡駿甫書。

乙巳，入城拜客，見希贊臣將軍、靈蔚生方伯、何青士廉訪。是日濮少霞招飲。

丙午，希贊臣將軍來，高滋園都轉來，陳六笙觀察來，郭意城京卿來，金眉生廉訪來〔一〕。是日應敏齋招飲湖舫。

〔一〕來，原脱，據文例補。

丁未，劉吉園鎮軍來，沈肖巖來，陳君爾康來，馮夢香來。是日楊石泉中丞招集湖舫。

戊申，入城拜客，見高滋園都轉、秦澹如廉訪、郭意城京卿。是日陳六笙太守招飲于皋園。

己酉，劉君啓翰來，章輪香來。是日周季英甥女及繡女俱來。

庚戌，陳訏堂同年來，吴祁甫來，王眉叔來，濮少霞來。是日閱定詁經精舍二月課卷。與內子書。

「同人曰」解；「曲禮曰」解；「王若曰猷」解；「周公曰豈不可」解；「偶因冷節會嘉賓」賦，以題爲韵；小寒食，不限體韵；清明六詠：鑽火，淘井、打毬、鬥鷄、插柳、澆山。孫以鑠、馮廷龢、許慶騏、劉芬、黄岱、馮一梅、孫庚揆、沈辰櫆、吴承志、許郊、沈文元、王訪、胡元鼎、汪行忠、周德慶、胡謙、嚴曾銓、周善溥。

辛亥，入城拜客，見希贊臣將軍、楊石泉中丞、王清如觀察。偕高滋園都轉觀胡雪巖觀察之芝園，飯于滋園所。與翁玉甫制府書。

壬子，希贊臣將軍來，馮夢香來，胡梅臣來，族子福昌來。

癸丑，得徐花農書二。

甲寅，登舟還蘇州，泊大關，待子原婿、繡孫女與俱。

乙卯，泊南雙橋。

丙辰，泊永興，其地過北雙橋七里。

丁巳，泊平望。

戊午，還蘇寓。得邵汴生同年書。

己未，閱定五湖書院二月望課卷。

庚申，潘玉泉觀察來，濟之舍人來。與馮竹儒觀察書，與高滋園書，與姚静巖書，與鄭愛廬書。

辛酉，步至杜筱舫處，遂與俱至平齋處，小飲而回。得謝芹香書，即復之。與李少荃相國書，與紹萊書。

四月

壬戌，陳仲泉觀察來，朱璞山來。

癸亥，朱鏡香同年來。是日閱定詁經精舍三月望課：

賁卦之「賁」古音考；姤卦之「姤」古字考；《鄭風》「鷄鳴膠膠」或作「嘐嘐」説；《小雅》「狐裘黄黄」或作「黄裳」説；花賊玉腰奴賦，以「蜜官金翼花賊玉腰」爲韵；桃花水；

杏花雨；擬唐時三月三日賜侍臣細柳圈〔一〕謝表；擬宋時三月十五日詔群臣賞花後苑謝表。馮一梅、錢家楨、孫禮煜、孫庚揆、黄家辰、孫瑛、黄岱、孫以鑅、吴承志、胡元鼎、倪茹、沈文元、陳灝、劉芬、胡謙、潘鈉、王仁元、沈辰槱。

甲子，葛少君來。

乙丑

丙寅，沈書森來。出拜客，見恩竹樵方伯，陳仲泉、童際庭兩觀察，李眉生廉訪，李蘭生太守、朱璞山、葛瑞卿。

丁卯，是日事誤書丙寅。

戊辰，與陳小舫太守書。

己巳，與聶子颺書。

庚午，恩竹樵方伯來，勒少仲廉訪來。是日遣女僕安嫗至寶應視康矦病，與錦女書。

辛未，吴子健中丞來，姚少讀來。姚少泉至自杭。

〔一〕侍，原訛「待」；圈，原訛「園」，據《酉陽雜俎》前集卷一改。

壬申，王景之來。

癸酉，閱清溪課卷。

甲戌，出拜客，見張任庵、邵步梅。　許季蓉來。

乙亥，馮竹儒觀察來。　與富蘭孫都護書，與陸存齋觀察書，與蔡駿甫書，與高宰平書。

丙子，邵文伯來，吴焕卿來。

丁丑，童際庭觀察來。

戊寅，彭芍亭京兆來，吴彤雲觀察來。　與紹萊書。

己卯，顧子山觀察招飲，遂遊其怡園。

庚辰，姜君恩普來。

辛巳，陳仲泉同年來，吴仲耆來，釋衡峰來。　與黄元同書，與黄質文書，與鍾桂溪書。

壬午，出拜客，見勒少仲同年。　得紹萊三月十六日書又一書。

癸未，恩竹樵方伯來。　潘玉泉丈來。

甲申，張少渠來。　閱定龍湖書院課卷。

乙酉，陸存齋來。　與王眉叔書。

丙戌，得彭雪琴侍郎書。

丁亥，得鍾桂溪書，得謝敏齋書，回信寄上虞北門内新街口。

戊子，鍾梅生比部來。得履卿書，回信寄無錫西水關丁宅同居。與楊石泉中丞書，與馮竹儒、李勉林、鄭玉軒三觀察書，與梁寶卿書，與沈蘭舫書，與馮夢香書，與鍾桂溪書，與鄭愛廬書。是日閲定五湖書院課卷。

己丑，子原至自新陽。

庚寅，出拜客，見金眉生、邵步梅。

五月

辛卯，趙幼青來。與彭雪琴侍郎書，與高滋園都轉書，與鍾桂溪書，與姚静巖書，與顧竹城書，與履卿書。

壬辰，許英甫來，治太夫人疾。與紹萊書，與姚訪棋書。

癸巳，閲定詁經精舍四月望課卷：「朱白蒼，朱白蒼」解；「亦白其馬」解；《金縢》釋疑；《生民》釋疑；喜蟲兒賦，以「忽聞金榜叩柴荆」爲韵；詠唐時新進士故事，各七絶一首；緑肥、紅瘦，各小詞一闋。孫以鑅、黄岱、馮一梅、孫禮煜、錢家楨、吴承志、汪丙熙、胡元鼎、嚴曾銓、薛受采、黄家辰、孫瑛、劉芬、張宗延。

甲午，閲定清溪書院課卷。朱璞齋來，徐花農來。

乙未，招花農來，同飯于春在堂。得紹萊四月二十日書。

丙申，花農來，飯而去，如杭州。與楊石泉中丞書。得高滋園書。

丁酉，勒少仲廉訪、郭意城京卿兩同年來。

戊戌，吴焕卿來，杜筱舫來。寄焕卿書由悦來信局寄休寧石嶺。

己亥，出拜客，見恩竹樵方伯、勒少仲廉訪。飯于平齋處。

庚子，出弔費幼亭夫人之喪。遂拜客，見方蘭坨太守、衡峰和尚。與沈蘭舫書。

辛丑

壬寅

癸卯，姚少鐸來。

甲辰，沈仲復贈竹。與楊振甫方伯同年書，與興紫垣廉訪書。

乙巳，方蘭坨來，汪心言來。

丙午

丁未，子原去新陽。閲定上海求志書院卷。

經義正取：朱逢甲、鄭興森。備取：王念珣、李經瑩、王祖齡、郁震培。額外備取：韓柳文。詞章：朱逢甲、顧麟、朱昌鼎、許壽衡、王保奭、朱士祺。朱逢甲年六十，王保奭年十三。

戊申

己酉，閲定龍湖書院課卷。

庚戌，出拜客，見杜小舫觀察、李薇生太守。

辛亥，盛旭仁觀察來。與馮少渠大令、聽濤庶常書。

壬子，與汪柳門少司成書，與朱伯華比部書。沈蘭舫來。是日大雨。

癸丑，至寶積寺。

甲寅，爲太夫人治櫬。

乙卯，閲定龍湖書院五月課卷。得翁玉甫制府書，得紹萊五月十三日書。

丙辰

丁巳，與紹萊書。

戊午，出拜客，見朱璞山。

己未，汪槐堂來，李薇生太守來。

庚申，與楊石泉中丞書。

閏月

辛酉，閱定清溪書院課卷。

壬戌，梁寵庭來，勒少仲同年來，胡樗園來。

癸亥，出弔金太夫人之喪。邵步梅來，金亦亭觀察來。

甲子，出拜客，見恩竹樵方伯、杜小舫觀察、吴平齋、朱璞山。

乙丑，吕庭芷同年來。閱定詁經精舍五月課。得丁雨生中丞書。趙雨田來。

「左旋右抽」解；「生霸死霸」考；《樂書》《樂記》文字異同箋；説「涑」「湅」；屈原婦作稷賦，以「《異苑》云然《御覽》引之」爲韵；鍾馗硯歌；四時行樂詞，百年行樂詞，但限歌頭調。　錢家楨、汪行忠、倪茹、馮一梅、吴承志、黄家辰、嚴曾銓、胡謙、徐琪、崔適、孫以鑅、屈元爔、黄岱、孫禮煜、孫瑛、沈文元、胡元鼎、陳灝。

丙寅，請朱叔和上舍來，課陛雲讀，與譤于春在堂。沈蘭舫、姚晉卿均辭回浙江。得鎮海于印波明府書。

丁卯，與于海波書、孫漁笙書。閱定龍湖書院課卷。

戊辰，汪鏡汀明府來，汪班生來。

己巳

庚午，趙雨田來。與丁雨生中丞書。得楊石泉中丞書。

辛未，潘季玉觀察來，吕庭芷同年來。

壬申，與李筱荃制府書。

癸酉，出拜客，見勒少仲同年、朱鏡香同年。

甲戌，謝芹香來。許子原女婿至自新陽。與應敏齋同年書。

乙亥，得李小荃節相書。與李少雲太守書。

丙子，葛瑞卿來，馮少渠來。

丁丑，得丁雨生中丞書。

戊寅，衛静瀾方伯來。

己卯，出拜客，見衛静瀾、恩竹樵兩方伯。

庚辰，張少渠來。得馮竹儒書。

辛巳，萬小庭大令來。得紹萊閏月七日書。

壬午

癸未，嚴淄生庶常來。

甲申，顧竹城大令來。閲定五湖書院課卷。與楊石泉中丞書，與應敏齋、陸存齋書，與王廉泉書，與馮竹儒書，與馮夢香書，與黄質文書，與王夢薇書。

乙酉

丙戌，得吴廣庵書。

丁亥，與廣庵書。

戊子，得丁雨生中丞書。林錫三學使來。得馮竹儒觀察書。

己丑，吴子健中丞來。

六月

庚寅，曹燮卿大令來。

辛卯，出拜客，見吴子健中丞、陳仲泉同年、張少渠甥婿。

壬辰，周伯英甥女來。閲定詁經精舍閏五月并六月課。與應敏齋書。

「於是閏三月非禮」説；「閏月」當爲「門五日」説；漢隸「閏」或作「閠」説；《廣雅》「閏，使也」説；「閏者陽之餘」賦，以「明陰不足陽有餘也」爲韵；閏五月四詠：地臘日、端陽日、竹醉日、分龍日。馮一梅、吴承志、沈辰槱、劉芬、徐琪、孫以鏢、胡謙、章脩黼、嚴曾銓、胡元鼎、姚炳奎、屈元爔、許郊、黄家辰、黄岱、劉桂芬、章乃鍚、孫禮煜。

癸巳，閲定清溪書院課卷。

甲午

乙未

丙申

丁酉，馮巳亭來。

戊戌

己亥

庚子

辛丑，步行至金立甫處小坐。

壬寅，閲定龍湖書院課卷。

癸卯，出拜客，見祝韵梅、朱璞山。戚勵堂來。

甲辰

乙巳，與唐藝農觀察書。

丙午，出拜客，見杜小舫、李薇生、吴平齋、金立甫。汪韵和來，陶柳門來。

丁未，與孫琴西同年書。

戊申至甲寅，失記。

乙卯，與李筱荃制府書。

丙辰，與馮竹儒觀察書。

丁巳

戊午，徐觀通來，爲祖仁治疾，徐乃湖州長興之河平人也。得紹萊六月十四日書。

七月

己未，吴備卿庶常來，王景之來。

庚申，許子原女婿及次女繡孫還杭州。

辛酉，與唐藝農廉訪書，與高滋園都轉書。

壬戌，盧實甫大令來。

癸亥，杜筱舫觀察來。出拜客，見顧子山觀察、曾瑞卿大令、王景之。

甲子，葛瑞卿來，馮巳亭來。是日閲定詁經精舍課卷：「卦主六日七分」説；「粉若粟冰」解；説「鼓」「鼔」；《史記·五帝本紀》無少昊説；七月六日食水族賦，以「君成名必在高等」爲韵；秋闈雜詠；岳王女銀瓶考。馮一梅、鍾樾、沈辰槱、黄家辰、孫以鑅、徐琪、吴承志、孫瑛、胡元鼎、黄岱、胡謙、許寶傳、劉芬、王庭鼎、章脩黼、許郊、孫庚揆、許章燕。

乙丑，閲定清溪書院課卷。李薇生太守來。得馮竹儒觀察書。趙雨田來。

丙寅，章次柯未來。

丁卯，楊敏齋來，葛瑞卿來。

戊辰，與紹萊書。

己巳，劉芝田都轉來。

庚午

辛未，出拜客，見楊敏齋。

壬申

癸酉

甲戌

乙亥，與楊石泉中丞書。

丙子

丁丑，恩竹樵方伯來。是日閱定上海求志書院夏季課卷。史學：朱逢甲、許壽蘅、趙引修、艾承禧、郁晉培、周桂。詩賦：徐琪、章耒、朱逢甲、王光熊、馮熙成、顧鱗、方調元、許壽蘅。

戊寅，朱鼎甫庶常來。

己卯，出拜客，見恩竹樵方伯、朱璞山并其孫阿統。

庚辰，與王廉泉書，與馮竹儒觀察書。

辛巳，得沈歡伯大令書，得王吉人孝廉書。

壬午，出弔童觀察夫人之喪。遂拜客，見馮少渠。金立甫來，邵步梅來。

癸未，驟凉。與朱伯華書，與英薌巖相國書。

甲申，與馮竹儒觀察書。

乙酉，與紹萊書。

丙戌

丁亥，得紹萊七月十五日書。勒少仲廉訪同年來，馮少渠來，朱璞山來。

戊子

八月

己丑，王少懷來。

庚寅，汪小樵封翁來。

辛卯

壬辰

癸巳，出弔方祝夫人之喪。

甲午

乙未，有賊破窗入於書室，獲之，送於縣。

丙申

丁酉

戊戌，爲太夫人生日稱觴。

己亥，出謝客。與李少荃相國書。

庚子

辛丑，與楊石泉中丞書。

壬寅，彭雪琴侍郎來。

癸卯，雷甘杞來。

甲辰，遊于顧氏之園。

乙巳，彭雪翁來。

丙午至壬子，失記。

癸丑，出拜客，見温明叔、顧棣園兩前輩、童際庭觀察、林錫三學使。

甲寅，顧棣園前輩來。

乙卯，童際庭觀察來，潘順之前輩來。

丙辰，林錫三學使來。

丁巳，温明叔前輩來。

九月

戊午，偕内子至吉田巷觀新築室。遂拜客，見恩竹樵方伯、勒少仲廉訪、李薇生太守、朱璞山司馬。得紹萊八月望書。

己未

庚申，恩竹樵方伯來，潘順之前輩來。

辛酉，勒少仲廉訪來，朱璞山來，金立甫來，暴方子來。

壬戌，李眉生廉訪來。與紹萊書。

癸亥，登舟如杭州，泊吴江。陳仲泉觀察來舟，亦過其舟，小坐而歸。

甲子，泊震澤鎮。朱修庭招飲于絲捐局。

乙丑，至徐氏弔焉，爲徐君寅階題栗主，歸舟已日夕矣。從者余德還蘇。與内子書。

丙寅，泊雙福橋。

丁卯，至德清，泊南埭，知兒子祖綬中式十一名舉人。

戊辰，展先曾祖先祖之墓，易小舟至金鵝山，展先通奉君之墓，仍泊南埭。上太夫人書，與內子書，與履卿書。

己巳，日加未，至詁經精舍。

庚午，坐舟至退省庵，訪彭雪琴侍郎。徐花農、馮夢香、周子雲三孝廉來，潘蓮舫、黃益湖兩主試來。與內子書。彭雪琴侍郎來。

辛未，入城拜客，見楊石泉中丞、衛静瀾方伯、潘蓮舫主試、富蘭蓀都護、高滋園都轉、王清如、吴引之、梁敬叔觀察、陳鹿笙、張冠臣太守、江小雲、濮少霞、高宰平、王眉叔。飯于許氏。孫漁笙來。

壬申，富蘭生都統來，張翼伯觀察來，江小雲觀察來，陳鹿笙太守來，王夢薇來，吴梅亭來，張小雲來，馮雪琴侍郎來。

癸酉，入城拜客，見胡小泉學使前輩、靈蔚生都轉、秦澹如觀察、龔幼安太守，金眉生、濮少霞、應敏齋諸君、徐花農孝廉。

甲戌，梁敬叔觀察來。濮少霞、應敏齋來，黄叔和來，周少雲來，馮夢香、吴祁甫、徐花農來，王夢薇來，王眉叔、董□□來，孫漁笙來。得李筱荃制府書，馮竹儒觀察書，盧實甫、葛瑞卿兩明府書，得姚春伯書。

乙亥，唐藝農觀察來，仁和邢、錢唐沈兩明府來，張燿仙孝廉來。與内子書。

丙子，秦澹如觀察來，許康甫來，姚少泉來，許君慶麒來。

丁丑，胡筱荃學使來，衛静瀾方伯來，靈蔚生都轉來，江子平孝廉來。以夢香、漁笙所餽肴核招花農、子平、蘭舫共飲。周琳粟觀察來。

戊寅，偕彭雪琴侍郎至學海堂，訪同年杜蓮衢侍郎。遂至湧金門，赴雪琴侍郎及唐藝農臯使湖舫之約，與者潘蓮舫、王逸吾兩主試、胡筱荃學使。

己卯，杜蓮衢同年來，丁松生來，孟蘭艇來。

庚辰，入城拜客，見唐藝農廉訪。遂赴張翼伯、江小雲兩君之招。

辛巳，鄒鑑湖來，黄質文來，吴晝郊來，兄子履卿來。

壬午，偕彭雪琴、杜蓮衢兩侍郎至湧金門，赴楊石泉中丞湖舫之約，與者潘、王兩主試。

癸未，入城拜客，見高滋園都轉、高仲雲。應敏齋同年招飲。

甲申，潘蓮舫、王益吾兩主試來，彭雪琴、杜蓮衢兩侍郎來，馮夢香、周小雲兩孝廉來，吴廣文來，王夢薇來，黄仲和來，兄子履卿來。是日繡女來。與内子書。得李少荃相國書、張少渠書。

乙酉，雨。周子雲來。與内子書。是日閲定詁經精舍九月課卷。彭雪琴侍郎招飲退省庵。

「剥牀以辨以膚」解；「君曰卜爾」解；夏殷六卿考；井田壞而戎馬遂入中國論；「不向春風怨未開」賦，以題爲韵；菊壽客芙蓉醉客歌；唐人立冬日進千層䉷詞；重建楊清祠記。

吴承志、汪恭壽、胡元鼎、沈辰櫄、嚴曾銓、孫以鑅、張大昌、許慶騏、胡謙、徐琪、陳灝、鍾樾、孫庚揆、許章燕、吕鈞濱、孫仁興、汪行忠、薛受采。

丙戌，與内子書。

丁亥，彭雪翁來。

十月

戊子，馮夢香來。

己丑，彭雪琴侍郎來，戴少鏞來。

庚寅，胡小泉學使招飲湖舫。

辛卯，至學海堂見蓮衢同年。遂登舟還蘇寓，泊唐西。

壬辰，泊小村聚，不知名，逾北雙橋，距斗門各十里。

癸巳，泊平望。

甲午，還蘇寓。

乙未，黄恕偕學使來，朱璞山來，盧實甫來。與繡女書，與彭雪琴侍郎書，與孫琴西同年書，與吕耀仙孝廉書。

丙申，出拜客，見費又亭、陳仲泉兩觀察。接紹萊九月三十書，稟知題補北運河同知。紹萊自客冬即署斯缺，而所補之石景山缺格於吏議，至是乃即補斯缺云。

丁酉，趙雨田來。與紹萊書。閲定五湖書院九月課。是日上賀于太夫人。

戊戌，勒少仲同年來。與馮竹儒、秦澹如兩觀察書，與應敏齋同年書，與鍾子勤書，與沈蘭舫書，與孟蘭艇書，與王眉叔書，與高滋園都轉書，與徐花農書，與許子原書，與繡女書。

己亥，潘季玉觀察來，潘濟之祖謙來。

庚子，出拜客，見張子青制府前輩、吴子健中丞、楊敏齋、蔡仲然。與馮竹儒觀察書。祝韵梅來，趙幼青來，吴子健中丞來。

辛丑，李薇生太守來，徐孝廉澤之來。與高宰平書。恩竹樵方伯來。

壬寅

癸卯，出拜客，見杜筱舫觀察、顧棣園前輩。

甲辰，與紹莱書，與錦孫書，與李少荃相國書。

乙巳，與王廉泉書，與錦、繡兩女書，與馮竹儒觀察書。

丙午

丁未，與張少渠書。

戊申，與楊石泉中丞書，與沈蘭舫書，與胡梅臣書。

己酉，得馮竹儒觀察書。與方子箴廉訪書。

庚戌，得富蘭生都統書。姚春伯外兄至自河南。

辛亥，費幼亭觀察來。

壬子，與黃恕偕學使書。

癸丑，出拜客，見恩竹樵方伯、李薇生太守。

甲寅，徐花農來。

乙卯，得金眉生書，復之書。與子原婿書。得關祖綸書。

丙辰，宗姪振基來。

丁巳，得紹萊十五日書。

十一月

戊午

己未，馮竹儒觀察來。

庚申，春伯外兄還於海紅坊巷。勒少仲廉訪來。得彭雪琴侍郎書。是日閱定詁經精舍十月課：

「三事就緒」解；「王人子突」解；「蚩尤九黎」考；堯建丑、舜建子考；呦呦賦，以「林和靖所養鹿名」爲韵；冬筍，四律；郭孝童墓記。孫以鏶、倪茹、黄家辰、張大昌、吴承志、徐琪、胡謙、嚴曾銓、何光海、黄岱、胡元鼎、劉桂芬、沈文元、王家治、孫庚揆、武家駿、鍾樾、汪恭壽。

辛酉，胡筱泉侍郎來。

壬戌，出拜客，見胡筱泉侍郎。得高明府彤書。高寓杭州上洋市街。

癸亥至己巳，失記。

庚午，金眉生來，沈書森來。

辛未，至眉生處小坐。

壬申，閔用餘恩浩以汪蓮府孝廉書來。

癸酉，恩竹樵方伯來。是日閱定上海求志書院秋季課：

經學：朱逢甲、鄭興森、汪晉德、王國棟、周桂、趙引修。詞章：徐琪、沈祥龍、楊象濟、胡元鼎、朱逢甲、章耒。

甲戌，閲定龍湖書院課卷。

乙亥，出拜客，見李眉生、沈仲復兩廉訪、嚴淄生庶常。

丙子，得紹萊初二日書。

丁丑，金眉生廉訪招飲。

戊寅，與子原女婿書。

己卯，薛世香廉訪來，邵步梅來，史花樓來。

庚辰，陸鳳石殿撰來，許星叔冏卿來。

辛巳，出拜客，見陸鳳石。

壬午，得紹萊十一日書。

癸未，費芸舫太史來。與如冠九都轉書。

甲申，顧子山觀察來，金庶常星桂來。是日閲定詁經精舍望課卷及五湖書院課卷：《鵙鴞》刺邠君説；「齊師遷紀郱鄑郚」解；「使乎使乎」解；「褐」「毻」辨；十一月十六日至正月十五日爲盛寒賦，以「佛經一歲分爲六時」爲韵；蠟梅，四律；擬東坡《用過韵冬至與諸生飲酒》詩，即次原韵。　吴承志、黄家辰、孫以鑅、陳灝、王慶霖、戴瑞麟、武家駿、張大昌、劉芬、周元瑞、嚴曾銓、周德慶、徐琪、孫瑛、章廷楨、沈文元、孫庚揆、胡謙。

乙酉，出拜客，見李薇生觀察。

十二月

丙戌[一]

丁亥，吴子健中丞來，朱璞山來。兄子履卿至自浙。

戊子

己丑，潘偉如方伯來。

庚寅，杜小舫觀察來。閲定清溪書院卷。

辛卯

[一] 丙戌，疑當列入十一月。

壬辰

癸巳

甲午

乙未，履卿去無錫。

丙申，閲定龍湖書院課卷。徐花農來。

丁酉至丁未，失記。

戊申，章黼卿刑部來。

己酉，與許星叔冏卿書，與沈蘭舫書。

庚戌，周子雲來。

辛亥，馮笠尉來。

壬子，萬小庭大令來。是夕祀神。

癸丑

甲寅，得彭雪琴宫保書。

乙卯，李薇生太守來。

丙辰，與彭雪琴宫保書。是日縣先高祖以下畫像，設祭行禮。是歲余行年五十有六，兒子紹萊補北運河同知[一]；余奉母廙吴，仍事著述，有《曲園雜纂》之作。

[一] 同知，原訛「同居」，據上文改。

曲園日記

序

《曲園日記殘稿》係先生於清光緒壬辰春率兒婦及曾孫女自蘇之滬之杭而復返蘇旅途中及居俞樓時所記，而爲曲園全集所未收。記中所載如云「十餘年來不赴嘉招，不受盛饌」，於此可見先生之儉；又載雖年老力衰，而於先人松楸必躬自瞻拜，於此可知先生之孝；寓湖樓時，於流連湖山、延接賓朋外，更爲詁經、龍湖行朔望課，爲時彥著述作序跋，於此可知先生之於後進啓迪獎掖，至老不倦。則此一鱗一爪亦屬吉光片羽，彌足珍貴。先生著述浩繁，遺珠尚恐難免。采輯散佚，藉窺全豹，是敝館所願與海内人士共勉者也。民國二十九年六月，江蘇省立蘇州圖書館編纂委員會識。

曲園日記

壬辰春，自蘇而滬而杭，而復歸於蘇，首尾五十三日。

二月初十日，率兩兒婦及孫兒陛雲、外孫許引之、曾孫女琎寶同登南灣子船，假牙釐局小輪船曳之而行。無錫秦石君孝廉，陛雲同年也，乘一葉小舟而至，亦附余舟同行。輪舟甚小，又曳兩舟，遇逆風，行不甚速，午初展輪，酉初泊周莊。舟人畜一小犬，琎寶欲觀之，命人捉至倉中。犬不盈尺，然亦不甚佳，不及吾家小獮犾也。去冬聞汪耕餘觀察言，畜此等犬，貴五短三長。所謂「五短」者，嘴短、耳短、身短、脚短、尾短；所謂「三長」者，毛長、舌長、爪長。吾家小獮犾，五短皆具，三長稍欠。然舌爪兩長，余不知其何所取也。是日甚冷，皆披重裘，與隆冬無異。舟中攜兩寒暑表，一表三十九分，一表四十三分。同在舟倉，而高低迥異，乃知天時寒暑不可以儀器測。凡自鳴鐘表亦無一準者，皆可以是推也。案頭有梅花二瓶，紅緑白皆具；又有水仙花一盆，皆自曲園攜來者。

十一日，卯初展輪，至酉正而泊，距閔行鎮七里，小地名沙港。是日滿望至滬，而風不順，輪船力小，行不能速。枯坐舟中，戲作小詩示兩兒婦：「竟日狂風遇石尤，今宵野渡暫句留。聲聲波浪船頭撞，似爲吾孫報狀頭。」

十二日，未刻至上海。遣輪船回，致書謝余澹湖太守，并附去家書示孫婦。船泊觀音閣馬頭，余登岸，乘轎拜客。於招商局見沈子梅觀察，又於《申報》館見何桂笙，餘客皆未見也。孫壻子戴來，晚飯而去。是日，又由信局寄孫婦書。蔡蓉卿交來蘇信一函，内有篤臣書、陳子宣書、李少介書。又花農自粵發電報，告知二十二日出棚。

十三日，乘轎入城，拜聶仲芳觀察及王竹侯方伯，皆見，餘皆未見。出城，又至招商局，見沈子梅觀察，與陛雲等訂定海晏輪船。還船午飯，復乘馬車至機器局，見劉康侯觀察。已而劉觀察及上海袁海觀大令暨蔡蓉卿表弟，皆來船相見。餘客來不見不備書。曾孫女璡寶欲試坐馬車，因挈之同至機器局。歸途欲游張家花園，而余以拜客出，未易衣冠，故不果往。是日，朱伯華觀察自蘇至滬，同泊觀音閣馬頭。

十四日，晨起至伯華船小坐。聶仲芳觀察來。伯華來船，午飯而去。是日陛雲等發行李至海晏，而海晏人滿不能容，乃仍發行李回，議改坐他船。

十五日，陛雲至天后宫拈香。蔡二源太守來，伯華來，午飯而去。宗載之暨子戴來。沈子梅觀察來，與訂定新裕輪船。與孫婦書，附去茶葉、餅餌之類。

十六日，伯華來，蔡蓉卿來。招商局使人來，言新裕已進吴淞口，到馬頭矣。即命余德、陳壽押行李至船。陛雲及子戴亦即至船相度。是歲因閏六月，立春較遲，北洋開凍晚於往年，而會試諸君麕集於上海，以至招商局輪船應接不暇。余及伯華與局中再四相商，乃始得官艙一艙。艙中四鋪，陛雲、引之、子戴及秦石君共之，亦甚逼仄矣。是日，沈子梅觀察以廣東康祖詒所著《新學僞經考》見贈。其書力攻古文之僞，故凡後出之《毛詩》《左傳》皆以爲僞，并因《説文》有籀、古，亦排擯之。其所論似正，然亦一家之説。且以諸僞經皆劉歆所造，故目之曰新學，以歆固新莽國師也。然此究誰見其執筆而書乎？又凡古書中有以己意不合者，皆以爲劉歆竄入，亦未免武斷矣。是日，伯華先辭赴輪船。

十七日，子戴來，午飯而去。酉刻，陛雲、引之均至招商局晚飯。飯後登舟，訂以寅刻展輪，想不爽也。伯華言新裕輪船駛行最速，行六〔一〕十點鐘而自滬達津，止歷時三十〔二〕耳。海晏六十二點鐘，海定七十點鐘，皆招商局著名之船。是日與孫婦書二，一交信局，一交鄒裁縫帶回。余自十二日至滬，至今六日，始得送陛雲等登船北上。每日所用之轎及馬車，皆蔡二源所供給。二源時爲英界會審之員，俗稱「新衙門」者是也，甚感其意。然余雖有車轎，止因拜客登岸兩次，洋場風景不一觀覽。子戴至虹口大花園，見獅子一、虎二、豹一、豺一、猩猩二、狗熊二。或勸余往觀之，余笑曰：「余力惜不能驅虎豹犀象而遠之耳，何以觀爲？」子戴言一虎熟睡，積肉滿前，一小鼠竊食之。嗟呼！鼠以嗜肉之故，前有虎而不知；虎以貪睡之故，旁有鼠而不覺，是皆可爲世鑒矣。陳壽自輪船回，言伯華在船臥疾，復使陳壽往饋藥。

十八日，卯刻發上海，假製造局劉康侯觀察小輪船曳之而行。過招商局馬頭，使人登艫而望，則新裕已開矣。是日微雨，過嘉善而泊，不知地名，距嘉興三十里，或云十八里。

十九日，丑正即展輪而行。過嘉興，天未明也，午正至唐西鎮。二兒婦登岸，至其母家姚

〔一〕六，《吳中文獻小叢書》本作「四」。
〔二〕十，疑當爲「日」或「天」。

氏，申初回船。姚氏自前明即居於是，所居致和堂額猶董香光筆也。其先世得丸方，能治痧，世世製以施人，至國初猶然。其後力不能繼，乃始取值。自取值而唐西姚致和堂痧丸名聞天下，南至閩廣，北至燕趙，無不售其藥者。其業益盛，姚氏舉族蒙利，乃設立章程，姚氏一族之人婚嫁者、死喪者、孤寡之失養者皆有助；子弟能讀書，自入學至成舉人、進士，皆有贈。祖宗施藥不取值，而子孫食其利，逾百年而未已。天之報之，亦云優矣。庚辛之亂，店業中衰。二兒婦父西豪孝廉早卒，其母張賢而才，復振興之，悉如其舊。然唐西一鎮冒其名以牟利者，不可勝數。入市而問之，致和堂相望也。僞藥盛行，真藥爲其所奪，姚氏之業亦少衰矣。然今歲二兒婦之姪女歸於衛氏，例贈之資減而又減，猶可得二百四十千，其全盛之時可想也。二兒婦亦賢明有鑒識，有母風。余維舟待其歸，感姚氏先世之高誼與致和堂之法良意美，竊謂〔一〕姚氏此店即范文正之義莊也。然范氏義莊踵而行者，世多有之，姚氏義店自古及今未見有二也。因沁筆記之，爲世之力能創業者勸。二兒婦歸，又自唐西開至德清，泊小虹橋畔。輪船皆迷不得路，賃一小舟導焉。

〔一〕謂，原作「爲」，據《大學國文》本改。

二十日，坐小舟，經由烏山〔一〕廟下，過丁家橋，緣前港行，展先曾祖天因府君之墓。其地名西南角，以在南埭舊廬之西南，故相沿有是名矣。又移舟北埭，過四仙橋，展先祖南莊府君之墓。其地名牛舌地，以形似名焉。展拜既畢，至南埭，招族姪福昌至舟，與同回坐船。而松泉姪婦戴、桐園姪孫婦蔡，已在舟相候。因與敘談數語，略進小食點心。復坐小舟，進東門出西門，至汪家兜，展先大夫之墓。自傷衰老，未知能幾度瞻拜松楸，因於三處各賦一詩，示兒婦輩，庶子孫傳誦此詩，不致迷其所在焉。其一云：「舟過烏山又向東，丁家橋外去匆匆。櫓前一曲移舟入，早已松楸在望中。」右先曾祖之墓。其二云：「小艇還從北埭摇，櫓枝摇過四仙橋。過橋泊岸先塋見，只隔塗泥路一條。」右先祖之墓。其三曰：「西門城外路夷猶，認取汪家小小兜。親向榜人遥指點，渡船一葉在前頭。」右先大夫之墓。是時因墳樹小有損傷，作書致本縣程康侯大令，求其出示，禁人盜斫。已而康侯大令來舟相見，久談而去，余即解維赴杭州。天大雨雪，幸風水俱順，輪舟迅利，至酉初即至杭州。泊黑橋頭，俞樓守者五十來見，轎夫阿王亦來，伊等皆在馬頭守候數日矣。

〔一〕由烏山，原訛「山烏由」，據《大學國文》本乙正。

二十一日，以小舟載行李渡西湖壖，至昭慶寺前，復以湖船載至俞樓。而余與兒婦、曾孫女皆坐轎〔一〕先行，至俞樓十一點鐘矣。劉吉園總戎派健兒數輩來，司扞〔二〕掫之役，其管帶者李把總來見。未幾宋澄之來，劉吉園亦來。余以花農所寄李黼堂別業修葺之資洋蚨六十有四交付吉園，俾以時修葺。是日余腰腿酸楚，於拜起行坐皆不便。蓋昨日掃墓坐小舟，傴僂出入，又著釘鞵行泥淖用力之故。然余春秋祭掃，歲以爲常，遇雨亦時有之，初不覺其勞。而今歲乃爾，殊有甚矣吾衰之歎。俞樓客多，自有客籍書之，余不能悉記。

二十二日，孫女侍其姑宗夫人來，孫女留住湖樓。宗夫人去，大兒婦與俱入城，如賀氏省其姊。姚少泉表弟來。是日來者甚衆，略記之：許子頌、許子社、陳譋士、楊古醞、何培生、三六橋、毛葆園與其子子雲。客來以便衣見之，并豫告以腰腿酸楚，不能行禮。手書一聯懸於客座曰：「止談風月，不具衣冠。」其上句爲秦誘楚譙者告也。

二十三日，陳子宣來，以所製《鏡重圓傳奇》見示。得津電，知陛雲等已於廿一日抵津矣。

〔一〕 轎，原訛「輪」，據《大學國文》本及上文改。

〔二〕 扞，原訛「扦」，據詞義改。

得孫婦及從孫篤臣十七日書，附來花農正月二十七及二十九兩書，并附有陶心雲、朱蓉生書。蓉生并以康君祖詒所著《新學僞經考》見贈，則余已見之矣。又花農寄有薏苡仁及貝多葉與所搨新得石刻數種，則在蘇寓未寄也。酉刻，大兒婦自城中回。得蘇寓二十日篤臣書，内有子原壻正月望日書。是日静慈寺僧雪舟、白雲菴僧仁果皆來，并昨日來之廣化寺僧悦覲、蘆舍庵僧林泉，所見四僧矣。雪舟能書畫，在西湖緇流中尚爲不俗。然亦惟乞書札、謁達官而已。是日又雨。

二十四日，雨。來者惟一客一僧，客乃柳質卿大令，從前蘇州紫陽書院肄業門生也，僧失其名。得津電，知陛雲等於今日由陸路入都。與孫婦書，附去食物。是日閲周子雲詩一卷，略爲點竄。雨窗無事，走筆作文二篇，一即陳子宣《鏡重圓傳奇》序，一爲《菱湖鎮志》序。

二十五日，與孫鏡澄書，附去龍湖書院三月朔望課題。與子原書，言及近日病狀云：以此日論之，不過氣機之阻滯；以將來論之，實爲癱瘓之根株。吾兄福寧君及親家彭剛直皆忽然得此病。病而旋愈，愈而又病，竟以此終。余生平用筋骨過勞，久知必有此患，今果然矣，踵福寧之故轍而步剛直之後塵乎？得孫婦二十二日書，附有葉志鍇書、戚潤如書、朱修庭書。修庭轉述黄幼農觀察之意，求譔彭、楊兩公祠碑記。是日，王夢薇以其先德蟾生君所撰《紡織譜》及其同里老輩翁海琛所譔《杵臼經》與《史西村集》中所載《飼蠶説》合爲一篇，而乞余序。余惟農桑者天下之本務，不可以末務參之。古人於此二事至纖至細。事有一定之程，器有一定之制，而便宜苟且一切之謀，皆所不用。自泰西之學盛行中國，而農事織事皆欲以機器行之，大樸散，大僞興，何所底止乎？讀此編，猶見先民樸茂之美意，爲之三歎。因即以此意沁筆書其卷端。聖因寺僧滿舟來。燈下與二兒婦、孫女門三才中和牌，余贏錢五十六。

二十六日，得蘇寓篤臣二十三日書、榖孫書，桐園自寶應來書。與孫婦書。宗湘文來，宋澄之繼至，俱留午飯而去。王同伯來。大兒婦入城，如賀氏。余撰《北固山彭楊兩公祠碑記》一篇。

二十七日，二兒婦入城，西正而還。余撰《唐藝農廉訪七十歲壽序》一篇。余與藝農交二十年矣，藝農升貴州按察使而去。自惟衰老，再見無期，爲此文贈之，以爲壽，即以爲别。

二十八日，二兒婦入城，即回。得孫婦二十五日書，又得胡小樓書。與孫婦書，附去德清方餅、豆腐乾。族姪元昌、正三來，言烏山廟神像剥落，屋瓦漏穿，略須修葺。余助以洋錢十圓，并書大略告里中諸君云：出邑東門里許，有烏山古社焉。俗有堯皇之稱，其説不經。然吾郡長興有堯市山。《一統志》云：「堯時洪水，民避居於此。」則苕霅之間有陶唐古蹟，亦不足怪君子各盡其心，各竭其力，集腋成裘，以助修葺，庶足消灾疢而迓和甘乎？元昌等又言：牛舌地墳樹已釘鐵條護之，每株各三，以防人盜斫。因以洋錢三元償其所費。嗟乎！自兵亂以後，土地荒蕪。各處客民藉開墾之名，源源而來，搭立棚廠，不能不取材竹木，民間竹園及墳上蔭木任意盜斫。民不能爭，官不能禁，積久而土客不安，致構大釁者往往有之，是亦東南一隱患也。余自潘祝年太守來，丁松生來，久談而去。滿洲三六橋以紫雲膏見贈，云治風疾及一切酸疼。余自來湖上，以食物餽者甚多。然不可書，書之則爲酒肉帳簿矣。惟湧金門外三雅園豆腐乾及岳墳燒餅，則皆西湖美品也，不可不書。

二十九日，陰雨竟日。得孫婦二十七日書，附有子原二月望日書、馮巳亭書、蔡滋齋書。滋齋將遣其眷屬歸杭，求暫假俞樓。然余適居此，不能假也，即以書復之。與孫婦書，又與陛雲書，附與劍孫書。監院許子頌來，請期行望課。定於三月初四日，即以課題付之。尤麓孫瑩來，詁經肄業士也，欲爲余《全書》作目録。近來士子喜於博覽，而又苦繙閲之難，故如《困學紀聞》及《學海堂經解》諸書，皆爲編排目録。雖襲鄭康成《三禮目録》之名，實參用温公《通鑑目録》之體者也。余書三百餘卷，繙閲不易，能爲編目録固佳。然醬瓿〔一〕上物，何足比《通鑑》，乃亦費爾許心力乎？爲誦香山詩曰：「妝嫫徒費黛，磨甋不成章。」其暮湘文觀察送來京電，知陛雲等已到京，劍孫亦到矣。

三月初一日，與孫婦書，與劍孫姪婦書。陳子宣來，俞石林來。

初二日，乘橋入城拜客，見者崧鎮青中丞、惠苓舫都轉、王心齋觀察。余扶杖傴僂，不能行禮，龍鍾老態，知爲群公所笑矣。又見劉海臣太守，此君以翰林得京察，未記名，遵新章分發來浙，奉派充書局提調。然則在其後者可知矣。部定新章，亦爲疏通起見。此後待詔金門「臣朔饑欲死」者，當無不以此爲出路矣。近來玉堂金馬，士多於鯽。心齋觀察自言留館後跬步不出京城十八年，余初受詁經聘幣，此君尚充監院，今則蒼顔皓首矣。又見樊介軒，自廣東學使報滿而歸，花農之前任也。又見談仲修，歸。石林小坐即去，命舟送之至昭慶寺。薄暮出城，遇石林於湧金門，招與同船而

初三日，乘舟至三潭印月。率二兒婦姚、孫女慶曾、曾孫女琎寶拜彭剛直公祠。時公之

〔一〕瓿，原訛「瓴」，據俞樾《尤麓孫傳》及《大學國文》本改。

《奏議》刻成於吴下，因以一册交守祠者，藏弆公神龕中。去歲，湖南彭氏以剛直公畫像一幀寄蘇，余并以寄唐藝農廉訪奉安祠中。其一公服者在一寄樓下，又一野服者在樓上。儀容酷肖，對之淒然。其在樓上者，余倦於登陟，未見也。歸而樊介軒、宋澄之相待於湖樓。甫坐定，而王心齋觀察至。觀察言戊子年典試粤西，與沈仲復中丞徧遊山洞，最奇者還珠洞。洞中有水，可乘舟而入，有石柱自上而下，離水面纔數寸。云馬伏波以劍斷之，謂之伏波試劍石，此故老流傳之説。又云廣西省每出一狀元，則石長一寸。此亦無可驗，惟石上刻范石湖七律詩一首，歷來廣西狀元姓名皆隱寓其中。至己丑狀元張建勳，廣西人，而其名果見於第七句中。是可異也，惜不知爲何年何人所刻，并其詩句心齋亦不記矣。徐漢澄大令來，漢澄名士鋆，天津人，丙子副榜，花農分校京兆試所取謄録門生也。執門下門生之禮，且言其先德字竹士，往年余寓天津，著《群經平議》，曾向之借書。事誠有之，然相隔三十年，非此君言及，幾忘津門有此舊雨矣。王夢薇來。馮夢香來，夢香言杭人姜子仁茂才自購機器，設石印書局。余問其印值，云：「連史紙半張，適如其石之大小廣狹，每印一千張，不論字之多少、行之疏密，印值洋錢七圓，紙價即在其内，但不知寫樣之資亦在其内否。如子仁來見，當一問之。」是日得陛雲二月二十二日津門來書，知平安到津。然津京兩次所發電報已早到矣。

初四日，補二月詁經望課，監院許子頌、許子社兩君皆至。曾孫女琎寶入城，如賀氏。與孫婦書，附去食物。與青浦廣文顧地山書，附去課題。趙纘侯來，名承恩，諸暨廩膳生也。自蘇來杭，將還紹興，應科試充廩保。云諸暨有册局一區，在紹興府城，甚寬大。凡廩保諸生皆寓於是，但有餔啜之費，而無賃屋之需。至團榜發，則一日兩頓，皆新進童生供應矣。新進填方册，每人納錢十六千，皆取之册局公費。而正副兩學師坐受其利，無口舌之勞。余每見學師於新進填册時斷斷爭論，較量多寡，殊失師道之尊。而苜蓿盤中舍此又别無潤色，不得不然。諸暨此法洵法良而意美矣。記之於此，安得以此法推行於各處乎？毛葆園來，以漢玉一枚贈，受之。徐漢澄以肴十六品餽，不受。余生平無口福，十餘年來不赴嘉招，不受盛饌，朋舊諸君皆所諒也。又以都下所市服佩之物數事相餽，自惟布素之衣不稱此華美之物，亦謝不受。

初五日，大風。晨起登樓，焚香於亡婦姚夫人之位。余到此十四日矣，始一登樓，甚矣吾衰也！與花農書，附去與朱蓉生書。得孫婦初二日書。劉景韓方伯來，余扶杖送之登舟。歸而走湖隄，見路旁殘甓有文，使人抉而出之，則「永平」二字也。永平爲漢明帝、晉惠帝年號，此殆西晉古甎乎？因手搨其文，「永」字殘泐，不甚可辨矣。石林書來，以小照乞題，率筆題其端。詩不存稿，姑録於此：「吾家烏巾山，溯源自元代。提舉希賢公，姓字見記載。家世守耕讀，源長流不大。譜牒既無徵，世系更難繪。惟自高祖來，松楸尚可拜。其餘各散居，無從考支派。吳興有俞氏，厥族多秀艾。石林吾所識，材略素稱最。移家住仙潭，一水隔衣帶。時時從我游，依依共情話。示我以此圖，一室儼相對。膝下雙鳳雛，面澤桃花靧。攤書親課之，昕宵不少懈。有志事竟成，科名等拾芥。行且大吾宗，卓犖超流輩。吾言固不妄，書此代蓍蔡。」

初六日，得孫婦初四日書，又得二十九日書，以附有物件，夜班船不能帶，故遲也。孫女入城。曾孫女自城中歸。陳子宣來，余因其好製傳奇，詢以曲律。子宣言《九宮譜》《納書楹譜》皆無一定準繩。余曰：「古人名作皆自然合律，此天籟也。觀旗亭畫壁事，則唐人絕句皆可歌矣。推之宋詞、元曲皆然。後人欲效爲之，乃即其字句合之工尺，此以人籟求合天籟也。先有詞曲，後有工尺，故古人詞曲初無一定準繩耳。凡事皆有天而後有人，如天地間本有五音，故古人以宫商角徵羽配之，非先有宫商角徵羽而後有五音也；天地間本有四聲，故後人以平上去入配之，非先有平上去入而後有四聲也。」子宣以爲然。何石蘭來，青耜都轉之孫也。賀夫人來，答二兒婦之拜。是日璡寶自賀氏攜來時辰表一枚，表面有二人相對打鐵，適與機器軋軋之聲相應，頗有別致。

初七日，崧鎮青中丞來，小飲三杯而去。陳紫元來，舊曾爲吾邑宰，其封翁年已八十六，欽賜舉人、進士，至今猶康强如故，真人瑞也。王同伯來，言從前曾見一異人，爲嘉善徐詠花，精於數學，所占無不中者。生平惟致力於《易經》一書，云：「《易》之爲書無一字虚設，自漢唐至今凡言《易》者皆無一是，屏棄注説，體玩經文，則天下之數皆出其中。相墓地者賁卦盡之，相住宅者豐卦盡之，即江湖邪説如所謂『鐵算盤』者，亦出於《易》，不外用九用六而已。且亦非邪術也，聖人用之，皆正道也。又如遁跡隱形，亦是《易》理，陰錯陽差，即遁而隱矣。譬如人置一物於某處，已而大索不獲，此其所置之時適值陰錯陽差也。未幾不求而得之，則其時已過也。」所言頗似有理。又云：「《論語》亦是言數之書，凡子貢、子張等類皆是寓名，值某數則云子貢，值某數則云子張，其餘皆類此。」説頗詭異，同伯亦不能備舉之矣。是日客來甚衆，不盡載。得花農二月十九日書，其出棚前三日也，并以翻刻《茶香室經説》見示。雖云翻刻，較原刻精矣。又以新得石墨數種相贈，并附以《粤東金石略》，俾資考訂。而余在俞樓，賓朋雜沓，筆墨紛繁，竟未及披覽。惟見其中多翁覃溪先生墨蹟。覃溪視學廣東，值辛卯歲，而花農亦以辛卯視學廣東；覃溪連三任，花農亦將連三任乎？他日書報花農，以此告之。是日，以婢瑞香嫁新市人沈阿長。阿長在西湖，爲余操舟有年矣，人頗勤謹。因以婢妻之，并擬爲製一小舟，使操以爲業，賦詩《遣嫁》云：「浮家莫笑似浮萍，爲製煙波一小舲。他日我來湖上住，漁童前導後樵青。」吾家近有二婢，一嫁蔣金田，一嫁韓浦臣，皆長江水師營中實缺武員也。今此婢所嫁似稍遜之，然雲水光中浮家泛宅，亦是神仙眷屬。數十年後，吾此詩流播人間，好事者來游西湖，以此兩人及事曲園爭求一見，則雨笠煙蓑，青裾白髮，亦《西湖志》中人物矣。瑞香貴州人，故苗種也。孫婦彭挈之來，遂成此因緣，亦頗非偶然矣。

初八日，景韓方伯使人以「會試總裁同考」銜名來告。與孫婦書，附去甘蔗三十株。又與篤臣書。鎮青中丞餽肴四器，皆柔輭可喜。吴清卿河帥、彭岱霖觀察同來，留之小飲，買樓外樓醋溜魚佐酒。清卿去年曾作匡盧之游，繪圖四幅，賦詩十二首，作游記千餘言，共爲一長卷，索題。余爲題詩云：「明聖湖邊酒一杯，波光山色足徘徊。卻嫌平衍無奇勢，攜得廬山真面來。」「廬山真面太玲瓏，西爪東鱗迥不同。借問何緣能畫出，知君五嶽〔一〕在胸中。」黄澤臣廉訪來，久談而去。浙中大吏自衛静瀾中丞後，同衙門人頗覺寥寥，廉訪與心齋觀察皆同館後輩也。

初九日，自俞樓還右台仙館。舟過高莊，登岸一游，又添四面廳一區，較去年更勝矣。與

〔一〕嶽，原訛「獄」，據《吴中文獻小叢書》本改。

孫婦書，封交毛葆園，託其買物，一并寄蘇。得孫婦初六日書，附有龔方伯書。是日閱詁經二月望課卷，有「《皋陶謨》九德、《洪範》三德解」題。《皋陶謨》孔疏以九德即三德，此孔穎達之説，非鄭康成之説。後人讀書鹵莽，因上文適引鄭《論語》注説剛强兩德，遂誤以此説亦爲鄭義。本朝如王西莊、孫淵如，皆沿此謬。有一卷能力破其蔀，正深欣賞，未幾又得一卷，其説相同。詁經諸君每得一佳意，輒衍爲數卷，遂使珍珠船爲之減色，鄙意深惜之。是日丁卯，晴，宜蠶，記此待驗。

初十[一]日，雨旋霽。傅生觀海來，以其伯父詩稿見示。詩凡三千餘首，可云多矣。屬余删定，余辭焉。隨手繙閱，有《詠貂蟬》一首，語之云：此詩即宜删。因爲寫「野花草堂詩稿」六字，付之去。清卿繪俞樓圖一小幅見贈，蕭疏之致在筆墨之外，即託湘文親家於城中標飾之。有錢唐縣吏持串票來徵俞樓錢糧，余以經手者不在，麾使姑去。幸其時不作詩，不然興敗矣。是日採野蕨試嘗之，尚嫩可食，然亦不甚佳。

十一日，閲定詁經望課卷。法相寺僧醒機來，年八十一矣，西湖諸蘭若無老於此僧者也。

[一] 初十，原訛「十初」，據《吴中文獻小叢書》本、《大學國文》本乙正。

談仲修、高白叔來，白叔即高莊主人也。大兒婦及孫女均自城中還。是日以酒肉犒諸健兒，其管帶李把總來謝。余告以山中多鳥獸，勿發火鎗，驚擾衆生；又告以夜静有鳴聲呱呱者乃狐也，是有靈性，尤不可傷之。因憶余初成山館時，有老麂止三足，彳亍而行，時聞其鳴。今久不聞矣，不知其已物故歟？抑匿跡深山歟？此呱呱者則十三年來不少異，不知其爲一爲二。殆老麂已得道而去，而此猶拜月煉形歟？余此時爲右台山人，不得見之；異時爲右台山鬼，當可與之見矣。花農在肇慶發電報來，甚感其在遠不忘之意。以無要語，故不覆。

十二日，劉景韓方伯使人以會試首題來告，其實以昨暮至俞樓，今日由俞樓守者五十送來也。得陛雲二十八日書，有子原女壻書及外孫引之書。余乘轎至法相寺，見老僧醒機，茶話而别。時新茶未茁，庭中牡丹亦未開。今歲春寒，此兩者須待穀雨後也。因與老僧約，十日後再來省花啜茗。旋至曲園墓上，省視松楸。午刻行春祭禮，右台仙館前後各三楹，於後三楹設龕，奉高祖以下之位。春秋兩至，必致祭焉。祭畢，命兩兒婦展姚夫人之墓。余亦親往，行禮於本山土地之神。兩兒婦又至兔兒山，展亡女繡孫之墓，余亦偕往。已而姚少泉表弟來，乃乘輿與俱至兔山，省視亡女松楸，并觀少泉所自營生壙。錢耕伯自蘇州來見。是夜月色甚佳，余倦甚，不能一看，意頗惜之。然吾不久歸骨右台，脱去此皮囊，既不苦筋骨之疲，又不憂風露之冷，坐墳前石磴上，終夜觀玩，行且生厭矣，又何惜焉？書此一笑。

十三日，胡詒孫鏐來，子繼廣文之子也。余問以子繼遺書，曰皆未寫成，粗可編纂者二種，一爲《儀禮宫室提綱》，一爲《大戴禮校義》。績溪胡氏以經學世其家，詒孫能紹承家學，保守父書，甚可嘉也。與孫婦書，附去與黄幼農觀察書，以《彭楊兩公祠記》寄付之。又與朱修庭觀察書、惲季文書、篤臣書。余於墳鄰湯氏之門見樹根株數具，命輿丁荷以歸，擇其一斲而小之，置之案頭，儼似[一]小山，亦頗可玩。

十四日，樊介軒、馮夢香來。有武弁蕭君來，劉吉園總戎麾下官也，言於水星[二]閣火藥局四面開濠築垣，以備火患。往往於土中得古瓶古盌，如得之，當以相贈。毛葆園來，以俞樓應納錢糧付之，俾代納之於縣。俞樓在孤山之麓，向來誤徵地糧，并請改徵山糧。胡詒孫來，有錢選青與俱來，執贄而見，余辭焉。詒孫以《論語》「束脩」之義固請，受之。余笑曰：「孔門諸子大是便宜，以一束脯脩博千秋俎豆。若諸君來見，則一無所得。雖徒手而來，猶未免虚此一

[一] 似，原訛「以」，據《吴中文獻小叢書》本、《大學國文》本改。

[二] 星，原訛「仙」，據俞樾《劉吉園總戎輓聯》改。

見。余方深愧之，敢受其贊乎？」卒謝不受。得姚穀孫無錫舟次書。

十五日，雨，大風。與陛雲書，附去子戴書、劍孫書。又與孫婦書，附去劍孫姪婦書。崧鎮青中丞以余姪孫箴壐充書局分校，月給洋錢十二，此中丞之美意也。然自戊辰歲前撫馬端敏公必欲延余主詁經講席，因詁經脩薄，以書局裨益之。自是以來，余尸素局中，爲日久矣。今又以孫輩濫南郭之竽，殊覺内疚寸心外慙公論也。即作書致謝中丞，并陳此意。

十六日，大兒婦入城，得合肥相國書及李伯行星使書。前年有日本門下士井上陳子德爲余徵七十壽言，去年由伯行星使寄蘇，得詩文數十篇，余刻爲《東海投桃集》，以一本寄相國。東人喜以余與合肥并論。山堙河潦，深愧不倫。今相國來書，則言此論本之曾文正，因引近人鄧遜齋語「門下一文一武，武謂廣庭，文謂簡齋」，以相比例。然鄧公何足望文正？阿公勳業亦不及合肥。即以鄙人比隨園，亦未敢退居其後。相國來書有「今人勝古」之語，或「言大而非夸」乎？得孫婦書，即復之。又與周子雲書及伯英甥女書。馮夢香以便面求書近作，走筆賦一詩贈之云：「吾黨有馮子，其人信足師。名場抛席帽，講舍擁臯比。大義微能闡，名言雋可思。異時月離畢，恐我轉無辭。」夢香時主甬上辨志書院，久不赴禮部試，故三四句云。然其詩不存於集，姑記於此。丁松生以上海新建應敏齋廉訪祠，求撰柱聯，亦走筆成一聯云：「溯當初練軍治餉，力保滬城，竭境内〔一〕以籌兵食，聯化外以壯軍威，大局攸關，尤在迎師一舉；迨其後陳臬開藩，功成吴會，課積貯而備民災，講疏瀹而興民利，成規共守，允宜崇祀千秋。」皆據合肥相國疏語也。此聯不載入集中，亦記於此。滿舟和尚來，欲以余姓名刻所鑄鐘上。笑謝之曰：「余不出錢，何敢列名？吾誰欺？欺佛乎？」

十七日，乘轎挈璡寶至静慈寺、白雲庵一游。静慈寺依山爲屋，白雲庵面水開軒，皆西湖勝處也。陳子宣來，以吾所著《老圓曲》託其友葉君填注工尺。然則《老圓》一曲將來亦可傳唱旗亭乎？得陛雲初五日書，附有子戴書。得孫婦十四日書。又得湯伯述書，其書數百言，詞采頗麗。惜鄙人不能爲作曹邱生，深愧其意。自來山中，每日爲人書楹聯。二兒婦以余腕力弱，苦勸少作。勉從其請，日以五六聯爲率。向憶平時一掃數十幅，今不復能然矣，投筆三歎。是夜月色甚佳，愛月眠遲，遂至丙夜。

十八日，得陛雲初十日書，知於是日午刻出場，録寄場作一篇。宋澄之來。少泉表弟婦來。山中出細竹，可爲箸，余詩所謂「箸料收來千个竹」也。親串知之，爭來索取。是日託李把

〔一〕内，《吴中文獻小叢書》本、《大學國文》本作「中」。

總命健兒入山斬伐，得之甚多。薄暮有大風，回憶昨宵月色，殊歎清景之不可多得也。

十九日，得孫婦十六、十七日書，附來篤臣及少侯書。與陛雲書，附去子原、子戴〔一〕書。崔懷瑾、沈省吾來。孫女入城。宋澄之餽肴核，其製甚奇：蒸熟雞子，穴一小孔，去其黄而實以肉，其所出之黄另製爲餅，云溧陽人食品也。凡饋肴核不書，異常饌故書。薄暮，扶杖至曲園墓上，二兒婦及琎寶皆從。夕陽滿嶺，辛樹蕭蕭，遥望雷峯、寶石兩浮屠分列左右。坐橙上，吸淡巴菰，飲苦茗，頗有蕭疏之致。琎寶採蕨，盈把而歸。

二十日，乘轎攜琎寶至六通寺小坐，遂至法相看牡丹，纔開五六朶耳。老僧醒機欲翦一以贈，余謝之曰：「方長不折，且俟盛開後再求翦贈可也。」三六橋來，以詩求序，飯而去。吴季英來。與周少雲昆仲書。傍暮，仍至曲園墳上。時寂無人聲，但聞野兔呱呱、野雞一啕而已。

二十一日，乘小轎至花港觀魚，坐舟至湧金門，易輿入城。送鎮青中丞之行，賀劉景韓護院、黄澤臣署藩、王心齋署臬及湘文親家署首道之喜。惟見景韓護院一人，餘均未見。又至賀寓，弔同年賀雲甫尚書之喪。又至少泉表弟處，其夫婦均見，少泉又發老病矣。天雨，不多拜

〔一〕戴，原訛「載」，據《吴中文獻小叢書》本、《大學國文》本改。

客，仍出湧金門，由原路還山，纔申正耳。張小雲來山，未得見。周少雲甥自臨平來，飯於山中。及余歸，其去未久。不能一見，甚悵悵也。得童米生書。得陛雲初七日書，附有子原壻、引之外孫書。是日，於護院劉公坐上喫旱〔一〕煙，因言及喫煙事，亦余生平小小一故實，不可不詳誌之：余五十歲以前初不喫煙也，庚午之歲，余年正五十，至福建省太夫人起居。太夫人年八十五，年高善忘。余將還，太夫人命人買橄欖核煙筒一枝。閩俗以橄欖核磨光，削去兩頭，以細銅管貫串爲煙筒，滑笏可愛。余初不知買此何用也，既買得，則以賜余。余笑曰：「母不知兒不喫煙乎？」太夫人愕然久之，曰：「喫煙何害？可以消閒，可以辟穢，汝姑持去。」乃謹受之歸，從此能喫煙矣。然其具在臥室，書房無此也，見客更無此也。及至杭州，湖樓山館皆甚逼仄，臥室即書室，煙具在側，取攜既便，時復中之。然出外拜客，固未嘗攜之以行也。前日劉公見我在湖樓喫煙，因問今日何不喫。告以故，公因命從者進煙筒。余笑曰：「姑爲公破例。」因憶同年勒少仲河帥在吳中陳臬開藩，時相過從，每見必喫水煙。偶與同舟至金陵，乃數日不喫。余問故，少仲曰：「吾水煙筒付奴輩司之，在花廳見客，彼必以進；即出門謁客，亦必以

〔一〕旱，原訛「早」，據《吴中文獻小叢書》本、《大學國文》本改。

進，吾因而喫之耳。」余以語曾文正公，文正笑曰：「然則少仲竟以喫水煙爲見客之禮耶？」余之於旱煙，少仲之於水煙，兩事適相反，可謂無獨必有偶。文正與少仲久作古人，因余喫煙而牽連書之，追惟師友之誼，可爲作《思舊賦》矣。

二十二日，法相寺僧依盟來，折牡丹花四朵相贈。即供之几上，適有蘭花一盆，亦并陳焉，而中間又以小瓶插映山紅一枝。牡丹花王，蘭亦稱王者香，以此伍之，頗似不稱。然躑躅其間，大有笑傲王侯之意。陳子宣與秦散之來，連日食毛筍，大佳。散之問：「君齒牙尚能喫筍乎？」余曰：「吾能喫筍，不能喫蒓菜。」問何故，余曰：「吾殘牙零落，僅存者八，而上下不相當。蒓絲柔滑，入口不能捉摸，不如此鈍根猶可咀嚼也。君小吾數歲，未親歷其境，固不知耳。」因口占一詩云：「尚堪大嚼貓頭筍，無可如何雉尾蒓。吾齒居然仲山甫，剛柔茹吐不同人。」因憶數日前與鎮青中丞在湖樓進小食，中丞用剔牙籤，問余：「無須此乎？」余曰：「老境自有等級，昔人詩云『食肉先尋剔齒籤』，此一老境也；拙詩有云『齒疏久廢剔牙杖』，又一老境也。」因與散之語，并紀之。得蔡二源書。得劍孫姪婦書。復蔡二源書。又與周子雲書。是日璡寶入城，留宗氏未歸。燈下爲三六橋作詩序一篇。六橋蒙古人，名三多，六橋其號也，年十七襲三等輕車都尉，喜爲詩，有《可園詩鈔》，人以其名上一字配號而稱之曰「三六橋」。余戲以

「橋」字韻成小詩調之曰：「裏外湖隄兩六橋，相傳一十六條橋。詩人别有六橋在，三六居然十八橋。」

二十三日，與陛雲書，附去與劍孫書。與孫婦書，附去與劍孫姪婦書。又與聶仲芳觀察書。璡寶自城中歸。倪儒粟、許子祥來。得周子雲書，以沈烈婦生卒年月日來告，時余爲請旌也。烈婦馬氏，仁和人，國子監生馬斯臧之女，光緒十年十二月八日歸德清縣副榜貢生沈寅禾。十七年九月二十二日寅禾卒，婦爲治喪葬，悉如禮，又自處置身後事，并木主亦豫書之，於是年十一月二十九日殉夫而死。死之前一夕，與姒婦閒談，剥瓜子食之，陽陽如平常。其夜將就縊，爲人覺，遂不果。明日吞金簪寸許，又和生鴉片食之，乃死。余爲作傳，并爲詩，均存集中，又記其崖略於此。

二十四日，擬游雲棲，因雨不果。午後稍霽，乘轎攜璡寶至蟄雷亭小坐。其對面巖石小竅，使輿人以口吹之，嗚嗚有聲，云即「呼猿洞」也。余疑古所謂「呼猿洞」殆非即此也。又至冷泉亭，冷泉止水，蟄雷流水。人愛蟄雷甚於冷泉，亦人情喜動不喜静之一端乎？興盡欲還，而靈隱寺僧苦勸入寺飲茶，因至田字殿，周視羅漢像而出。還度大麥嶺，觀東坡題名，字皆右行，殆後人摹刻，非其真矣。過于忠肅祠墓，因入觀焉。甫經修葺，丹堊一新。然亦荒涼，無可觀覽。及暮又雨。

二十五日，雨，旋霽。毛葆園來，議於右台仙館垣外蓋小屋二間，俾守者居之，然亦未定也。湘文親家使人來，言鎮青中丞將於明日訪我湖樓。而余在山中，未能倒屣，以書辭之。是日閱詁經精舍三月望課卷。

二十六日，閱卷畢，乘轎挈琎寶至法相寺看牡丹，二兒婦繼至。老僧言牡丹以寧國所出爲佳，山東者次之。若上海來者其價甚廉，然皆芍藥根株所接，今歲有花，明歲則無矣。若能掘土深種，使牡丹能自生根，則亦可活，十株中無一二也。又言種牡丹須以白蘞和入土中。余曲園中牡丹久枯死矣，適有儲君崇伯以牡丹四盆餽，擬攜歸，如其言種之。

二十七日，乘轎至雲棲，二兒婦攜琎寶從焉。出四眼井，過徐村，循錢唐江，傍崖而行。巉巖峭壁時起時伏，即所謂九龍頭也。幸江干無水，可免山行。遥望過江山色，濃青淺黛，風帆一二出没煙靄中，風景殊勝。將至雲棲，夾路修篁亦頗可愛。既至則香客如雲，轉覺少味，但一瞻蓮池遺像及其骨塔而已。飯於客堂而返，行烈日中，頗苦炎熱。路旁有蘭若，題曰小天竺，因入休息。寺僧瀹茗以待，小坐啜茗，如入清涼世界，乃知境以適意爲佳，固不論地之勝否也。又至虎跑泉，四山環抱，萬樹參差，紅躑躅花徧滿崖谷，望之如繡，其勝似更在雲棲竹徑之上矣。是日往返五十里，輿中口占一詩，未必可存，姑録於此：「尚有名山一飯緣，籃輿侵曉走江邊。臨流崖壁龍頭九，隔浦峰巒螺髻千。鸕鳥船輕沿岸穩，杜鵑花好映山妍。更欣曲徑穿修竹，萬个蕭森緑到天。」又擬題小天竺壁云：「小天竺寺太荒凉，略具香花獻梵王。何必隨人走三竺，一般菩薩一般香。」

二十八日，自山館還湖樓，舟出定香橋，繞至白雲庵一游。及至湖樓，户外屨〔一〕滿矣。悉見之，有賀仲愚太守、蔡心梅司馬、王夢薇、周子雲諸君，不備書。子雲并具祭品，致祭於亡婦姚夫人之墓。余已出山矣，夢薇以錢唐施可齋鴻保所著《左傳注疏四案》見示。四案者，一曰文字案，則校正經傳中衍脱譌謬及重文錯簡之類；二曰訓釋案，則考定經傳中人名及國邑器物之類；三曰義案，分經義、傳義爲二，補正先儒詮釋之義；四曰論案，則論經傳事實襃貶當否。其書凡五千七百餘條，成於同治三年。自序稱「唐子遺叟施鴻保識於福建仙游縣署齋」，蓋杭人而幕游於閩者也。今其人久已物故，而其子抱其遺書，欲求余一言以張之，故託夢薇爲介。余讀其書，用意甚勤，而見書不多。然其窮老著書，一生心血所在，不可任其泯没也。張

〔一〕屨，原訛「屢」，據《吴中文獻小叢書》本、《大學國文》本改。

乳伯自揚州寄贈劉貢父《漢官儀》一册，乳伯書其後曰：「《漢官儀》雖存而世莫能行，以有訛字也。此戲以兩骰角采，故自二至十二，二者重么，十二者重六也。而所列諸采乃有兩么一六，有兩么一五，則以三骰矣。何以上言重四重六乎？此由寫者誤也。」余按其說良然。然即如乳伯說訂正其誤，而余仍不能行，止可與李易安之《打馬賦》并存爲宋人雅戲而已。得陛雲十七日書，有頭場第二藝一篇，附外孫女許氏三多書，并録寄詩數篇。又得孫婦二十二日書。宗湘文親家以孫壻子戴場作寄閱。

二十九日，二兒婦入城，以宗湘文夫人招飲也，薄暮而還。是日雨竟日，無一客，亦湖樓僅有之一日也。得花農初十日書，在肇慶考棚發，以試題寄示。考試經古題目甚多，并有兵法、醫學諸題，他省所無也。雨窗爲人書楹聯，因將還蘇，來者輒應之，不復以五六聯爲限。又爲施可齋作《〈左傳四案〉序》一篇。

三十日，雨，客來甚衆。劉吉園總戎來，長談而去。嵇〔一〕幼蒓表弟自湖墅船局來，爲余雇定大南灣子船一艘，送至蘇州；又以京江李丹叔所著《讀騷閣賦》《眉洲室試帖詩》求序，率筆

〔一〕嵇，原訛「稽」，據《吴中文獻小叢書》本、《大學國文》本改。

書付之。與徐花農書。得孫婦廿四、廿六、廿八日三書，附有金友筠書。得許子衡正月十六日雲南恩安縣書。

四月初一日，吴季英請爲其兄仲耆題主，遂拜客。見宗湘文親家，與同至皋園，觀其新建之涵虚亭。清水淪漣，有朱藤一株，老幹盤屈如龍，著花甚盛。園中牡丹未謝，繡毬花正開，爲流連久之。又見劉吉園，其新營屋宇甚宏敞，有方塘，寬廣數畝，亦可喜也。又見唐藝農，時藝農將赴黔臬之任。追惟二十年交誼，頗爲黯然。又見陳六笙，新從處州移守杭州，猶未受事也。又見賀仲愚。遂出城，與大兒婦及孫女同返俞樓。馮夢香來，惜未之見。毛子雲來。滿舟和尚乞致瑞弗侯方伯書，即書付之。與許子衡書。與周子雲書。

初二日，登舟回蘇州。從上海聶仲芳、劉康侯兩觀察借得小火輪名「萬和」者，曳帶而行。午正開船，過唐西，二兒婦使人如姚氏，不及登岸。勞道生來，即開至陡門而泊，時已亥初矣。

初三日，未正還蘇寓。憶青溪金友筠曾勸余勿借輪船，謂此乃熱鬧排場，非江湖散人行徑也。余深韙之。乃此行往返，皆以小輪船曳帶，恐不免爲高人所笑矣。

《俞樾全集》總目録